RORY SHY
MATILDA
MAGNUS KAUTZ
FRAU ZEIGLER

In der Reihe *Rory Shy* sind bislang erschienen:
Band 1: Rory Shy, der schüchterne Detektiv
Band 2: Rory Shy, der schüchterne Detektiv. Der Fall der Roten Libelle
Band 3: Rory Shy, der schüchterne Detektiv. Das Rätsel um Schloss Eichhorn
Band 4: Rory Shy, der schüchterne Detektiv. Das Verschwinden der Amanda Kent
Band 5: Rory Shy, der schüchterne Detektiv. Ein Clown unter Verdacht
Band 6: Rory Shy, der schüchterne Detektiv. Die Erpressung des Soßen-Königs
Band 7: Rory Shy, der schüchterne Detektiv. Der verratene Ganove

Band 8 erscheint im Frühjahr 2026!

MIX
Papier | Fördert gute Waldnutzung
FSC® C014138
www.fsc.org

3. Auflage 2025

Ritterstraße 3, 10969 Berlin
produktsicherheit@ueberreuter.de
ISBN 978-3-7641-5220-8

Lektorat: Kathleen Neumann
Umschlag- und Innenillustrationen: Fiete Koch
Druck und Bindung: Finidr, Tschechische Republik
Gedruckt auf Papier aus geprüfter nachhaltiger Forstwirtschaft.
www.ueberreuter.de

Oliver Schlick

Rory Shy

DER SCHÜCHTERNE DETEKTIV

DAS RÄTSEL UM SCHLOSS EICHHORN

ueberreuter

Inhalt

~ 1 ~
Ein Trauerfall

»Jetzt stell dich nicht so an!«, sage ich zu Doktor Herkenrath, der furchtsam winselt, während ich versuche, ihm eine schwarze Samtschleife ins Fell zu binden. »Wenn man eine Trauerfeier besucht, trägt man was Schwarzes. Das gehört sich so.«

Natürlich kann Doktor Herkenrath das nicht wissen. Als Cockerspaniel geht man nicht besonders häufig zu Trauerfeiern. Aber heute habe ich ihn zwangsverpflichtet. Zum einen, damit ich nicht die einzige Trauernde bin, und zum anderen, weil ihn sein wehmütiger Schiele-Blick zur Zierde jeder Trauerfeier macht.

Ich bin selbstverständlich auch dem Anlass entsprechend gekleidet: ein schwarzes luftiges Sommerkleid und schwarze Riemchensandalen. Für den nötigen Hauch von Eleganz sorgt das schwarze Hütchen, das Mama immer aufsetzt, wenn sie zu einer Beerdigung geht. Ich habe es mir aus ihrem Kleiderschrank geborgt.

Wüsste Mama davon, wäre sie nicht erfreut. Wir haben unsere Grundsätze: Ich verleihe keine Bücher, Mama verleiht keine Kleidung, Schuhe oder Hüte. Vor allem nicht an mich, nachdem ich mir mal (ohne zu fragen) ein Halstuch von ihr geliehen und mit Blaubeer-Marmelade bekleckert habe.

Aber Mama ist gerade zweitausendfünfhundert Kilometer entfernt. Sie und Papa sind Tierfilmer und befinden sich seit ein paar Tagen in Griechenland, wo sie eine Dokumentation über Oktopusse drehen. Nach Abschluss der Filmaufnahmen werden meine Eltern in Griechenland bleiben und ich werde zu ihnen fliegen, um einen Familienurlaub zwischen blauem Meer und antiken Baudenkmälern zu verbringen. Ich war noch nie in Griechenland und freue mich riesig darauf, das Land gemeinsam mit Papa und Mama kennenzulernen. Aber bis es so weit ist, sind es noch gute zwei Wochen. Heute war der letzte Schultag, seit knapp einer Stunde habe ich Sommerferien.

Viel heißer als hier kann es auch am Mittelmeer kaum werden. Eine undurchdringliche Hitzeglocke hängt über der Stadt und es weht nicht das geringste Lüftchen. Die Bäume lassen müde die Blätter hängen, das Pfeifen der Vögel in den Baumkronen wirkt matt und erschöpft, gelegentlich taumelt ein von der Sonne benommener Schmetterling durch die Luft. Man hat den Eindruck, als würde das gesamte Leben in Schneckentempo vor sich gehen. Draußen hat es mindestens fünfunddreißig

Grad, aber in meinem Zimmer ist es, dank heruntergelassener Rollläden, halbwegs auszuhalten.

Ich höre, wie Frau Zeigler die Treppe hochgewatschelt kommt, ins Gästezimmer nebenan schlurft und sich ächzend aufs Bett sinken lässt. Um ihr *Mümmelchen* zu halten. So nennt sie aus unerfindlichen Gründen ihren Mittagsschlaf.

Frau Zeigler, eine kleine, resolute Person mit durchdringender Stimme, ist unsere Haushaltshilfe. Wie immer, wenn Papa und Mama beruflich unterwegs sind, ist sie bei uns eingezogen. Um mich im Auftrag meiner Eltern zu überwachen. Weswegen ich mit Mama vor ihrer Abreise eine kleine Diskussion hatte.

»Nicht *überwachen*, Matilda. *Aufpassen.* Frau Zeigler ist so nett, während unserer Abwesenheit hier einzuziehen und auf dich aufzupassen. Das hat rein gar nichts mit Überwachung zu tun.«

»Aufpassen muss man auf Vierjährige. Meinetwegen auch auf Achtjährige. Eine Zwölfjährige kann sehr gut auf sich selbst aufpassen. Ich brauche keine Aufpasserin. Das ist Freiheitsberaubung!«, habe ich leidenschaftlich protestiert.

Was Mama nicht sonderlich beeindruckt hat.

»Du kannst dich ja beim Jugendamt beschweren«, hat sie mit gleichmütiger Stimme gesagt und einen Stapel T-Shirts in ihrem Koffer verstaut.

»Ich bin ein wehrloses und rechtloses Opfer elterlicher Total-Überwachung!«

»Von mir aus«, hat Mama geseufzt und die Augen verdreht. »Nenn es, wie du willst. Aber solange wir weg sind, wird Frau Zeigler hier wohnen. Wie immer. Ende der Diskussion.«

Zum Glück funktioniert die Sache mit der Total-Überwachung nicht wirklich. Weil Frau Zeigler schon so häufig auf mich aufgepasst hat, dass ich genau weiß, wo die Schwachstellen ihres Überwachungs-Systems liegen. Eine davon ist die Zeit zwischen siebzehn und achtzehn Uhr. Da läuft die tägliche Doppelfolge *Mörderische Ehefrauen* im Fernsehen. Die lässt Frau Zeigler sich nie entgehen.

Während sie gebannt verfolgt, wie mörderische Gattinnen Bremsleitungen durchtrennen oder den Ehemann mit einer Armbrust erlegen, kriegt sie von ihrer Umgebung so gut wie nichts mit. Wenn ich wollte, könnte ich zwischen siebzehn und achtzehn Uhr jemanden abmurksen, in unserem Garten verscharren und gemütlich in Beton eingießen, ohne dass Frau Zeigler auch nur bemerken würde, dass ich das Wohnzimmer verlassen habe.

Manchmal, wenn sie so dasitzt, eine Nuss-Praline lutscht und wie hypnotisiert auf den Bildschirm starrt, mache ich mir einen Jux daraus, irgendwelchen Unfug zu behaupten. Frau Zeiglers halblaut gemurmelte Entgegnungen lassen vermuten, dass kein Wort davon in ihr Bewusstsein vordringt.

»Ich habe mich verlobt, Frau Zeigler.«

»Mhm? Schön, schön, Kind.«

»Mit dem Anführer einer Rocker-Gang.«

»Aha?«

»Wir wollen heiraten, sobald er aus dem Knast raus ist.«

»Mhm? Viel Spaß, Kind.«

»Ach, und … es wäre möglich, dass demnächst ein aufgebrachter Beamter der Jagd- und Forstverwaltung vor der Tür steht: Doktor Herkenrath hat beim Gassigehen im Flora-Park einen Hirsch gerissen.«

»Flora-Park. Hirsch gerissen. Ja, ja …«

Doktor Herkenrath würde panisch die Flucht ergreifen, wenn ihm ein röhrender Geweihträger gegenüberstünde. Und nicht nur dann. Er ist mindestens genauso viel Angsthase wie er Cockerspaniel ist, und geht vor allem stiften, was sich bewegt: vor Postboten, Eichhörnchen, Katzen, Insekten, Blättern im Wind … Einmal wäre er um ein Haar unter ein Auto geraten, als ihn ein Tausendfüßler erschreckt hat.

Die zweite Schwachstelle der Zeigler'schen Überwachung ist die Zeit zwischen halb eins und Viertel nach eins. Weil Frau Zeigler sich dann zu ihrem Mümmelchen hinlegt. Jeden Mittag das gleiche Ritual: Nachdem sie den Tisch abgeräumt und die Spülmaschine angeworfen hat, gähnt sie demonstrativ und verkündet: »Ich glaube, es ist Zeit für ein kurzes Mümmelchen. Falls ich um Viertel nach eins nicht wieder wach sein sollte, weck mich doch bitte, Matilda.«

Eine Trauerfeier braucht eine Urne. Da man so was nur selten auf Vorrat rumstehen hat, musste ich mich nach Ersatz umsehen, habe die Kaffeedose aus der Küche stibitzt und kurzerhand zur Urne ernannt. Bekäme Frau Zeigler mit, dass ich unsere Kaffeedose im Garten verbuddele, würde ein Donnerwetter auf mich niedergehen, das sich gewaschen hat. Deshalb ist mir daran gelegen, dass sie von der kleinen Trauerzeremonie nichts mitkriegt.

Schlauer Fuchs, der ich bin, habe ich die Veranstaltung in ihre Mümmelchen-Zeit gelegt und für Viertel vor eins angesetzt. Was ziemlich unproblematisch war. Weil ich nicht nur die einzige menschliche Teilnehmerin, sondern auch alleinige Organisatorin und Trauerrednerin der Feier bin.

Zwei Minuten nachdem Frau Zeigler sich hingelegt hat, ist durch die Wand ein lautes Schnarchen zu hören.

»Legen wir los«, flüstere ich Doktor Herkenrath zu, nehme die Kaffeedose unter den Arm und schleiche die Treppe runter.

Er spaziert mir mit wedelndem Schwanz in die Diele hinterher, wo ich mich kurz im Spiegel betrachte. Das schwarze Trauer-Hütchen bildet einen interessanten Kontrast zu meinen roten Haaren. Außerdem hat es einen Schleier aus Spitze, der bis über die Augen reicht und der Trägerin eine mysteriöse, geheimnisumwitterte Ausstrahlung verleiht.

In Kriminalfilmen ist diese Art von Kopfbedeckung häufig zu bewundern: Man sieht einen Friedhof mit verwitterten Grabsteinen. Es schüttet wie aus Eimern. Ein Mordopfer wird unter Schluchzen und Wehklagen der vielköpfigen Trauergemeinde zu Grabe getragen. Dicke Tropfen prasseln auf das Holz des Sarges – als plötzlich eine geheimnisvolle Fremde auf dem Friedhof erscheint. Natürlich mit Schleierhütchen.

Und während sich alle noch fragen, wer die verschleierte Unbekannte ist, ist sie schon wieder im Regen verschwunden. Wie ein Phantom. Von da an dauert es meist nicht mehr lange, bis ein zweites Opfer ins Gras beißt.

Ich rücke das Schleierhütchen ein wenig zurecht, husche durchs Wohnzimmer, öffne so leise wie möglich die Schiebetür zur Terrasse – und bekomme beinahe einen Hitzschlag, als ich ins Freie trete. Der reinste Glutofen!

Gut möglich, dass ich mir einen Sonnenstich hole. Aber schließlich geht es darum, sich würdevoll von einer alten Freundin zu verabschieden. Da muss man schon mal Opfer bringen. Während Doktor Herkenrath und ich uns gemessenen Schrittes über den Rasen bewegen, rupfe ich ein paar Gänseblümchen aus. Eine Trauerfeier ohne Blumen ist keine Trauerfeier.

Mein Cockerspaniel folgt mir hinter eine hohe Brombeerhecke, wo ich vorhin, während Frau Zeigler einkaufen war, eine kreisrunde Vertiefung ausgehoben habe.

Die heutige Zeremonie ist das genaue Gegenteil der klassischen Krimi-Beerdigung: sengende Sonne statt strömenden Regens, die vielköpfige Trauergemeinde besteht nur aus Doktor Herkenrath und mir, und einen Sarg gibt es auch nicht. Sondern eine Kaffeedosen-Urne. Und die enthält keine Asche, sondern nur einen winzigen Rest an Kaffeepulver.

Ich habe die ganze Zeit über bewusst von einer Trauerfeier und nicht von einer Beerdigung gesprochen. Eine Beerdigung benötigt nämlich vor allem eins: eine Leiche. Aber die gibt es nicht. Weil die Tote, um die wir heute trauern, nie gelebt hat.

Das klingt zugegebenermaßen verwirrend. Und vielleicht vermutet der ein oder andere, mich hätte bereits ein Sonnenstich ereilt und ich würde im Fieber faseln. Also – um die Verwirrung mal zu entwirren: Ich betrauere heute meine Freundin Caroline. Caroline hat es nie gegeben. Ich habe sie mir ausgedacht. Eine erfundene Freundin ist die beste Freundin, die man haben kann, wenn man etwas tut, von dem Erwachsene nichts mitbekommen sollen.

Jeder kennt das: Man will irgendwohin, wo man auf keinen Fall hindarf, oder man hat irgendwas vor, das strengstens untersagt ist. Und gerade als man sich aus dem Haus schleichen will, taucht wie aus dem Nichts eine erziehungsberechtigte Person auf und stellt die unvermeidliche Frage: »Wo willst du denn hin?«

Wer darauf nur mit einem lahmen *Nirgendwo* antworten kann, und wem auf die zwangsläufig folgende Frage: »Und was hast du vor?« nur ein fantasieloses *Nichts* einfällt, weckt sofort den Argwohn seines Gegenübers.

Also sollte man sich eine Freundin ausdenken. Als Alibi. Wobei es nicht reicht, einfach einen Namen zu erfinden. Damit das Ganze überzeugend wirkt, muss man sich genau überlegen, wie diese Freundin aussieht, welche Hobbys sie hat, was sie mag und was sie nicht mag, ob sie Einzelkind ist oder Geschwister hat …

Meiner fantasierten Freundin Caroline habe ich gleich eine ganze Familie angedichtet. Alle waren Mitglieder einer erfundenen, freudlosen Sekte, deren Glaube ihnen verboten hat, Telefone, Handys und Computer zu nutzen. Was es unmöglich gemacht hat nachzuprüfen, ob ich wirklich bei Caroline war, wenn ich sie als Alibi vorgeschoben habe.

Natürlich muss man wissen, wem man welchen Blödsinn erzählen kann – und wem nicht. Die leichtgläubige Frau Zeigler hat meine Caroline-Ausreden immer geschluckt. Aber dann hat Mama von meiner angeblichen Freundin Wind gekriegt, sofort Lunte gerochen und mich einem gnadenlosen Verhör unterzogen. Am Ende musste ich zerknirscht gestehen, dass es keine Caroline gab. Zwar hat Mama es nicht geschafft, mir zu entlocken, wo ich tatsächlich war, wenn ich behauptet habe, mit Caroline unterwegs zu sein (hätte sie es rausbekommen, hätte ich richtig dicken Ärger gekriegt), aber für alle zukünftigen Ausreden war meine erfundene Freundin damit natürlich gestorben.

Und wenn eine gute Freundin stirbt, dann trauert man um sie. Auch wenn es sie nie gab.

Doktor Herkenrath ist nicht so hundertprozentig klar, was vor sich geht, aber er verhält sich ausgesprochen rücksichtsvoll, gibt keinen Laut von sich und guckt wunderbar traurig.

Zeit für die Rede. Eine ergreifende Trauerrede ist das Herzstück jeder Trauerfeierlichkeit. Und wenn ich was kann, dann ist es reden. Ich rede gerne und viel und schnell. Was meine Gesprächspartner gelegentlich an den Rand eines Nervenzusammenbruchs treibt.

Frau von Hakkefress, unsere Nachbarin, zum Beispiel. Ich habe ihr mal einen halbstündigen Vortrag über die Unterschiede zwischen Butter, Schmalz und Margarine gehalten und dabei nur Pausen gemacht, um Luft zu holen. Frau von Hakkefress hat sich anschließend ganz schwindelig gefühlt und musste sich hinlegen. Wobei ich den Verdacht hatte, dass ihr nicht alleine von meinem Wortschwall schwindelig war, sondern vor allem deshalb, weil sie schon am frühen Morgen ein paar Schnäpschen gezwitschert hatte.

Wie auch immer – hier und heute kann ich niemanden nerven. Mal abgesehen von Doktor Herkenrath. Aber der ist meine ausufernden Monologe gewöhnt.

»Wir haben uns heute versammelt, um von unserer guten Freundin Caroline Frömmel Abschied zu nehmen«, beginne ich, hefte meinen Blick auf die leere Kaffeedose und versuche, meiner Stimme das nötige Maß an Ergriffenheit zu verleihen. »Liebste Caroline: Du warst mir dein Leben lang die beste Freundin. Kein einziges Mal hatten wir Streit und nie gab es ein böses Wort zwischen uns. Immer wenn ich dich brauchte, warst du für mich da. Ich werde dich schmerzlich vermissen. Und deine Eltern und ihre trostlose Sekte auch.«

Als Einleitung ist das ganz gut, aber entscheidend dafür, ob die Trauernden wirklich bewegt sind, ist der Mittelteil der Rede. Im Mittelteil geht es darum, die einzigartige Persönlichkeit der oder des Verstorbenen herauszustellen. Nur blutige Anfänger leiern zu diesem Zweck irgendwelche Verdienste, Leistungen und Auszeichnungen runter. Die einfühlsame Trauerrednerin weiß, dass es viel wirkungsvoller ist, ein paar anrührende Anekdoten aus dem Leben der Toten zu schildern. Die man im Fall einer erfundenen Freundin natürlich auch erfinden muss.

»Caroline, du warst ein wunderbarer Mensch«, fahre ich in getragenem Ton fort. »Auch wenn du zum Lachen immer in den Keller gegangen bist. Ich erinnere mich oft an den schicksalhaften Moment, als wir uns zum ersten Mal begegnet sind: Es war ein nasskalter und nebliger Novembertag. Du warst ganz in Grau gekleidet und hast mit deinen Eltern in der Fußgängerzone Broschüren verteilt, die vor der *Sünde der Heiterkeit* warnten. Ausgerechnet vor einem Geschäft für Scherzartikel. Was ich so erheiternd fand, dass ich gar nicht mehr aufhören konnte, zu kichern. Ja, wir waren sehr verschieden, aber seit diesem Moment waren wir die besten Freundinnen der Welt.

Und was haben wir nicht alles erlebt. Erinnerst du dich noch daran, wie wir gemeinsam dein Zimmer grau gestrichen haben? Ach, was war das für ein herrlich trübseliger Tag. Und dann unsere Ausflüge in den Aqua-Zoo … ›Ich mag Fische‹, hast du immer gesagt. ›Fische lachen nicht.‹«

Aus dem Augenwinkel sehe ich, dass Doktor Herkenrath gähnt und alle viere von sich streckt. Es macht den Eindruck, als würde er das Interesse an der Zeremonie verlieren. Weswegen ich beschließe, auf weitere Anekdoten zu verzichten und zum Ende zu kommen.

»Mach es gut, Caroline«, sage ich und blicke traurig zu der improvisierten Urne. »Ich bin dankbar, dass sich unsere Lebenswege gekreuzt haben, und dass ich deine Freundin sein durfte. Es war mir eine Ehre.«

Auch wenn es keine Tote gibt – ich bin von meinen anrührenden Worten kurzzeitig so ergriffen, dass mir eine Träne über die Wange kullert.

Gütiger!, denke ich. *Du könntest als Trauerrednerin echt Karriere machen.* Selbst Doktor Herkenrath winselt traurig und sieht aus, als würde er gleich zu weinen beginnen.

Ich wische die Träne weg, nehme die Kaffeedose und versenke sie feierlich in der Vertiefung. Anschließend fülle ich das Loch mit Erde auf, lege die Gänseblümchen nieder und summe dabei *Seasons in the Sun*. Als musikalischen Abschiedsgruß an meine ausgedachte Freundin.

Danach trete ich einen Schritt zurück, verbeuge mich noch einmal vor der Kaffeedosen-Ruhestätte, mache kehrt, gehe über den Rasen zurück ins Haus – und atme erleichtert auf, als mich im Wohnzimmer wohltuende Kühle empfängt.

Doktor Herkenrath trottet weiter in die Küche, hockt sich vor den Kühlschrank und blickt mich mit schiefgelegtem Kopf an. Offenbar erwartet er eine Belohnung für sein vorbildliches Verhalten während der Trauerfeier.

Trauerzeremonien sind gut, denke ich, während ich ein Stückchen Fleischwurst aus dem Kühlschrank nehme und Doktor Herkenrath damit füttere. Weil einem so eine Zeremonie hilft, mit etwas abzuschließen. Um Vergangenes hinter sich zu lassen und sich wieder dem Leben und der Zukunft zuzuwenden.

Und das sollte ich allerschleunigst tun. Durch Carolines plötzliches Dahinscheiden habe ich nämlich ein massives Problem: Ich brauche dringend ein neues falsches Alibi.

Für meine Arbeit mit Rory Shy.

Dem schüchternen Detektiv.

~ 2 ~
Ein kalter Fall

Für eine ehrgeizige Nachwuchs-Detektivin wie mich ist es natürlich ein absoluter Glücksfall, mit dem berühmten Rory arbeiten zu dürfen. Der Detektiv ist für zwei Dinge bekannt: für seine ausgeprägte Schüchternheit, um die sich zahllose Legenden ranken (es gibt Menschen, die behaupten, er wäre beinah mal in einem Restaurant verhungert, weil ein Kellner seine Bestellung vergessen hatte und Rory zu schüchtern war, ihn darauf aufmerksam zu machen). Und für seine phänomenale Aufklärungsquote von einhundert Prozent. Es gibt keinen Fall, den Rory nicht knackt.

Und wer sich jetzt fragt, warum ein so erfolgreicher und genialer Ermittler mit einer zwölfjährigen Amateurdetektivin zusammenarbeitet: Letztes Jahr, im Dezember, bin ich ihm zufällig über den Weg gelaufen, als er in einer ziemlich misslichen Situation steckte. Nachdem ich ihm aus der Patsche geholfen und erzählt habe, dass ich völlig fasziniert von Kriminalfällen bin, hat er mir (überhöflich wie er ist) aus Dankbarkeit angeboten, gelegentlich mit ihm zusammenzuarbeiten.

Natürlich kann ich nur dann Detektivin spielen, wenn meine Eltern zu Dreharbeiten unterwegs sind. Wüssten sie, dass ich in echten Kriminalfällen ermittle, wäre damit im Handumdrehen Schluss. Frau Zeigler habe ich bisher immer weisgemacht, ich wäre bei der erfundenen Caroline, wenn ich mit Rory an einem Fall gearbeitet habe.

Was jetzt leider nicht mehr geht. Weil es natürlich auch zu Frau Zeigler vorgedrungen ist, dass ich mir Caroline und ihre fromme Familie nur ausgedacht habe.

Nachdem sie es erfahren hatte, war sie so sauer, dass sie eine Woche lang nicht mit mir gesprochen hat. Was bei Frau Zeigler einiges bedeutet, denn sie redet mindestens genauso gerne wie ich. Vor allem über Raimund, ihren tollpatschigen Gatten, der Stammgast in der Notaufnahme des Krankenhauses ist, weil er sich ständig den Kopf stößt, in Glastüren rennt oder über seine Schnürsenkel stolpert.

Mittlerweile hat Frau Zeigler sich glücklicherweise wieder beruhigt. Aber wenn sie mich erneut bei einem Schwindel ertappt, habe ich es mir auf immer und ewig mit ihr verscherzt. Und das will ich auf keinen Fall riskieren. Weil es auch bedeuten würde, dass ich nie mehr in den Genuss ihrer köstlichen Zimt-Pfannkuchen käme.

Unentwegt grübele ich darüber nach, wer die Funktion der

verstorbenen Caroline übernehmen könnte. Für ein wirklich glaubhaftes Alibi muss es eine reale Person sein. Jemand, den Frau Zeigler kennt. Aber wie kann ich verhindern, dass sie bei dieser Person anruft und sich bestätigen lässt, dass ich wirklich dort bin?

Ich muss mir schnellstens was einfallen lassen. Schließlich will ich morgen früh um neun meinen detektivischen Dienst bei Rory antreten.

Um vier Uhr nachmittags ist es bei Frau Zeigler traditionell Zeit für ein Plunderteilchen und eine Tasse Kaffee.

»Merkwürdig …«, murmelt sie und blickt etwas ratlos auf die Küchenanrichte. »Du hast nicht zufällig die Kaffeedose gesehen, Kind? Heute Morgen stand sie doch noch da. Ich muss sie irgendwo hingeräumt haben. Wo habe ich nur meine Gedanken?«

»Keine Ahnung«, flöte ich mit Unschuldsmiene. »Diese Hitze … Macht einen völlig matschig in der Birne, oder?«

»Du sagst es, Kind. Du sagst es«, murmelt sie.

Eine Stunde später lassen wir uns vor dem Fernseher nieder, um gemeinsam die *Mörderischen Ehefrauen* zu schauen. Während ich zusehe, wie eine Gattin ihren Ehemann mittels eines Nasenhaarschneiders um die Ecke bringt, zermartere ich mir weiter den Kopf wegen eines brauchbaren Alibis. Ohne jeden Erfolg – bis mir beim abendlichen Wässern des Rasens der rettende Einfall kommt.

Als Frau Zeigler und ich kurz darauf auf der Terrasse zum Abendessen Platz nehmen, frage ich ganz beiläufig: »Mama hat Ihnen doch gesagt, dass ich ab morgen bei Doro Puderzucker im Café aushelfe, oder?«

Frau Zeigler verschluckt sich beinah an ihrem Schafskäse. »Nein, das hat deine Mutter nicht«, sagt sie in pikiertem Ton. »Sie hat nichts erwähnt von *dieser Person.*«

Sie nennt Doro nie beim Namen, spricht immer nur von ihr als *diese Person*, und rümpft dabei jedes Mal die Nase.

Doro Puderzucker ist Mamas beste Freundin und Besitzerin des *Café Puderzucker*, das vor allem für seine leckeren Windbeutel bekannt ist.

Letztes Jahr hat Papa seinen vierzigsten Geburtstag groß gefeiert. Bei der Gelegenheit sind Doro und Frau Zeigler aufeinandergetroffen. Die Sache lief von Anfang an ungut: Doro hat feuerrote Dreadlocks und ein Nasenpiercing. Frau Zeigler hält nichts von Dreadlocks. Und von Piercings erst recht nicht. Sie hat Doro mit einem Gesichtsausdruck bedacht, als wäre sie ein feindlicher Alien. Ihren Gatten Raimund hingegen hat die Haartracht überhaupt nicht gestört. Er hat Doro mit glänzenden Augen betrachtet und konnte den Blick gar nicht mehr von ihr wenden, bis Frau Zeigler drohend *»Raimund!«* gezischt und ihn in die Seite geboxt hat.

Danach schien sich die Lage zu entspannen. Doro und Frau Zeigler kamen ins Gespräch über ihre gemeinsame Leidenschaft: backen. Sie haben Rezepte ausgetauscht und sich halbwegs freundlich unterhalten – bis es beim Thema *Käsekuchen* zum Eklat kam. Frau Zeigler hat die Meinung vertreten, dass in jeden Käsekuchen Schmand gehört. Doro hat dagegengehalten und erklärt, dass nur ein Kuchen mit Schichtkäse ein richtiger Käsekuchen ist. Den Rest des Abends haben sie sich erbittert angeschwiegen und keines Blickes mehr gewürdigt.

»Schichtkäse statt Schmand. Und so was führt ein Café«, hat sich Frau Zeigler anschließend ereifert und erbost den Kopf geschüttelt. »Mit der Person rede ich kein Wort mehr!«

Was für meine Zwecke natürlich ideal ist.

»Doros Aushilfe ist in Urlaub«, flunkere ich. »Deswegen habe ich versprochen, sie ab morgen ein bisschen zu unterstützen. Sie wissen schon: Sahne schlagen, Früchte schnippeln, Milch schaumig rühren … Im *Puderzucker* ist in den Sommermonaten ja immer besonders viel los. Weil dann auch die Terrasse geöffnet ist. Ich werde wahrscheinlich von morgens bis abends beschäftigt sein.«

»Den ganzen Tag über? So was nennt sich Kinderarbeit. Und die ist verboten«, schimpft Frau Zeigler.

»Ach wo«, wiegle ich ab. »Ist doch bloß ein kleiner Freundschaftsdienst. Ich mache das gerne.«

»Moment mal!« Frau Zeigler stellt das Kauen ein und fixiert mich mit einem misstrauischen Blick. »Schwindelst du mich etwa an? Ist das wieder so eine Geschichte wie die mit deiner erfundenen frommen Freundin?«

»Natürlich nicht!«, entgegne ich so empört wie möglich und ziehe mein Ass aus dem Ärmel: »Wenn Sie mir nicht vertrauen, können Sie Doro gerne anrufen.«

»Diese Person? Auf keinen Fall!«, schnaubt Frau Zeigler.

»Tja ... dann werden Sie mir wohl einfach glauben müssen«, entgegne ich mit bedauerndem Gesichtsausdruck.

Frau Zeigler presst die Lippen zusammen und stiert übellaunig auf ihren Teller, bevor sie grimmig knurrt: »Na schön. Wenn du dich unbedingt ausbeuten lassen willst von dieser Person. Aber spätestens um acht bist du zu Hause.« Sie wirft einen Blick auf Doktor Herkenrath, der gerade ängstlich vor einem Schmetterling zurückweicht, und fügt mürrisch hinzu: »Halte den Hund vom Schichtkäse fern!«

Als ich am nächsten Morgen aufwache, fühle ich mich ganz hibbelig und aufgeregt. Wie immer, wenn ich weiß, dass ich mit dem schüchternen Detektiv an einem Fall arbeiten werde. Während ich unter die Dusche hüpfe, frage ich mich, welche Art von Verbrechen uns heute erwarten könnte.

Bei unserem ersten gemeinsamen Auftrag ging es um eine verschwundene Perle, in einem weiteren Fall haben Rory und ich wegen eines gestohlenen Gemäldes ermittelt.

Eine zünftige Erpressung wäre mal interessant, denke ich.

Meinetwegen auch eine Entführung. Hauptsache, nicht irgendein total langweiliger Betrugsfall oder einer von den öden Aufträgen, wo man irgendwelche kleinkriminellen Büroklammerdiebe beschatten muss.

Zum Frühstück gibt es Tee. Weil die Kaffeedose zu Frau Zeiglers Verdruss weiterhin verschollen ist.

»Ich weiß nicht, wo ich noch suchen soll«, seufzt sie ratlos. »Das Ding ist wie vom Erdboden verschluckt.«

Womit sie richtiger liegt, als sie ahnt. Aber das muss ich ihr ja nicht auf die Nase binden.

»Nachher fahre ich mit Raimund einkaufen«, erklärt sie. »Dann besorge ich eine neue.«

»Ich bin dann mal bei Doro«, verabschiede ich mich, worauf Frau Zeigler säuerlich guckt und *»diese Person«* in sich reinbrummelt.

Gemeinsam verlassen Doktor Herkenrath und ich das Haus und machen uns auf den Weg zu Rorys Agentur.

Der schüchterne Detektiv ist momentan das, was Frau Zeigler als *Strohwitwer* bezeichnen würde: Charlotte, seine Freundin, ist auf Reisen. Die beiden haben sich kennengelernt, als wir im Fall der verschwundenen Sprudel-Perle ermittelt haben. Charlotte ist ebenso schüchtern wie Rory. Bei den beiden war es scheue Liebe auf den ersten verlegenen Blick.

Erwähnen sollte ich vielleicht noch, dass Charlotte nicht nur ausgesprochen schüchtern, sondern auch eine milliardenschwere Erbin ist und eine riesige Villa besitzt. Sie engagiert sich sehr für wohltätige Zwecke. Und genau deswegen gondelt sie gerade durch Europa. Um andere reiche Menschen davon zu überzeugen, ebenfalls Geld für die gute Sache zu spenden. Brüssel, Paris, London, Barcelona …

Rory arbeitet ununterbrochen und macht so gut wie nie Urlaub. Es hätte ihm gutgetan, sich mal zwei Wochen freizunehmen und Charlotte bei ihrem Europa-Trip zu begleiten. Was ihm aber leider unmöglich war. Der Detektiv hat neben seiner Schüchternheit noch jede Menge andere Schrullen und Marotten. Extreme Flugangst, zum Beispiel. So extrem, dass er nicht mal in einem Flieger sitzen muss, um Angst zu bekommen. Ihn ereilt schon beim Betrachten einer Luftaufnahme wilde Panik.

Vor ihrer Abreise hat Charlotte mich angerufen und schüchtern gebeten, mich ein bisschen um Rory zu kümmern: »Du, ähm, weißt ja, Matilda: Manchmal ist er so in seine Arbeit vertieft, dass er vergisst, zu essen. Sorg doch bitte dafür, dass er gelegentlich eine Kleinigkeit zu sich nimmt. Aber nicht nur Flips und Schokolinsen, sondern wenigstens ab und zu mal ein Rosinenmürbchen. Ach, und es wäre, öhm, nett, wenn du darauf achten könntest, dass er keine unnützen Versicherungen oder Zeitschriften-Abonnements abschließt. Wenn ihm so ein Vertreter auf die Pelle rückt, ist er einfach zu höflich, um *Nein* zu sagen. Neulich hat er sich von einem Verkäufer am Telefon fünfhundert Dosen *Mauzi-Katzenfutter* aufschwatzen lassen. Weil es ihm unangenehm war, den Mann darauf hinzuweisen, dass er überhaupt keine Katze hat.«

Ich habe versprochen, alles Menschenmögliche zu tun.

In den Gärten rechts und links der Kastanienallee zwitschern die Vögelein und zu dieser frühen Morgenstunde herrschen angenehme Temperaturen. Aber wahrscheinlich wird die Sonne in ein paar Stunden wieder vom Himmel brennen, als wollte sie einem das Hirn weichkochen.

Mit der Straßenbahn braucht man dreißig Minuten bis zu Rory. Auf dem Weg zur Haltestelle muss ich unbedingt noch was erledigen: mein Alibi wasserdicht machen. Noch hat es nämlich einen Schwachpunkt: Frau Zeigler glaubt, dass ich bei Doro bin. Und wenn Mama zu Hause anruft, wird sie ihr genau das berichten. Mama wird sich mit der Auskunft erst mal zufriedengeben und nicht weiter nachhaken. Bis dahin ist alles im grünen Bereich. Gefährlich wird es, wenn das Thema später mal zwischen Mama und Doro aufkommen sollte – und Doro ganz überrascht davon ist, dass ich eine Woche bei ihr ausgeholfen habe. Dann kann ich wieder zum Verhör antreten.

Dieses kleine Leck in meinem Alibi muss ich noch stopfen. Mit einem weiteren Schwindel.

Das *Puderzucker* hat gerade erst geöffnet. Doro spannt Sonnenschirme auf der Terrasse auf. Neben dem Eingang zum Café hat sie einen Napf mit Wasser hingestellt. Doktor Herkenrath stürzt sich wie ein Verdurstender darauf und schlabbert los, als hätte er eine dreiwöchige Wüstenwanderung hinter sich.

»Morgen, Doro.«

»Morgen, Matilda«, begrüßt sie mich und schüttelt ihre roten Dreadlocks. »Was führt dich so früh hierher?«

»Du hast nicht zufällig einen Milchkaffee übrig? Bei uns zu Hause gibt es momentan nur Tee.«

»Na klar«, sagt sie. »Ich mache uns zwei Caffè Latte.«

Ich nehme an einem der Tische auf der Terrasse Platz, lasse mir die Morgensonne auf die Nase scheinen und beobachte, wie sich die Gassen zwischen den bunten Marktbuden auf dem Boringer Platz mit Menschen füllen.

Doro kommt kurz darauf zurück, setzt sich zu mir und wirft mir über den Rand ihres Glases hinweg einen neugierigen Blick zu. »Du bist doch nicht nur wegen des Kaffees hier, Matilda. Irgendwas willst du. Ich kann es dir an der Nasenspitze ansehen. Also – raus damit!«

Ich beuge mich zu ihr vor und wispere geheimnistuerisch: »Ich brauche deine Unterstützung. Und vor allem deine Verschwiegenheit. Zu Mamas Geburtstag im September möchte ich sie mit einem Hundetanz überraschen.«

»Hundetanz?« Doro blickt mich ungläubig an.

»Ja. Hundetanz oder auch Dogdancing. Da tanzen Herrchen oder Frauchen gemeinsam mit ihrem Hund.«

»Im Ernst?«, kichert Doro. »Und was kommt als Nächstes? Karate mit der Katze? Hockey mit dem Hamster? Tiefseetauchen mit dem Goldfisch?«

»Das ist eine richtige Sportart«, kläre ich sie auf. »Dafür gibt es sogar internationale Meisterschaften und so was. Jedenfalls – diese Woche wird auf dem Hundeübungsplatz ein Dogdancing-Kurs angeboten. Und da habe ich Doktor Herkenrath und mich angemeldet. Damit wir einen schönen Tanz einüben und Mama damit an ihrem Geburtstag überraschen können.«

»Und du glaubst wirklich, dass ihr das gefallen wird?«, fragt Doro mit skeptischem Unterton.

»Bestimmt. Und für Doktor Herkenrath ist das auch eine gute Sache. Da kommt er mal wieder ein bisschen in Form.«

Doro wirft einen kurzen Blick auf meinen Cockerspaniel und raunt mir zu: »Der haut doch ab, sobald er Musik hört.«

»Ach, was«, sage ich. »Der kriegt das schon hin. Vielleicht wird er dadurch sogar ein bisschen selbstbewusster.«

»Und was habe *ich* mit dieser Hundetanzerei zu tun?«, will Doro wissen.

»Na ja, damit es eine Überraschung wird, darf Mama nichts von dem Kurs erfahren. Also, falls zwischen euch mal die Sprache darauf kommen sollte: Ich habe die erste Ferienwoche hier im Café verbracht und dir in der Küche geholfen. Frau Zeigler habe ich das auch erzählt. Weil sie sich dauernd verplappert und kein Geheimnis bewahren kann.«

»Tja …«, macht Doro und zuckt mit den Schultern. »Wer Schmand in den Käsekuchen tut, auf den ist auch sonst kein Verlass. Also gut: Ich werde deiner Mutter erzählen, dass du fleißig bei mir in der Küche gewerkelt hast.«

»Du bist ein Schatz, Doro«, sage ich und wische mir Milchschaum von der Oberlippe. »Und jetzt hätte ich gerne noch vier Rosinenmürbchen. Aber die bezahle ich natürlich.«

Doro erhebt sich, blickt noch einmal zweifelnd zu dem schlabbernden Doktor Herkenrath und flüstert mir ins Ohr: »Er ist ja wirklich ein lieber Kerl. Aber als Tänzer kann ich ihn mir beim besten Willen nicht vorstellen. Der hat sich doch nach zehn Takten alle vier Beine verknotet.«

Üblicherweise frühstücken Rory und ich gemeinsam, bevor wir uns an die Arbeit machen. Vorzugsweise Rosinenmürbchen, die so was wie das Lieblingsgebäck aller Schüchternen sind. Dazu trinkt der Detektiv ein entsetzlich schmeckendes, widerwärtiges Gebräu, das ich als schüchternen Kaffee bezeichne, weil es so dünn ist, dass man beinahe durchsehen kann.

Aber heute gibt es kein Frühstück, wird mir schlagartig klar, als Doktor Herkenrath und ich in der Sailenzer Straße eintreffen.

Rory ist so populär, dass er eine riesige Fangemeinde hat.

Normalerweise drücken sich immer ein paar Fans vor der Agentur herum, in der Hoffnung, einen kurzen Blick auf den Detektiv zu erhaschen oder ein Autogramm zu ergattern. Momentan ist das Fan-Aufkommen aber eher gering bis nicht vorhanden. Was wohl an der Ferienzeit liegt. Auch Rory-Fans müssen mal Urlaub machen.

Dafür steht der schüchterne Detektiv höchstpersönlich vor dem Haus, blickt alle fünf Sekunden auf seine Armbanduhr und scheint mich ungeduldig zu erwarten. Rory ist eine große, dürre Erscheinung mit lockigem Haar. Wie fast immer trägt er einen tadellos sitzenden Anzug, Hemd und Krawatte. Ein Aufzug, in dem er im Laufe des Tages gehörig ins Schwitzen kommen dürfte.

»Morgen, Rory. Was ist los?«, frage ich verwundert. »Warum stehen Sie hier unten auf der Straße?«

»Guten Morgen, Matilda. Wir, öhm, wir haben einen Fall. Und es, ähm, eilt ein wenig«, entgegnet er, lächelt schüchtern und kratzt sich verlegen am Hals. »Ich, äh, habe Amadeus angerufen. Er müsste jeden Moment hier sein.«

Kaum hat er es ausgesprochen, biegt eine schwarze Elektrolimousine um die Ecke. Die Nobelkarosse hält direkt vor uns. Ein grauhaariger, gebrechlich wirkender Mann in weinroter Chauffeur-Uniform klettert ächzend aus dem Gefährt, öffnet die hintere Wagentür, deutet eine Verbeugung an und begrüßt uns kurzatmig: »Guten, Morgen, Frau Bond. Guten

Morgen, Herr Shy. Guten Morgen, Herr Doktor Herkenrath.«

»Schön, Sie wiederzusehen, Amadeus«, sage ich und lächle ihn freudig an.

Die schwarze Limousine gehört Charlotte, Rorys Freundin. Amadeus ist ihr Chauffeur. Und da der schüchterne Detektiv über keinen Führerschein verfügt, hat Charlotte ihm angeboten, dass er Amadeus' Dienste in Anspruch nehmen kann, wenn er sie benötigt. Amadeus ist sechsundachtzig und ein wenig zittrig, aber ein erstklassiger Fahrer.

Rory und ich nehmen auf der Rückbank Platz. Doktor Herkenrath springt auf meinen Schoß und guckt so bedröppelt, als wollte er sagen: »Muss das wirklich sein?« Autofahren gehört auch zu den Dingen, vor denen er Angst hat. Weil sein Magen dabei jedes Mal Salto schlägt.

»Wohin darf ich Sie bringen?«, fragt Amadeus mit knarzender Stimme.

»Wir, öhm, wir müssten zu Schloss Eichhorn«, antwortet Rory und räuspert sich nervös. »Wenn es Ihnen keine, ähm, wenn es Ihnen keine Umstände …«

Schloss Eichhorn? Überrascht runzle ich die Stirn. Das Schloss Eichhorn findet man ein paar Kilometer vor den Toren der Stadt, inmitten grüner Hügel und Wälder. Es wurde im achtzehnten Jahrhundert als Jagdschlösschen für einen Kurfürsten erbaut, der sich zeit seines Lebens genau einen (!) Tag dort aufgehalten hat. Dann stand es viele Jahre leer, bis es Mitte des vergangenen Jahrhunderts zu einem Internat für Kinder schwerreicher Eltern umfunktioniert wurde.

»Worum geht es?«, frage ich Rory neugierig, während Amadeus die schwarze Limousine in den Verkehr einfädelt.

Der schüchterne Detektiv scheint mich nicht zu hören und stiert sehnsuchtsvoll auf die Tüte mit Rosinenmürbchen, die ich aus dem *Puderzucker* mitgebracht habe. Wahrscheinlich hat er sich in den letzten Tagen ausschließlich von dünnem Kaffee ernährt.

»Greifen Sie ganz unschüchtern zu!«, sage ich und halte ihm die Tüte vor die Nase.

»Oh, äh, gerne. Wenn das nicht zu unverfroren ...« Er nimmt sich ein Mürbchen und beginnt daran zu nagen wie eine Maus am Käse.

»Spannen Sie mich nicht auf die Folter, Rory. Was hat es mit Schloss Eichhorn auf sich?«, will ich wissen.

Der Detektiv pult eine Rosine aus dem Mürbchen. Seine Miene verfinstert sich und er wispert: »Es geht um eine Tote in der Schulbibliothek. Vielleicht ein Unfall. Vielleicht aber auch ein, *hüstel, hüstel* ... ein Mord.«

Augenblicklich wird mir flau im Magen. Verschwundene Perlen und gestohlene Gemälde sind eine Sache. Aber ... eine Tote? Ein Mord?

»Alles in Ordnung mit dir?«, fragt Rory und betrachtet

mich mit einem besorgten Blick. »Du bist ja plötzlich ganz blass.«

»Ich habe noch nie eine Leiche gesehen«, krächze ich mit einem Kloß im Hals.

»Oh, keine Sorge«, beschwichtigt der Detektiv, während er auf dem Mürbchen herumkaut. »Es gibt keine Leiche.«

Begriffsstutzig glotze ich Rory an. Zugegeben – gestern hatte ich eine Trauerfeier ohne Verstorbene. Aber ein Mord ohne Leiche?

»Was soll das heißen: *Es gibt keine Leiche?*«, stammele ich perplex.

»Nun, äh, eine Leiche gibt es schon«, entgegnet der schüchterne Detektiv und zupft nervös an seinem Ohrläppchen. »Irgendwo … auf einem, öhm, Friedhof. Aber nicht in der Bibliothek. Weil die Tote, um die es geht, bereits vor fünfundzwanzig Jahren gestorben ist.«

»Vor fünfundzwanzig Jahren?«, wiederhole ich entgeistert. »Und warum haben wir es dann so eilig?«

»Heute Morgen hat mich Frau Dr. Franck angerufen, die Leiterin des Internats«, erklärt Rory und schluckt einen letzten Bissen hinunter. »Bei der Toten von vor fünfundzwanzig Jahren handelte es sich um eine Lehrerin der Schule. Sie wurde leblos am Fuß einer Wendeltreppe aufgefunden. Damals sind alle von einem Unfall ausgegangen. Aber gestern ist, laut Dr. Franck, ein mysteriöser Hinweis aufgetaucht, der besagt, dass der Tod der

Lehrerin kein Unfall, sondern das Ergebnis eines Verbrechens war. Mord!«

»Echt?«, mache ich und spüre, wie mich mit einem Mal ein angenehmes Kribbeln durchläuft. »Sie meinen, wir ermitteln in einem *Cold Case*?«

Rory hüstelt verlegen. »Ich, öhm, ja ich … ich denke, das könnte man so sagen.«

»Wow!« Ich lasse mich in die Polster der Rückbank sinken und spüre, wie sich ein Lächeln auf meinem Gesicht ausbreitet. Ich bin begeisterte Krimileserin. Und am spannendsten finde ich die Geschichten, in denen es um unaufgeklärte, geheimnisvolle Fälle aus der Vergangenheit geht. Um Cold Cases. Und jetzt werde ich selbst in einem ermitteln.

Und wenn man genauer darüber nachdenkt: An einem heißen Sommertag ist ein kalter Fall genau das Richtige!

~ 3 ~
Ein Anfall von Schüchternheit

Nachdem wir die Stadt hinter uns gelassen haben, folgen wir einer kurvigen Landstraße, die an einem träge fließenden Flüsschen entlangführt und sich bald darauf in zahlreichen Windungen durch eine hügelige Landschaft schlängelt.

Ich nehme mir eine Waldmeisterbrause aus dem Mini-Kühlschrank der Limousine, löchere Rory mit Fragen nach dem Fall und will Einzelheiten erfahren, aber mehr als das wenige, das er mir erzählt hat, weiß er bisher auch nicht. Der Detektiv blickt stumm und in Gedanken versunken auf die vorbeiziehende Landschaft, während Doktor Herkenrath vor allem damit beschäftigt ist, elend auszusehen. Die vielen Kurven bekommen ihm gar nicht. Wahrscheinlich betet er inbrünstig zu seinem Hundegott, dass wir unser Ziel so schnell wie möglich erreichen.

Woran mir auch gelegen ist. Schließlich geht es hier nicht um einen entspannten Ausflug aufs Land – sondern um die Aufklärung eines (möglichen) Verbrechens. Eines Verbrechens, das verübt wurde, als Rory seine ersten schüchternen Schritte ins Leben gemacht hat – und ich noch nicht mal auf der Welt war.

Wenn man so will, reisen wir gerade nicht nur durch eine idyllische sommerliche Landschaft – sondern in gewisser Weise auch durch die Zeit. Fünfundzwanzig Jahre in die Vergangenheit.

Nach vierzig Minuten Fahrt erspähe ich am Straßenrand ein Schild mit der Aufschrift *Privatzufahrt Schloss Eichhorn.*

Amadeus biegt rechts ab und folgt einem engen, aufwärts führenden Serpentinenweg. An dessen Ende gelangen wir auf einen großen Schotterparkplatz, wo uns ein weiteres Schild erwartet:

Privatparkplatz Internat Schloss Eichhorn
Mitarbeiter und Besucher

Auf dem Parkplatz stehen allerdings nur vier Wagen. Kein Wunder, schließlich sind Ferien.

»Wünschen Sie, dass ich hier auf Sie warte, Herr Shy?«, fragt Amadeus in allerhöflichstem Chauffeur-Tonfall.

»Das, öhm, das ist nicht … Ich befürchte, wir werden etwas länger … Und es wäre mir unangenehm, Sie darum zu bitten, in dieser Hitze stundenlang auf uns, äh …«

»Ich könnte natürlich auch in die Stadt zurückfahren. Und wenn Sie meine Dienste benötigen, rufen Sie mich an und ich hole Sie ab.«

»Das würden Sie tun? Das wäre wirklich sehr, öhm, freundlich.«

»Sehr gerne, Herr Shy. Ich erwarte mit Freuden Ihren Anruf.« Amadeus wendet den Wagen, hebt noch einmal die Hand zum Gruß und die Limousine entschwindet talwärts.

Schloss Eichhorn verfügt über einen weitläufigen Park, das Gelände ist von einem hohen, schmiedeeisernen Zaun umgeben.

Doktor Herkenrath torkelt ein bisschen, ansonsten scheint er die Fahrt halbwegs heil überstanden zu haben und wirkt ganz frohgemut.

Bei Rory verhält es sich genau umgekehrt. Er bleibt am Eingang des Parks wie angewurzelt stehen, sein Gesicht nimmt eine beunruhigend graue Färbung an und er stammelt mit erstickter Stimme: »Ähm, erinnerst du dich daran, was ich dir über Französische Gärten erzählt habe, Matilda?«

Schlagartig verstehe ich, was mit ihm los ist.

Wie bereits erwähnt, hat der schüchterne Detektiv neben seiner Schüchternheit auch jede Menge merkwürdiger Schrullen. Zum Beispiel nascht er fürs Leben gerne bunte Schokolinsen – sortiert die braunen aber immer aus, weil er sie aus irgendeinem Grund eklig findet. Wenn er Musik hört, und es erklingt dabei ein Moll-Akkord, führt das bei Rory dazu, dass sein rechtes Augenlid zu flattern beginnt. Außerdem jagen ihm Puppen eine Heidenangst ein. Er gruselt sich total vor ihren künstlichen Augen. Wäre ich ein Gangster und wollte den Detektiv einschüchtern, würde ich ihn nicht mit einer Pistole bedrohen, sondern ihm eine Puppe vor die Nase halten. Das versetzt ihn in eine schockartige Starre. Und dann ist da eben auch noch die Sache mit den Gärten. Beim Anblick eines Französischen Gartens überfällt den Detektiv das lähmende Gefühl, keinen Schritt mehr gehen zu können.

Französische Gärten (oder Barockgärten) sind künstlich geschaffene, gärtnerische Kunstwerke, in denen alles auf Symmetrie und Regelmäßigkeit angelegt ist und in denen Formen vorherrschen, wie sie in der Natur eigentlich nicht vorkommen: geometrisch angelegte Rasenflächen, lange gerade Wege, geometrisch beschnittene Bäume, Büsche, Hecken und Sträucher.

Und genau diese Art von Gartenanlage liegt vor uns. Das Zentrum des Parks bildet ein flaches, längliches Becken, das sich vom Parkeingang bis kurz vor die Türen des Schlosses erstreckt und auf dessen Wasser ein einsamer Schwan seine Bahnen zieht. Rechts und links des Wasserbeckens führen zwei schmale Kieswege schnurstracks auf das Schloss zu. Das große Hauptgebäude hat zwei Nebenflügel, verfügt über zahlreiche hohe Fenster und einen scheinbar recht neuen orangefarbenen Anstrich. Zur Linken des Schlosses befinden sich etwas versteckt mehrere kleine Häuschen, die an englische Cottages erinnern. Auf einer Wiese rechts neben dem Hauptgebäude spielt eine Gruppe von Menschen Frisbee.

»Haben Sie vor, sich irgendwann noch mal zu bewegen?«, frage ich den Detektiv, der noch immer wie zur Salzsäule erstarrt dasteht.

»Das lässt sich, *räusper, räusper,* wohl nicht umgehen«, seufzt er, setzt sich schwerfällig in Bewegung, schleppt sich mit leidendem Gesicht über den Kiesweg und vermittelt den Eindruck, als könnte er jeden Moment vor Erschöpfung zusammenbrechen.

»Wollen Sie sich auf meine Schulter stützen?«, biete ich an.

»Äh, nein, danke. Das ist nett, aber ich ... Es, öhm, es geht schon«, versichert Rory – sieht dabei aber nicht so aus, als ob bei ihm besonders viel ginge.

»Haben Sie eine Ahnung, *warum* Ihnen das passiert? Warum Sie beim Anblick Französischer Gärten so erschöpft werden?«, frage ich.

Rory kratzt sich nachdenklich am Kinn. »Ich glaube, es ist, weil ... Diese offenen Flächen und dieser weite Blick und diese schnurgeraden Wege ... Man sieht schon am Anfang des Weges, wo er einen hinführt. Naturbelassene Gärten sind viel spannender. Da gibt es gewundene Wege und versteckte Seitenpfade und man weiß nie, was einen hinter dem nächsten Busch erwartet. Aber hier, wo man am Anfang schon das, öhm, Ende sieht ... Das ist unendlich langweilig. Und wenn mir langweilig wird, werde ich trübsinnig. Und wenn ich trübsinnig werde, fühle ich mich ausgelaugt und erschöpft.«

Der Park von Schloss Eichhorn ist aber gar nicht so langweilig, wie er auf den ersten Blick erscheint. Während wir uns dem Hauptgebäude nähern, bemerke ich zu unserer Rechten etwas Merkwürdiges: eine lange Reihe kleiner quadratischer Steinplatten, die in den Rasen eingelassen sind. Ähnlich den Platten, die sich auf Urnengräbern finden. Aber um Gräber kann es sich nicht handeln. Erstens ist das der Park eines Nobel-Internats und kein Friedhof und außerdem sind in die Platten keine Namen gemeißelt, sondern Jahreszahlen. Angefangen beim gegenwärtigen Jahr führen sie immer weiter in die Vergangenheit zurück, je näher man dem Schloss kommt. Die letzte Platte trägt die Inschrift *1997.* Allerdings ist sie von ihrem eigentlichen Platz in der Reihe entfernt worden, und da wo sie sich ursprünglich befunden haben muss, klafft ein zwanzig Zentimeter tiefes Loch in dem ansonsten wohlgepflegten Rasen.

»Haben Sie eine Ahnung, was es damit auf sich haben könnte?«, frage ich den Detektiv.

Rory betrachtet die Steinreihe mit gerunzelter Stirn und murmelt: »Es könnte, ähm, es könnte …«

Ein lautes Flügelschlagen unterbricht ihn – gefolgt von einem hysterischen Jaulen: Der Schwan hat sich aus dem Wasserbecken in die Luft erhoben und segelt im Tiefflug über unsere Köpfe hinweg – was Doktor Herkenrath derart in Panik versetzt, dass er umgehend die Flucht ergreift und über den Rasen davon wetzt, als ginge es um sein Leben.

»Doktor Herkenrath!«, rufe ich und sprinte hinter ihm her. »Bei Fuß!« Aber wenn er panisch ist, hört und sieht er nichts und rennt einfach immer weiter. Bis er nicht mehr kann.

Zum Glück wird einer der Frisbee-Spieler – ein dunkelhäutiger Junge mit Rastazöpfen – auf die Situation aufmerksam. Er läuft Doktor Herkenrath entgegen, stellt sich ihm in den Weg und schafft es, ihn aufzuhalten. Dann hockt er sich vor ihn hin, streicht ihm übers Fell und redet beruhigend auf ihn ein.

»Danke!«, keuche ich, als ich bei den beiden ankomme, stütze die Hände auf die Knie und versuche, zu Atem zu kommen.

Der Junge trägt Shorts und ein ausgewaschenes T-Shirt und dürfte in meinem Alter sein. Seine Rastazöpfe sind eng an den Kopf geflochten, er hat blendend weiße Zähne und ein kleines Grübchen auf der rechten Wange. Der Junge grinst breit und sagt mit einem amüsierten Blick auf den zitternden Doktor Herkenrath: »Für eine Tapferkeitsmedaille kommt er wohl eher nicht in Betracht.«

Was ich ziemlich dreist finde. Es ist eine Sache, ob ich über Doktor Herkenraths Ängstlichkeit lästere. Schließlich kenne ich ihn seit meinem siebten Lebensjahr. Aber jemand anders hat deshalb noch lange nicht das Recht, sich über ihn lustig zu machen. Und wenn er es doch tut, bekommt er von mir eine passende Antwort zu hören.

Normalerweise. Aber diesmal will mir ums Verrecken keine Antwort einfallen. Stattdessen höre ich mich stammeln: »Das, äh, *räusper*, das, äh … das ist nicht, öhm …«

Grundgütiger!, durchfährt mich der Schreck. Was ist das denn? Du bist doch sonst nicht auf den Mund gefallen, Matilda. Ist Schüchternheit etwa ansteckend? Und Rory ein Super-Spreader? Hat es mich jetzt auch erwischt?

Der Junge richtet sich auf und sagt lächelnd: »Ich bin übrigens Danny Bekono. Schüler in diesem Laden hier. Außerdem stellvertretender Chefredakteur bei *Ratatosk*, unserer Schülerzeitung. Und wie es aussieht, auch erfolgreicher Hundeberuhiger.«

»Aha?«, mache ich und stiere ihn wortlos an. Obwohl mir klar ist, dass ich an dieser Stelle auch was sagen sollte. Meinen Namen, zum Beispiel. Und das würde ich auch. Wenn er mir einfallen würde. Unglücklicherweise kann ich mich gerade nicht erinnern. Habe ich etwa einen Sonnenstich?

»Ma … Marlene«, stottere ich völlig desorientiert. »Äh, nein. Miranda. Quatsch! Matilda. Matilda, meine ich. Ich bin Matilda. Matilda, öhm, Bond.«

»Ganz sicher scheinst du dir ja nicht zu sein«, befindet Danny Bekono lachend.

Worauf ich rot anlaufe und kichere wie eine verlegene Fünfjährige.

Was in drei Gottes Namen ist mit mir los?, frage ich mich völlig fassungslos – als ich sehe, dass auch die übrigen Frisbee-Spieler zu uns herüberkommen. Ein blondes, etwa zehnjähriges Mädchen, ein schwarzhaariger Mann mit Bart und eine junge brünette Frau mit Zopf und Brille.

Von der anderen Seite her schlurft der erschöpfte Rory in Zeitlupentempo auf uns zu und begrüßt die Anwesenden mit einem scheuen Lächeln.

»Der schüchterne Detektiv!«, ruft das blonde Mädchen und kriegt sich vor Aufregung gar nicht mehr ein. Sie springt auf Rory zu und fragt naseweis: »Was ich schon immer mal wissen wollte: Ist es wahr, dass Sie sich im Fall der *Heißen Nadel* die Finger verbrannt haben, weil Sie zu schüchtern waren, um –«

»Rosalind, hör auf, unsere Besucher mit neugierigen Fragen zu belästigen«, unterbricht sie die Frau mit dem Zopf, stiert den Detektiv dabei aber auch völlig fasziniert an.

»Ach, das, öhm, macht doch nichts«, stottert Rory höflich und fügt verschämt hinzu: »Das mit den verbrannten Fingern stimmt allerdings nicht. Das ist nur ein Gerücht. Ich habe lediglich eine Tackernadel verschluckt. Aus, ähm, Versehen. Aber es wäre mir unangenehm, das im Einzelnen …«

»So prominenten Besuch bekommt man nicht alle Tage«, sagt der bärtige Mann und streckt Rory die Hand entgegen.

Ich schätze ihn auf Mitte vierzig. Er ist braun gebrannt, hat eine tiefe, wohlklingende Stimme und wirkt athletisch und durchtrainiert. Wie jemand, der viel Sport treibt.

»Erhan Aktas«, stellt er sich vor. »Ich bin Erzieher auf Schloss Eichhorn. Das«, er deutet auf die junge Frau mit Zopf, »ist meine Kollegin Diana Pesch. Und das sind Danny Bekono und Rosalind Verpoorten. Schüler unserer Einrichtung.«

Die meisten Menschen haben ein miserables Namensgedächtnis. Ich auch. Ein Gesicht muss ich nur einmal sehen, damit es sich auf immer und ewig in meine Erinnerung einbrennt, aber einen Namen habe ich schon nach zwei Minuten vergessen. Was im Alltag zu peinlichen Situationen führt und für die Detektivarbeit eine Vollkatastrophe ist. Als Detektivin muss man sich jede Information über eine Person merken können: Gesicht, Statur, Stimme, Eigenarten – vor allem aber den Namen. Deswegen habe ich eine Methode entwickelt, die mir dabei hilft: Unmittelbar nachdem mir jemand vorgestellt wurde, spreche ich seinen Namen (in Gedanken) ein paar Mal hintereinander aus.

Erhan Aktas, Diana Pesch, Danny Bekono, Rosalind Verpoorten, wiederhole ich innerlich, während ich meinen Blick über die dazugehörigen Gesichter wandern lasse.

»Rory Shy! An unserer Schule! Ist ja der Hammer! Ich wette, Frau Dr. Franck hat Sie engagiert«, platzt es aus Danny Bekono raus. »Wegen der Geschichte mit der Zeitkapsel. Habe ich recht?«

Zeitkapsel? Ich blicke ihn verdutzt an, aber ehe ich etwas sagen kann, höre ich den Detektiv murmeln: »Wo, äh, wo finden wir denn Frau Dr. Franck?«

»Ich bringe Sie zu ihrem Büro«, bietet Erhan Aktas an. »Kommen Sie.«

Ich will mich Rory und dem Erzieher anschließen, als Danny Bekono mir auf die Schulter tippt und grinsend fragt: »Und was hast du mit dem schüchternen Detektiv zu tun, Marlene? Oder Miranda. Oder Matilda. Oder wie immer du auch heißt. Bist du so was wie seine, öhm, äh, *räusper, räusper,* schüchterne Assistentin?«

Macht er sich etwa über mich lustig? Erstens habe ich ja wohl klargestellt, dass mein Name Matilda ist. Und zweitens bin ich kein bisschen schüchtern.

Wenn ich wollte, könnte ich dich in Grund und Boden quatschen, dir Sülze erzählen, bis dir der Kopf raucht, und dich so dermaßen zulabern, dass du nicht mehr weißt, wo oben und unten ist, denke ich.

Seltsamerweise sage ich es aber nicht. Auf halbem Weg zwischen meinem Hirn und meinem Mund scheint was zu haken. Stattdessen hüstele ich umständlich, nuschele verschämt: »Tut mir leid, ich, öhm, habe es leider, ähm, eilig«, und husche hastig davon.

»Ach, Matilda«, ruft er mir nach, und als ich mich umdrehe, sehe ich, dass er auf Doktor Herkenrath deutet, der es sich auf dem Rasen bequem gemacht hat. »Du hast deinen ängstlichen Cockerspaniel vergessen.«

Was stimmt nicht mit mir?, frage ich mich verwirrt, während ich Rory und dem Erzieher zum Haupteingang des Schlosses folge. *Woher kommt diese plötzliche Schüchternheit? Bis vor ein paar Minuten wusste ich nicht mal, wie sich so was anfühlt, und dann plötzlich stammele und stottere ich heftiger als Rory und Charlotte zusammen und kriege keinen vernünftigen Satz raus. Und das auch noch bei jemandem, der sich völlig ungeniert über mich lustig macht. Wo ist deine Schlagfertigkeit hin, Matilda?*

Das muss die Hitze sein, sage ich mir. Die macht einen wirklich matschig in der Birne. Jedenfalls hoffe ich sehr, dass es an der Hitze liegt. Und dass es nur ein vorübergehender Schüchternheits-Anfall war. Wenn das zu einem Dauerzustand wird, kann ich einpacken. Das Letzte was ein schüchterner Detektiv brauchen kann, ist eine schüchterne Assistentin.

»Ich bin etwas überrascht, dass sich noch Schüler hier aufhalten«, sagt Rory zu Erhan Aktas. »Haben gestern nicht die Ferien begonnen?«

»Manchmal ergeben sich spezielle Umstände, die dazu führen, dass Schüler des Internats erst verspätet nach Hause fahren können«, antwortet der Erzieher. »Für diesen Fall bieten meine Kollegin und ich eine Ferien-Notbetreuung an.«

Erhan Aktas öffnet die massive Eingangstür zum Schloss, deutet ins Innere des Gebäudes und erklärt: »Durch die Halle, die Treppe hoch und dann geradeaus den Korridor entlang. Hinter der letzten Tür rechts finden Sie das Büro der Direktorin.«

»Ach, ähm, eine Frage hätte ich noch«, sagt Rory mit leiser Stimme, als der Erzieher sich abwenden will. »Dieser Danny Bekono erwähnte etwas von einer, öhm, Zeitkapsel. Können Sie mir sagen, was es damit auf sich hat?«

Erhan Aktas' Miene wirkt mit einem Mal wie versteinert. »Ich denke, das sollte Ihnen Frau Dr. Franck erläutern«, presst er zwischen zusammengekniffenen Lippen hervor, dreht sich auf dem Absatz um und eilt schnellen Schrittes davon.

Im Eingangsbereich des Schlosses ist es angenehm kühl. Am gegenüberliegenden Ende der Halle führt eine breite Steintreppe in die oberen Stockwerke. Rechts und links des Treppenaufgangs stehen zwei gläserne Vitrinen, in denen Gegenstände ausgestellt sind, die in der ein oder anderen Weise in Beziehung zur Geschichte des *Schloss Eichhorn* stehen: drei silberne Teller mit kurfürstlichem Emblem, zwei Degen, eine Muskete, Münzen, alte vergilbte Urkunden ...

Während Rory den Inhalt der Vitrinen neugierig betrachtet, blicke ich mit großen Augen zu der hohen, kuppelförmigen Decke, von der ein gelbes Banner hängt, das das Schulwappen von Schloss Eichhorn zeigt: In schwarzen Lettern ist das Wort RATATOSK auf den Stoff geprägt. Hat Danny Bekono den Begriff nicht gerade eben erwähnt? So heißt doch auch die Schülerzeitung. Wer oder was ist *Ratatosk*?, frage ich mich ratlos.

Unter dem Schriftzug ist ein Baum abgebildet, in dessen Krone ein Adler sitzt. Um den Fuß des Baumes windet sich eine Schlange. Und zwischen den beiden klettert ein kleines Tierchen mit buschigem Schwanz den Stamm empor. Ein Eichhörnchen!

Ich mache einen Satz in Richtung Doktor Herkenrath, um ihm die Augen zuzuhalten, aber es ist bereits zu spät. Er stiert mit furchterfülltem Blick auf das Banner und sieht aus, als könnte er jeden Moment Durchfall kriegen. Vor nichts auf der Welt hat er mehr Angst als vor Eichhörnchen! Dabei ist es völlig egal, ob ihm eines leibhaftig gegenübersteht oder auf einem Banner abgebildet ist.

Im nächsten Augenblick fällt die Schockstarre von ihm ab, er düst – zum zweiten Mal innerhalb weniger Minuten – in blinder Panik davon und schlittert in einen Gang rechts von uns. Keine drei Sekunden später kommt er aber schon wieder jaulend aus dem Gang herausgeschossen, während ihm eine wütende Stimme hinterherbrüllt: »Was hast du hier zu suchen, du Mistvieh? Warte – wenn ich dich kriege!«

Doktor Herkenrath rettet sich mit einem verzweifelten Sprung in meine Arme – als ein Mann mit zornesrotem Gesicht aus dem Gang biegt und auf uns zuhält. Er hat eine Glatze und einen gezwirbelten Schnurrbart, verfügt über einen stattlichen Bierbauch und hält eine Rohrzange in der Hand.

»Nehmen Sie gefälligst die Hände von der Vitrine!«, fährt er den Detektiv an. »Sie versauen mit Ihren fettigen Schmierfingern das Glas.« Eingeschüchtert tritt Rory einen Schritt zurück, während der Glatzkopf mit der Zange vor meiner Nase rumfuchtelt und motzt: »Gehört das Vieh etwa zu dir? Hunde sind hier nicht erlaubt!«

»Das ist kein Vieh! Das ist Doktor Herkenrath!«, schleudere ich dem Mann wütend entgegen. »Und er darf sehr wohl hier sein. Weil wir eine Sondererlaubnis vom Schulministerium haben. Von Schulrat Dr. Amadeus Waldmeister persönlich!«

Oh, sieh mal an, denke ich. *Das mit der Schüchternheit lag wirklich nur an der Hitze. Hier drin funktioniert meine große Klappe einwandfrei.*

»Dr. Waldmeister? Noch nie gehört«, grummelt der Glatzenträger, wirkt aber dennoch beeindruckt und brummt missmutig: »Sorg gefälligst dafür, dass dieser Flohtransporter nicht einfach irgendwohin läuft, wo er nichts verloren hat.«

»Er hat sich nur vor dem Eichhörnchen erschreckt«, erklärt Rory und zeigt auf das Schulwappen. »Doktor Herkenrath, öhm, fürchtet sich vor Eichhörnchen.«

Der Mann stößt ein fieses, rohes Gelächter aus und scheint sich königlich über diese Äußerung zu amüsieren. Sein Bierbauch schwabbelt vor Lachen auf und ab.

»Was ist daran so witzig«, fragt der Detektiv und räuspert sich verlegen.

»Na, weil der Köter ja dann hier genau richtig ist. Was glauben Sie, warum das Schloss Eichhorn *Schloss Eichhorn* heißt?

Im Wald hinter dem Internat wimmelt es von den Drecksviechern. Da springen Hunderte Eichhörnchen rum.«

Ich werfe einen schnellen Seitenblick auf Doktor Herkenrath und hoffe inbrünstig, dass er kein Wort verstanden hat. Weder *Köter* noch *Drecksviecher.* Und vor allem nicht *Eichhörnchen.*

Dem Bierbäuchigen dämmert derweil, wen er vor sich hat. »Sagen Sie, sind Sie nicht dieser Schnüffler?«, sagt er mit unfreundlichem Gesichtsausdruck. »Bobby Shine?«

»Rory, ähm, Shy«, korrigiert ihn der Detektiv mit einem höflichen Lächeln. »Und mit wem haben wir die Ehre?«

»Horst Kollmann. Ich bin der Hausmeister von Schloss Eichhorn. Und was haben Sie hier verloren? Wird man ja wohl noch fragen dürfen, oder?«

»Dazu kann ich Ihnen momentan leider nichts, öhm …«

»Nur damit Sie es wissen«, murrt Horst Kollmann. »Ich kann keine Hunde leiden. Und ich kann keine Leute leiden, die ihre Nase in Angelegenheiten stecken, die sie nichts angehen. Vor allem nicht an meiner Schule. Klar?«

Rory bleibt immer und unter allen Umständen höflich. Selbst wenn ihm jemand so blöd kommt wie Horst Kollmann. Ich bin mehr der *»Wie man in den Wald ruft, so schallt es heraus«*-Typ.

»Oh, ich bitte tausendfach um Entschuldigung. Wir wussten ja nicht, dass die Schule Ihnen gehört«, entfährt es mir in patzigem Ton.

»Vorlaute Kinder kann ich noch weniger leiden als Hunde«, knurrt der Hausmeister und sieht mich an, als würde er mir gerne die Rohrzange über den Kopf ziehen. Dann beugt er sich zu Rory vor und zischt in drohendem Ton: »Ich ahne schon, warum Sie hier sind. Und ich sage Ihnen jetzt mal was, Herr Meisterdetektiv: Die Toten sollte man ruhen lassen. Es kann gefährlich sein, sie aufzuwecken. Ich habe Sie gewarnt!« Er wirft einen letzten abschätzigen Blick auf uns und marschiert mit finsterer Miene davon.

Ein Schwan, ein Eichhörnchen und ein miesepetriger Hausmeister sind mehr, als ein furchtsamer Cockerspaniel an einem Morgen verkraften kann. Doktor Herkenrath ist völlig mit den Nerven runter und so ermattet, dass ich ihn tragen muss.

»Ich habe Sie gewarnt!«, äffe ich den Hausmeister nach, während wir die Treppe hinaufsteigen. »Was war das denn für ein Auftritt? Was glaubt dieser Horst Kollmann, wer er ist? Der Pate der Hausmeister-Mafia?«

Der Detektiv geht nicht darauf ein, ist mit seinen Gedanken scheinbar ganz woanders und wirkt, als würde er sich extrem unwohl fühlen. Als wir vor dem Büro von Dr. Franck stehen, klimpert er nervös mit den Wimpern und vertraut mir mit zittriger Stimme an: »Es fühlt sich ein wenig an wie früher. Zu meiner Schulzeit. Da wurde ich andauernd zum Direktor gerufen.«

»Wirklich?«, sage ich und blicke ihn zweifelnd an. »Ich kann Sie mir so gar nicht als Schulrabauken vorstellen.«

»Das, öhm, war ich ja auch nicht«, entgegnet er verlegen. »Aber wenn die anderen was angestellt haben, haben sie es immer auf mich geschoben. Weil sie wussten, dass ich zu höflich war, um sie zu verpetzen. Und daher …«

»Verstehe. Sie waren sicher beliebt bei ihren Mitschülern«, seufze ich und klopfe an die Tür.

»Wer ist da?«, tönt uns eine warme, freundliche Stimme entgegen.

»Hier sind Rory, öhm, Shy und –«

»Sind Sie sicher, dass Sie eintreten möchten? Haben Sie sich das auch reiflich überlegt?«

Rory und ich blicken uns verdutzt an. »Ich … ich denke schon«, stottert der Detektiv.

»Ich frage nur, weil die meisten Menschen ständig etwas tun, *ohne* darüber nachzudenken. Ihnen ist doch hoffentlich bewusst, dass man nie weiß, was einen hinter einer Tür erwartet? Und dass sich für jede Tür, die man im Leben öffnet, eine andere Tür schließt? Und dass es Orte gibt, die man zwar einfach betreten, aber nur schwer wieder verlassen kann?«

»Öhm, ja … äh, sicher.«

»Das ist schon mal gut«, lobt die Stimme. »Aber wie steht es um Ihr Gefühl? Bereitet Ihnen der Gedanke, nicht zu wissen, was Sie hinter einer Tür finden werden, ein gutes Gefühl? Oder macht er Ihnen Angst? Vor jeder Entscheidung sollten Sie nicht nur das Hirn einschalten, sondern auch Ihr Herz befragen.«

Rory wirft mir einen verwirrten Blick zu, aber ich weiß auch nicht, was diese schräge Nummer soll und kann nur mit den Schultern zucken.

Verschüchtert stottert der Detektiv: »Ich … also, ich, ähm …«

»Könnten wir so langsam mal reinkommen?«, rufe ich durch die geschlossene Tür. »Ich habe einen ängstlichen Cockerspaniel auf dem Arm. Der wird allmählich schwer. Und wenn es Sie beruhigt: Ich habe Herz und Hirn befragt. Beide sagen *Ja.*«

»Wie schön«, schallt es uns freudig entgegen. »Dann treten Sie doch ein!«

~ 4 ~
Mord oder Unglücksfall?

Rory öffnet zögerlich die Tür und wirkt dabei so eingeschüchtert, als wäre er wieder in der fünften Klasse und würde kurze Hosen tragen. Mit staunenden Augen blickt er sich in dem Raum um.

Zum Staunen gibt es jeden Grund. Zwar steht in einer Ecke ein Schreibtisch mit Telefon, Computertastatur und Monitor, ansonsten erinnert hier aber nicht viel an ein Büro. Das Zimmer ist vollgestellt mit Pflanzenkübeln und Blumentöpfen, von der Decke hängen zahlreiche Blumenampeln, und an den Wänden ranken Schlingpflanzen und Klettergewächse empor. Von überallher wuchert uns dichtes Grün entgegen. Nur zu meiner Linken gibt es so etwas wie eine kleine Lichtung in dem Büro-Dschungel. Dort stehen ein beruhigend plätschernder Zimmer-Springbrunnen, ein niedriger Tisch und vier Bambus-Stühle. Und aus einem dieser Stühle erhebt sich Frau Dr. Franck und betrachtet uns mit einem interessierten Gesichtsausdruck.

Wenn man die Worte *Internat* und *Schulleiterin* hört, hat man sofort eine Vorstellung davon, wie diese Schulleiterin aussieht. Nein, eine Dame mit Spitzhut und Zauberstab habe ich nicht erwartet, aber schon eine ernst dreinschauende, etwas einschüchternde Erscheinung mit strengem Blick.

Frau Dr. Franck ist so ziemlich das Gegenteil von dem, was ich mir vorgestellt habe: eine schlanke, elfenhafte Person mit langem, grauem Haar und einem sympathischen Lächeln. Die Schulleiterin ist barfuß, trägt eine schwarze Pluderhose, ein dunkelrotes Samt-Top und silberne Ohrringe in der Form kleiner Glöckchen.

Sie muss zwischen Mitte fünfzig und Anfang sechzig sein, wirkt aber viel jünger. Und das liegt an ihren Augen. Die sind strahlend blau und hellwach, und wenn Dr. Franck einen anblickt, hat man das Gefühl, als würde sie in einen hineinsehen. Nicht auf eine fiese, durchbohrende Weise, sondern wohlwollend und irgendwie … gütig. Was dazu führt, dass man sich in ihrer Gegenwart sofort wohlfühlt.

Selbst Rory entspannt sich. Doktor Herkenrath ist auf meinem Arm eingedöst. Ich lege ihn behutsam vor einem Farngestrüpp ab, wo er friedlich weiterschnarcht.

Frau Dr. Franck schwebt leichtfüßig auf uns zu, reicht dem Detektiv die Hand, sagt mit leiser Stimme: »Ich bin sehr glücklich, dass Sie gekommen sind« und tut im nächsten Moment etwas, das mich endgültig für sie einnimmt: Meistens, wenn Rory mich als seine Mitarbeiterin vorstellt, kann man den Leuten ansehen, dass sie denken: *Och, wie süß von ihm. Da muss er sich mit einem kniffligen Fall rumschlagen, und als wäre das nicht schon Arbeit genug, ist er zudem so nett, einer versponnenen Zwölfjährigen das Gefühl zu geben, sie wäre auch eine Detektivin.* Und wenn sie dann mit mir reden, tun sie das immer in einem völlig bescheuerten Tonfall, der deutlich macht, dass sie mich kein bisschen ernst nehmen.

Frau Dr. Franck nimmt mich ernst! Ihr Tonfall bleibt der Gleiche, in dem sie Rory begrüßt hat: »Ich freue mich, dich kennenzulernen, Matilda. – Und wer ist der schlafende Cockerspaniel?«

»Das ist Doktor Herkenrath. Er ... hatte einen harten Morgen.« Ich deute auf das Pflanzendickicht, das uns umgibt, und sage anerkennend: »Tolles Büro!«

»Im Grünen arbeitet es sich einfach leichter. Ich habe nie verstanden, warum Büros nur wie Büros aussehen dürfen«, erklärt die Schulleiterin lächelnd, bittet uns, in den Bambusstühlen Platz zu nehmen, und bietet uns Rhabarber-Brause an.

Von meinem Stuhl aus blicke ich durch ein bogenförmiges Fenster auf den hinteren Teil des Schlossparks, in dem es völlig anders ausschaut als im vorderen Teil. Keine freien Flächen, keine gestutzten Hecken, sondern ein Forst aus hohen, dicht stehenden Laubbäumen. Und tatsächlich sehe ich zahlreiche Eichhörnchen durch die Äste springen. Eines hüpft sogar aufs

Fensterbrett und linst neugierig durch die Scheibe. Gut, dass mein Hund gerade ein Mümmelchen hält.

Ich erwarte, dass die Schulleiterin beginnt, von der Toten in der Bibliothek zu berichten, stattdessen betrachtet sie Rory dabei, wie er zaghaft an seiner Brause nippt, und sagt: »Ich wette, Ihre Lehrer haben versucht, Ihnen die Schüchternheit auszutreiben.«

»Ähm, ja«, nuschelt Rory und schlägt verlegen die Augen nieder. »Sie waren der Meinung, dass man es mit Schüchternheit nicht besonders weit bringt in dieser Welt.«

»Glücklicherweise waren die Bemühungen Ihrer Lehrer ja erfolglos«, befindet Frau Dr. Franck lachend. »Leider ist nicht jeder Pädagoge auch ein großer Denker. Und viele glauben, dass sie Kindern einen Gefallen tun, wenn sie ihnen vermeintliche Schwächen wie Schüchternheit aberziehen. Dabei hat Schüchternheit viele gute Seiten. Mit ein bisschen Überlegen könnte man auch darauf kommen, dass es nicht die Schüchternen sind, die sich ändern müssen. Sondern die Welt. Und wenn man es mal genauer betrachtet: Dieser Planet könnte etwas mehr Schüchternheit gut vertragen. Schüchterne sind zu schüchtern, um irgendjemandem den Krieg zu erklären. Schüchterne schreien keine Untergebenen an. Und Schüchterne nerven ihre Mitmenschen nicht dadurch, dass sie jeden Furz, der ihnen durchs Hirn schießt, gleich lautstark als eigene Meinung rausposaunen.«

»Oh«, macht der Detektiv und wirkt freudig überrascht. »Das habe ich noch nie so, äh …«

Ich auch nicht. Und ich finde Frau Dr. Francks Gedanken zur Schüchternheit ebenfalls interessant – trotzdem käme ich gerne mal zum Thema. Rory ist es aufs Höchste unangenehm, Menschen zu befragen, diese Aufgabe überlässt er lieber mir. Also lege ich ohne weitere Umschweife los und frage die Schulleiterin: »Was können Sie uns über die Tote in der Bibliothek erzählen?«

Frau Dr. Franck streicht sich eine graue Haarsträhne aus der Stirn und erklärt mit ernstem Gesicht: »Wir sprechen hier von etwas, das sich im Jahr 1997 ereignet hat. Ich sollte vorausschicken, dass ich erst 1999 angefangen habe, auf Schloss Eichhorn zu arbeiten. Vieles weiß ich also auch nur vom Hörensagen.« Sie nimmt einen Schluck Rhabarber-Brause und fährt fort: »Der Name der Toten war Penelope Braun. Eine Lehrerin. Sie hat Deutsch und Geschichte unterrichtet. Wie gesagt, ich habe sie nie persönlich kennengelernt, aber nach dem, was ich gehört habe, war sie sehr engagiert, freundlich und bei Schülern und Kollegen ausgesprochen beliebt. Dabei hatte sie es nicht einfach: Sie hatte sich kurz nach der Geburt ihres Kindes von ihrem Mann getrennt und musste sich und ihren kleinen Sohn alleine durchbringen. Oder war es eine Tochter? So genau weiß ich das gar nicht. Das Kind muss zum Zeitpunkt ihres Todes zwei oder drei Jahre alt gewesen sein. Jedenfalls …«

Die Schulleiterin atmet tief durch. »Eines Morgens, kurz nach den Osterferien, hat man Penelope Braun tot in der Bibliothek gefunden. Am Fuß einer Wendeltreppe, die zur Galerie führt. Natürlich wurde die Polizei gerufen und die Leiche obduziert. Man kam zu dem Ergebnis, dass sie auf der Treppe gestürzt und ihr Tod ein tragischer Unglücksfall gewesen war. Sämtliche Verletzungen, die Penelope Braun erlitten hatte, ließen sich auf den Sturz zurückführen. Mir ist nicht bekannt, dass jemand an dieser Version der Ereignisse gezweifelt hätte – bis zum gestrigen Tag.«

Dr. Franck lässt ihren Blick zwischen Rory und mir hin und her wandern und fährt mit sanfter Stimme fort: »Traditionell veranstalten wir vor den Sommerferien einen *Tag der Offenen Schule.* Eine Gelegenheit, bei der Schüler, Eltern, Lehrer und Erzieher in entspannter Atmosphäre ins Gespräch kommen. Und natürlich gibt es den ganzen Tag über Programm: die Schüler bekommen ihre Zeugnisse überreicht, Schülerbands spielen, die Theater-AG führt etwas auf … In diesem Jahr gab es aber noch etwas anderes.« Die Schulleiterin zögert einen Moment und scheint nach den richtigen Worten zu suchen, bevor sie mich fragt: »Dir sind doch bestimmt die Steinplatten im Park aufgefallen?«

»Ja!«, sage ich und blicke sie forschend an. »Ich wollte sowieso fragen, was es damit auf sich hat.«

Dr. Franck greift hinter sich, fördert ein Behältnis aus Edelstahl zutage, das an eine dickbauchige Thermoskanne erinnert, stellt es auf den Tisch und eröffnet uns: »1997 war nicht nur das Jahr, in dem Penelope Braun zu Tode kam. Neben diesem schrecklichen Ereignis geschah auch etwas sehr Schönes: Schüler der Abschlussklassen hatten die Idee, Briefe an sich selbst zu schreiben. Darüber, wie sie sich ihr Leben in fünfundzwanzig Jahren vorstellten, wo sie leben würden, welche Ziele sie bis dahin erreicht haben wollten … Die Briefe steckten sie in dieses Behältnis. Das wurde verplombt und anschließend im Park vergraben, um ein Vierteljahrhundert später geborgen zu werden. So etwas wie eine Zeitkapsel.«

»Aaah!«, machen Rory und ich, weil wir in diesem Moment verstehen, wovon Danny Bekono vorhin gesprochen hat.

»Das ist seit 1997 zu einer Schultradition geworden«, erklärt Dr. Franck. »Jedes Jahr vergraben die Schüler der oberen Klassen eine Kapsel mit Briefen im Park. Daher die Steinplatten mit den Jahreszahlen. Und in diesem Jahr war es fünfundzwanzig Jahre her, dass die erste Zeitkapsel in die Erde versenkt worden war. Sie sollte im Rahmen der Abschlussfeierlichkeiten am letzten Schultag ausgegraben werden. Wir hatten die ehemaligen Schüler zu dieser Zeremonie eingeladen. Und wir fanden es eine schöne Idee, dass Rosalind Verpoorten, die jüngste Schülerin von Schloss Eichhorn, die Kapsel ausgraben und ihnen die Briefe überreichen sollte. Aber als sie die Zeitkapsel öffnete, befand sich darin auch das hier.« Die Schulleiterin schraubt das silberfarbene Behältnis auf und entnimmt ihm ein Blatt Papier. Ein Computer-Ausdruck.

PENELOPE BRAUN HATTE KEINEN UNFALL. SIE WURDE ERMORDET!, lese ich mit großen Augen.

»Die arme Rosalind«, sagt Dr. Franck seufzend. »Das Kind war so verstört, dass es die Botschaft laut vorgelesen hat. Alle Anwesenden waren schockiert und wie vom Donner gerührt. Wir haben die Veranstaltung daraufhin sofort abgebrochen.«

Ich brauche einen Moment, um meine Gedanken zu ordnen. »Jemand hat die Botschaft vor fünfundzwanzig Jahren in die Zeitkapsel gesteckt? Aber ... warum? Wenn der Briefeschreiber wusste, dass Penelope Braun ermordet worden war, wieso ist er dann nicht zur Polizei gegangen? Sondern hat eine Nachricht hinterlassen, die man erst ein Vierteljahrhundert später ausgraben würde? Das ergibt doch keinen Sinn.«

»Ich denke auch nicht, dass es sich so zugetragen hat«, sagt die Schulleiterin, nimmt die Zeitkapsel in die Hand und betrachtet sie mit zusammengekniffenen Augen. »Ich glaube, dass diese Botschaft erst in der Nacht vor der Zeremonie in die Kapsel gesteckt wurde.«

Rorys Gesicht nimmt einen gespannten Ausdruck an. »Wie, öhm, wie kommen Sie darauf?«, fragt er schüchtern nach.

»Als Rosalind die Kapsel aus der Erde nahm, fiel mir sofort auf, dass die Plombe entfernt worden war«, entgegnet Dr. Franck. »Am Abend zuvor hatte unser Hausmeister schon etwas vorgearbeitet: Ich hatte ihn gebeten, das Erdreich um die Steinplatte mit einem Spaten zu lockern, damit man sie während der Zeremonie ohne Kraftaufwand aus dem Rasen heben konnte. In der Nacht hätte jemand, ohne sich groß anstrengen zu müssen, die Platte zur Seite schieben und die Zeitkapsel ausgraben können. Er musste nur die Plombe entfernen, die Botschaft in die Kapsel stecken, sie wieder vergraben und die Platte auf ihren ursprünglichen Platz zurücklegen.«

Rory runzelt die Stirn, räuspert sich mehrfach und wispert: »Ist es möglich, dass sich ein Schüler einen schlechten Scherz erlaubt hat?«

»Dass es sich um einen Schülerstreich handelt, war auch meine erste Idee«, sagt Dr. Franck und spielt gedankenverloren an ihrem Ohrring. »Sie müssen verstehen: Für die Schüler, die 1997 an der Schule waren und Penelope Braun kannten, war ihr Tod eine schreckliche Tragödie. Aber diese Schüler haben irgendwann ihren Abschluss gemacht und das Internat verlassen. Und für die folgenden Schülergenerationen war das Ganze nur noch eine gruselige Geschichte. Es wurde zu so etwas wie einer Schullegende. Jeder Fünftklässler, der neu an die Schule kommt, weiß spätestens nach zwei Tagen von der toten Lehrerin in der Bibliothek. Von daher hätte es durchaus sein können, dass die Geschichte mit der Zeitkapsel nur ein geschmackloser Scherz war.«

»Aaaber?«, hake ich nach, weil ich ahne, dass das noch nicht alles ist.

Frau Dr. Franck atmet tief durch, bevor sie fortfährt: »Vor ein paar Wochen ist etwas geschehen, das mir nun in einem ganz anderen Licht erscheint: Seit 2005 werden alle Daten von Personal und Schülern digital erfasst. Die Akten aus der Zeit davor sind in Papierform in einem Raum im Keller des Schlosses archiviert. Anfang Juni gab es einen Einbruch ins Archiv. Jemand hat die Tür aufgebrochen und sich an einem Stahlschrank zu schaffen gemacht, in dem alte Personalakten aufbewahrt werden. Anhand der Archivierungsliste ließ sich nachvollziehen, dass vier Akten von Lehrern entwendet worden waren. Darunter auch die von Penelope Braun. Ich habe die Polizei informiert, die die Sache aber nicht sonderlich ernst nahm. Schließlich waren nur ein paar alte Unterlagen gestohlen worden. Fingerabdrücke wurden nicht gefunden, der Täter musste Handschuhe getragen haben. Und nach DNA-Spuren wird in so einem Bagatell-Fall gar nicht erst gesucht. Die meisten meiner Kolleginnen und Kollegen waren der Meinung, dass der Einbruch ins Archiv eine ziemlich dämliche Mutprobe unter Schülern gewesen ist. Ich sah das ähnlich. Aber dann kam es gestern zu dem Zwischenfall mit der Zeitkapsel und ich wurde stutzig. Zuerst wird die Akte von Penelope Braun gestohlen, dann die Botschaft in der Kapsel …«

Die Schulleiterin hält einen Moment lang inne, ihr Gesicht nimmt einen beunruhigten Ausdruck an. »Und seit ein paar Stunden bin ich sicher, dass die Sache ernst ist. Als ich heute

Morgen in mein Büro kam, fand ich diesen Zettel, den jemand unter der Tür durchgeschoben hatte.« Sie geht zu ihrem Schreibtisch, öffnet eine Schublade, entnimmt ihr einen weiteren Computer-Ausdruck und drückt ihn dem schüchternen Detektiv in die Hand. »Von dieser Nachricht weiß bisher niemand. Ich wollte erst mit Ihnen sprechen.«

Neugierig spinkse ich dem Detektiv über die Schulter und lese:

Meine gestrige Botschaft war kein Scherz. Penelope Braun ist ermordet worden. Für die Polizei ist der Fall abgeschlossen. Sie wird nichts unternehmen. Und ich selbst kann nur wenig ausrichten. Bitte helfen Sie mir! Nur Sie, als Leiterin dieser Schule, können dafür sorgen, dass Penelope Braun Gerechtigkeit widerfährt: Engagieren Sie einen privaten Ermittler, der den Fall noch einmal untersucht. Den besten, den Sie bekommen können.

»Und das«, sagt Dr. Franck und richtet ihre blauen Augen auf Rory, »tue ich hiermit!«

~ 5 ~

Eichhörnchen und Verdachtsfälle

Doktor Herkenrath wacht kurz auf, beäugt das üppige Grün um sich herum mit verwundertem Blick, scheint sich zu fragen, ob er sich in der Realität oder einem Hundetraum befindet – und ist von der Frage so überfordert, dass er sich wieder hinlegt und sein Schläfchen fortsetzt.

Rory klimpert derweil mit den Augenlidern und räuspert sich umständlich. Ein gutes Zeichen. Wenn er sich räuspert, dauert es auch nicht mehr lange, bis er spricht.

»Ähm, natürlich ist nicht völlig auszuschließen, dass es sich bei der Sache um einen schlechten Scherz handelt«, murmelt der schüchterne Detektiv. »Aber nach dem, was Sie uns geschildert haben, bin ich mir nahezu sicher, dass diese Vorkommnisse einen ernsten Hintergrund haben.«

»Was werden Sie jetzt tun?«, fragt Dr. Franck.

»Nun, äh … dieser Fall erfordert, dass wir zweigleisig ermitteln. Zum einen müssen wir so viel wie möglich über Penelope

Braun erfahren. Über ihre genauen Todesumstände, aber auch darüber, was für ein Mensch sie war, ob sie sich kurz vor ihrem Tod ungewöhnlich verhalten hat, ob sie verängstigt wirkte … Zum anderen sollten wir uns mit diesem geheimnisvollen, ähm, Hinweisgeber beschäftigen. Warum denkt er, dass Penelope Braun ermordet wurde? Wieso hinterlässt er diese Botschaften? Was veranlasst ihn dazu? Nur ein allgemeiner Gerechtigkeitssinn – oder hat ihn eine, *räusper, räusper,* persönliche Beziehung mit Penelope Braun verbunden?«

»Und vor allem: Warum tut er es erst jetzt?«, platzt es aus mir raus. »Warum hat er fünfundzwanzig Jahre lang geschwiegen? Hat er vielleicht erst vor Kurzem etwas erfahren, das ihn vermuten lässt, Penelope Brauns Tod wäre kein Unfall gewesen? Und warum schreibt er diese Botschaften, statt zur Polizei zu gehen? Wenn er Beweise für einen Mord hat, *muss* die Polizei ermitteln.«

»Viele, ähm, viele gute Fragen, Matilda«, befindet Rory und nickt mir anerkennend zu. Er erhebt sich aus seinem Bambusstuhl und beginnt mit grüblerischer Miene in dem Zimmer-Urwald auf und ab zu laufen. »Nehmen wir an, diese Person hat fünfundzwanzig Jahre lang geglaubt, Penelope Brauns Tod sei ein Unfall gewesen. Dann bekommt sie – woher wissen wir nicht – eine Information, die bei ihr Zweifel an einem Unfalltod weckt. Keinen, ähm, wirklichen Beweis. Nichts, das die Polizei veranlassen würde, die Ermittlungen in diesem Fall wiederaufzunehmen. Aber eine Information. Etwas, das diese Person stutzig werden lässt. Und da die Polizei nichts unternimmt, beschließt der- oder diejenige – «

»Auf eigene Faust zu ermitteln!«, schießt es erkenntnisartig aus mir raus. »Deswegen der Einbruch ins Archiv! Er oder sie hat geglaubt, in der Personalakte von Penelope Braun Informationen zu finden, die in Zusammenhang mit ihrem Tod stehen könnten.« Im nächsten Moment verstumme ich, ziehe die Stirn kraus und blicke Rory forschend an. »Aber warum stiehlt die Person auch noch drei weitere Personalakten?«

»Da fällt mir eigentlich nur ein plausibler Grund ein«, nuschelt der Detektiv, fährt sich mit der Hand übers Kinn und offenbart uns: »Weil sie, öhm, weil sie unter diesen dreien den Täter vermutet.«

Na klar, geht mir ein Licht auf, während Rory zu Dr. Franck sagt: »Liege ich richtig mit der Annahme, dass die drei übrigen Lehrer, deren Akten gestohlen wurden, zum Zeitpunkt von Penelope Brauns Tod an der Schule beschäftigt waren?«

Die Direktorin wird leichenblass, sinkt in ihrem Stuhl zusammen und murmelt: »Ja. Frauke Keller, Magnus Kautz und Camilla Herbst. Alle drei haben 1997 hier unterrichtet – und sind nach wie vor auf Schloss Eichhorn tätig. Aber der Gedanke, einer oder eine von ihnen könnte … Das klingt für mich völlig absurd. Wir sind nicht nur Kollegen, sondern Freunde und Nachbarn.«

»Nachbarn?«, frage ich verdattert.

»Du hast doch bestimmt die vier kleinen Cottages neben dem Hauptgebäude bemerkt?«, sagt Dr. Franck und erläutert: »In einem davon lebe ich. Es ist für die Schulleitung reserviert. Die anderen Häuser sind so etwas wie ein Bonus für verdiente Lehrkräfte. Wer länger als zwanzig Jahre auf Schloss Eichhorn unterrichtet, kann sich um eines der Häuser bewerben. Und wenn es frei wird, darf er einziehen und so lange dort wohnen, wie er an der Schule tätig ist. Die Cottages sind heiß begehrt. Weil es sich dort sehr schön leben lässt. Und weil die Miete lächerlich gering ist. Wie gesagt, es ist eine Art Belohnung für langjährige Treue zur Schule.«

»Wie viele Lehrer waren 1997 hier beschäftigt?«, erkundigt sich Rory.

»Das müssen damals um die achtzig Lehrkräfte gewesen sein«, antwortet Dr. Franck nach kurzem Überlegen.

»Warum wurden dann ausgerechnet *diese* drei Akten gestohlen?«, murmelt der Detektiv nachdenklich in sich hinein. »Die drei Lehrer müssen – außer, dass sie 1997 hier unterrichteten – noch eine weitere Gemeinsamkeit haben. Eine Gemeinsamkeit, die sie für unseren unbekannten Hinweisgeber zu Verdächtigen macht.« Ein scheues Lächeln zieht über Rorys Gesicht. »Finden wir heraus, welche, ähm, Gemeinsamkeit das ist. Dann haben wir einen Ansatzpunkt für unsere Ermittlung.«

Eine Bewegung vor dem Fenster reißt mich aus meiner Konzentration und lässt mich einen Moment lang unaufmerksam werden. Auf dem Fensterbrett hat sich mittlerweile eine ganze Bande von Eichhörnchen versammelt. Sie äugen neugierig durch die Scheibe, vor allem in Richtung Doktor Herkenrath. Zwischendurch stecken sie immer wieder die Köpfe zusammen, so als würden sie miteinander tuscheln und etwas aushecken: *Guckt euch diesen trantütigen Cockerspaniel an, Freunde. Ich sage euch, mit dem werden wir jede Menge Spaß haben.*

Doktor Herkenrath träumt noch immer süße Hundeträume und kriegt glücklicherweise nichts von den Eichhörnchen mit. Und Rory ist so in seine Überlegungen vertieft, dass er die Tiere nicht bemerkt.

»Versetzen wir uns einmal in die Lage der Person, die die Akten gestohlen hat«, sagt er mit leiser Stimme. »Sie hat eine Information bekommen, die in ihr den Verdacht weckt, Penelope Braun könnte ermordet worden sein. Aus einem bestimmten Grund – den wir nicht kennen – kommen für sie drei Lehrkräfte als Täter in Betracht. Also bricht diese Person ins Archiv ein und stiehlt deren Akten, sowie die Akte des Opfers. Sie hofft, aus den Dokumenten etwas Entscheidendes zu erfahren. Allerdings ohne Erfolg.«

»Wir können Sie da so sicher sein?«, fragt Dr. Franck verwundert.

Der schüchterne Detektiv fährt sich mit der Hand durch die Locken und erklärt: »Hätte die Person einen Beweis gefunden, wäre sie zur Polizei gegangen. Das ist aber nicht geschehen. Nachdem die Akten unseren Hinweisgeber nicht weitergebracht haben, beschließt er, einen Stein ins Wasser zu werfen und zu sehen, was passiert: Er platziert die Botschaft in der Zeitkapsel, in der Hoffnung, der Täter könnte darauf in einer Weise reagieren, die ihn verrät. Als auch das nicht geschieht, weiß er nicht mehr weiter und schiebt Ihnen diese Nachricht unter die Tür, in der er um Hilfe bittet. Die Botschaften des Hinweisgebers und das, was er tut, verraten uns ein paar interessante Dinge über ihn.«

»Ach, ja? Welche denn?«, entfährt es Dr. Franck verdattert.

Höchste Zeit, unter Beweis zu stellen, dass ich hier nicht zur Dekoration rumsitze.

»Erstens«, sage ich. »Die Person will unter allen Umständen anonym bleiben. Weil sie befürchtet, dass ihr Gefahr droht, wenn ihre Identität gelüftet wird. Ist der Täter wirklich einer der drei Lehrer, muss ihm spätestens nach der Aktion mit der Zeitkapsel klar geworden sein, dass ihm jemand auf der Spur ist. Ein Mensch, der einmal gemordet hat, wird es wieder tun, wenn es nötig ist, um der ersten Tat nicht überführt zu werden. Und zweitens – dadurch, dass der Hinweisgeber den Zettel heute Morgen unter Ihrer Tür hindurchgeschoben hat, verrät er uns noch etwas viel Wichtigeres: Er befindet sich hier. Auf Schloss Eichhorn. Jetzt, im Moment!«

»Öhm, genau«, bestätigt Rory und will von der Schulleiterin wissen: »Wie viele Personen halten sich derzeit hier auf?«

»Momentan befinden sich, abgesehen von mir, nur …« – Dr. Franck denkt einen Moment angestrengt nach – »nur acht Personen hier.«

»Die da wären?«, frage ich neugierig und zücke Tintenschreiber und Notizbuch.

»Zunächst einmal die Lehrer, über die wir gesprochen haben. Frauke Keller, Camilla Herbst und Magnus Kautz. Frauke und Camilla fahren, soweit ich weiß, erst zur Mitte der Sommerferien in den Urlaub. Und Magnus …« Sie lächelt und führt in amüsiertem Ton aus: »Magnus fährt nie in den Urlaub. Er ist glücklich, wenn er in seiner Freizeit Eichhörnchen beobachten kann. Die sind sein ein und alles. Er ist im Lauf der Jahre zu einem wahren Eichhörnchen-Experten geworden.« Überrascht bemerke ich, dass Dr. Franck leise in sich hineingluckst, bevor sie sagt: »Du weißt doch bestimmt, was man über Hunde und ihre Halter behauptet? Dass sie sich immer ähnlicher werden, je länger sie zusammenleben?«

»Hab schon mal davon gehört«, murmele ich, betrachte dabei den schnarchenden Doktor Herkenrath und bin mir nicht ganz sicher, ob ich das gut oder schlecht finden soll.

»So ähnlich ist es bei Magnus und den Eichhörnchen«, kichert die Direktorin. »Der Gute hat mittlerweile ein paar *sehr* eichhörnchenhafte Züge angenommen.«

Darunter kann man sich ziemlich viel vorstellen. Angestrengt versuche ich das Bild eines durch die Äste springenden Lehrers aus meinem Kopf zu verdrängen und mich auf die Befragung zu konzentrieren: »Wer ist noch hier?«

Dr. Francks Miene verdüstert sich und sie stöhnt betrübt: »Horst Kollmann, unser Hausmeister. Oder wie ihn die Schüler nennen: Der Höllenhund von Schloss Eichhorn.«

»Wir hatten bereits das Vergnügen mit ihm«, seufze ich.

»Dann weiß du ja, dass sein Spitzname nicht ganz unpassend ist«, sagt sie in resigniertem Ton und ergänzt: »Vor dreiundzwanzig Jahren habe ich als Lehrerin auf Schloss Eichhorn angefangen, seit zwölf Jahren leite ich die Schule. In dieser Zeit habe ich mich mit engstirnigen Schulleitern, wichtigtuerischen Schulräten und einer eitlen Kultusministerin angelegt. Vor keinem dieser Menschen hatte ich Angst. Aber wenn ich Herrn Kollmann mal bitten muss, ein paar Stühle in der Aula aufzustellen, läuft es mir vor Furcht kalt den Rücken runter. Er macht dann so ein wütendes Bulldoggen-Gesicht, als würde er sich am liebsten in meine Halsschlagader verbeißen. Und dann schimpft er lautstark darüber, was das für eine Zumutung sei, und dass er vor lauter Arbeit kaum noch wisse, wo ihm der Kopf steht. Dabei ist er bekannt dafür, sich nicht gerade totzuarbeiten. Und er hat einen Ton am Leib … Ich musste ihn schon mehrmals ermahnen, Schüler nicht als *kleine Hosenscheißer* zu bezeichnen. Es gibt Kollegen, die kaum erwarten können, dass er in Rente geht. Aber ein paar Jährchen werden sie sich noch gedulden müssen.«

Rory runzelt die Stirn und fragt: »Hat er, öhm, hat er 1997 bereits auf Schloss Eichhorn gearbeitet?«

»Ja. Er ist seit Anfang der Neunzigerjahre Hausmeister der Schule.«

Interessant, denke ich. Selbst wenn seine Akte nicht gestohlen wurde – ganz ausklammern sollten wir ihn als Verdächtigen nicht. Rein theoretisch hätte auch er die Möglichkeit gehabt, die Tat zu begehen.

»Wohnt er, *räusper,* wohnt er auch auf dem Gelände?«

»Er lebt in einer kleinen Einliegerwohnung im Schloss«, höre ich die Direktorin sagen, bin aber etwas abgelenkt, weil Doktor Herkenrath in diesem Moment aufwacht, auf die Beine springt, sich schüttelt und mich fröhlich anschielt. Ich werfe einen schnellen Blick zum Fenster und atme erleichtert auf, als ich sehe, dass sich die Eichhörnchen von der Fensterbank verzogen haben. Gefahr gebannt! Fürs Erste wenigstens …

»Außer dem Hausmeister und den Lehrern halten sich momentan noch ein Erzieher, eine Erzieherin, ein Schüler und eine Schülerin hier auf«, fährt Dr. Franck währenddessen fort.

»Erhan Aktas, Diana Pesch, Danny Bekono und Rosalind Verpoorten«, schießt es aus mir raus. Ein ganz klein bisschen stolz bin ich schon, dass ich mir die Namen gemerkt habe, und erkläre der erstaunt dreinschauenden Direktorin: »Denen sind wir auch schon begegnet.«

Dr. Franck nickt verstehend und sagt mit einem Blick auf

Rory: »Aber diese vier können mit der Sache nichts zu tun haben. Dazu sind alle zu jung. Niemand von ihnen war damals an der Schule oder kannte Penelope Braun.«

Rory gibt ein dreifaches Hüsteln von sich, gefolgt von einem Doppel-Räusperer. Diese spezielle Räusper-Hüstel-Kombination bedeutet in der Welt der Schüchternen: *Ich, öhm, stimme Ihnen zwar weitestgehend zu, bin aber nicht ganz, ähm, hundertprozentig Ihrer Meinung.*

Der Detektiv kratzt sich nachdenklich am Hals und murmelt: »So, wie ich es sehe, haben wir es mit zwei Personengruppen zu tun. Zu Gruppe eins – auf die wir uns vorrangig konzentrieren sollten – gehören diejenigen, die 1997 hier gearbeitet haben und daher als Täter infrage kommen: Frauke Keller, Magnus Kautz, Camilla Herbst. Horst Kollmann können wir ebenfalls dazuzählen. Zur zweiten Gruppe gehören die Erzieher und Schüler. Aufgrund ihres Alters kommt niemand von ihnen als Täter in Betracht, doch was unseren unbekannten Hinweisgeber angeht …« Der Detektiv macht eine kurze Pause, bevor er ausführt: »Rein theoretisch wäre es auch vorstellbar, dass die Botschaften von einem Erzieher oder Schüler stammen. Einer von ihnen könnte zufällig auf eine Information gestoßen sein, die ein, ähm, neues Licht auf die damaligen Geschehnisse wirft – und sich nun als Amateurdetektiv betätigen.«

»Dann sollten wir uns mit Gruppe zwei ebenfalls eingehender beschäftigen«, merke ich an. »Fangen wir doch mal mit den

Erziehern an. Was können Sie uns über Erhan Aktas und Diana Pesch erzählen?« Forschend blicke ich Frau Dr. Franck an.

»Erhan Aktas ist Sozialpädagoge und arbeitet seit fünfzehn Jahren hier«, antwortet sie nach kurzem Überlegen. »Zunächst war er Betreuer in einer Wohngruppe des Internats, mittlerweile hat er die pädagogische Leitung. Über Diana Pesch kann ich nicht viel sagen. Ich habe sie erst vor ein paar Monaten eingestellt. Wir suchten eine Vertretung für eine Erzieherin, die in Mutterschaftsurlaub gegangen ist, und Frau Pesch hat sich beworben. Sie hat kaum Berufserfahrung, scheint sich aber gut zu machen. Erhan ist von ihrer Arbeit sehr angetan und hat bei mir schon angefragt, ob es nicht möglich wäre, sie dauerhaft einzustellen.«

»Und die beiden Erzieher leben auch hier auf dem Gelände?«, frage ich.

Dr. Franck nickt bestätigend. »Wir haben im Ostflügel Appartements einbauen lassen, die Internatserziehern als Dienstwohnungen zur Verfügung stehen.«

»Gut, dann kommen wir doch mal zu den Schülern: Danny und Rosalind.«

Die Schulleiterin seufzt tief, muss dabei aber schmunzeln. »Danny Bekono ist ein guter Schüler. Mitglied im Leichtathletik-Team und Mitarbeiter der Schülerzeitung. Abgesehen davon hat er jede Menge Unfug im Kopf. Saust ständig auf einem Skateboard durch die Gänge, obwohl das strengstens verboten ist, oder vollführt irgendwelche akrobatischen Kunststücke auf dem Treppengeländer. Letztes Jahr hat er mit einem Mitschüler gewettet, dass er es schafft, die Regenrinne hoch bis aufs Dach des Schlosses zu klettern. Was ihm gelungen ist – und einen Feuerwehreinsatz zur Folge hatte.« Der Mund von Frau Dr. Franck verzieht sich zu einem breiten Lächeln. »Und wenn man ihn dann zur Rede stellt, tut er völlig zerknirscht und ist dabei so charmant, dass man ihm nicht ernsthaft böse sein kann. Ich weiß nicht wie, aber er schafft es jedes Mal, mich um den Finger zu wickeln. Danny Bekono ist ein echter Charmebolzen. Aber das dürftest du ja bereits bemerkt haben, wenn du mit ihm gesprochen hast.«

»Ist mir nicht, öhm, ist mir jetzt nicht so aufgefallen«, nuschele ich, kritzele dabei in meinem Notizbuch rum, räuspere mich und sage: »Warum ist er noch hier, obwohl Ferien sind? Erhan Aktas sagte uns vorhin, dass Danny und Rosalind aufgrund *spezieller Umstände* nicht nach Hause fahren konnten. Was hat er damit gemeint?«

»Dannys Eltern waren auf Geschäftsreise in Spanien und sitzen da fest, weil die Fluglotsen streiken«, erklärt die Direktorin. »Dannys Vater ist Kameruner, die Mutter Deutsche. Die beiden haben vor ein paar Jahren eine Firma gegründet, die Sport- und Wanderrucksäcke aus extrem leichtem Material produziert, und damit ein mittelgroßes Vermögen verdient. Und Rosalinds Eltern konnten ihre Tochter noch nicht abholen, weil sie sich eine schwere Lebensmittelvergiftung zugezogen haben und im Krankenhaus liegen.« Dr. Franck streicht mit der Hand über ihr graues Haar und erklärt uns: »Rosalind ist hochbegabt. Wir haben auf Schloss Eichhorn eine spezielle Klasse für Hochbegabte. Sie ist, wie gesagt, die jüngste Schülerin der Schule und war diejenige, die die Botschaft in der Zeitkapsel entdeckt hat.«

»Danke. Das wäre es zunächst mal«, sage ich, schlage das Notizbuch zu, richte meinen Blick auf den schüchternen Detektiv und frage voller Tatendrang: »Was ist unser Plan?«

Rory hüstelt, wendet sich der Schulleiterin zu und wispert verschämt: »Ich … ich denke, dass wir ganz, öhm, offen erklären sollten, dass wir im Fall von Penelope Braun ermitteln. Der unbekannte Hinweisgeber dürfte sehr erleichtert darüber sein, dass Sie tatsächlich einen Ermittler engagiert haben. Und ich, äh, spekuliere natürlich darauf, dass diese Person sich uns anvertrauen und uns mitteilen wird, was sie über den Tod von Penelope Braun weiß.« Der Detektiv kratzt sich nachdenklich an der Schläfe und bittet die Direktorin: »Würden Sie alle Anwesenden um eine Zusammenkunft bitten? Sagen wir, in zwei Stunden? Bis dahin würde ich mich gerne im Archiv und in der Bibliothek umsehen. Ähm, alleine. Also … das heißt, in Begleitung von Matilda und Doktor Herkenrath. Natürlich nur, wenn es Ihnen nichts, äh …«

»Ist überhaupt kein Problem«, sagt Dr. Franck lächelnd, zieht einen Schlüssel aus der Tasche ihrer Pluderhose und überreicht ihn dem Detektiv. »Das ist ein Generalschlüssel. Passt auf jede Tür in der Schule. Und zum Archiv kommen Sie, wenn Sie – «

Ein Klopfen an der Tür unterbricht die Schulleiterin.

»Wer ist da? Und sind Sie sicher, dass sie eintreten wollen?«, zwitschert sie fröhlich.

»Ja, ja«, krächzt es von draußen. »Ich bin es, Magnus. Und ich habe alles befragt. Herz und Hirn und so weiter. Ich muss dir dringend was erzählen, Ingeborg.«

Eine Zehntelsekunde später fliegt die Tür auf und ein kleingewachsener, schmächtiger Mann hüpft ins Zimmer. Er hat stumpfes rötliches Haar, das schon etwas lichter ist, und trägt, trotz der Hitze, einen rostbraunen Pullunder über seinem Hemd. Was aber mehr als alles andere ins Auge sticht, sind die pinselartigen, rotbraunen Haarbüschel, die wild aus seinen Ohren wuchern und ihm ein reichlich bizarres Aussehen verleihen. Doktor Herkenrath winselt ängstlich und geht hinter mir in Deckung.

Der schmächtige Mann wirkt verwirrt, als er Rory und mich erblickt. »Oh, entschuldige, Ingeborg«, sagt er mit Kieksstimme. »Ich wusste nicht, dass …«

»Mein Kollege Magnus Kautz«, stellt Dr. Franck ihn vor, deutet auf uns und sagt: »Das sind Rory Shy und seine Assistentin Matilda Bond. Aber er dürfte dir ja sicher aus den Nachrichten bekannt sein.«

»Ehrlich gesagt, nein«, murmelt das Männlein in bedauerndem Ton und schüttelt den Kopf.

Magnus Kautz hat wirklich etwas eichhörnchenhaftes. Und das nicht nur, weil ihm rotbraune Haarbüschel aus den Ohren sprießen. Es ist vor allem die Art, wie er sich bewegt. Schnell und flink und immer auf dem Sprung. Ich wäre nicht erstaunt, wenn er plötzlich in die Grünpflanzen hüpfen oder die Wand hochklettern würde.

»Du kennst Rory Shy nicht?«, sagt die Schulleiterin verdutzt. »Den berühmten schüchternen Detektiv?«

»Oh, ein Detektiv«, macht er überrascht und fügt entschuldigend hinzu: »Ich interessiere mich nicht so für Verbrechen. Mehr für Eichhörnchen.« Ruckartig wirft er den Kopf herum und teilt der Direktorin aufgedreht mit: »Du glaubst nicht, was ich eben gesehen habe. Zwei Braunhörnchen und ein Grauhörnchen, die –« Mitten im Satz bricht er ab, sein Kopf ruckt in die andere Richtung und er fragt Rory und mich: »Haben Sie vielleicht Interesse an einer Eichhörnchen-Führung durch den Park? Ich könnte Ihnen –«

»Das ist sehr freundlich«, unterbricht ihn der Detektiv mit einem scheuen Lächeln. »Unter anderen Umständen würden wir Ihr Angebot gerne annehmen. Aber unser Cockerspaniel hat ein etwas, öhm, schwieriges Verhältnis zu Eichhörnchen.«

Er zeigt auf Doktor Herkenrath, der jedes Mal, wenn das Wort *Eichhörnchen* fiel, furchtsam zusammengezuckt ist. »Und zum andern müssen wir ja leider auch, ähm, arbeiten.«

»Arbeiten?«, fragt Magnus Kautz erstaunt.

»Was glaubst du denn, warum Herr Shy hier ist?«, sagt Dr. Franck. »Ich habe ihn engagiert. Wegen der Botschaft in der Zeitkapsel.«

»Oh, oh, diese Sache ...«, stammelt er und wirkt geschockt. Seine Ohrenhaare beginnen zu zittern wie feine Antennen. Dann fängt er sich wieder und nuschelt: »Also, wenn ich ... wenn ich Ihnen irgendwie behilflich sein kann?«

»Können Sie«, entgegne ich forsch. »Führen Sie uns doch bitte zum Archiv. Und auf dem Weg dorthin plaudern wir ein wenig miteinander. Ganz ungezwungen.«

»Über Eichhörnchen?« Ein hoffnungsvolles Glitzern tritt in seine Augen.

»Sicher«, sage ich und füge flüsternd hinzu: »Wenn Sie dabei mit Rücksicht auf meinen Cockerspaniel das Wort *Eichhörnchen* vermeiden könnten.«

»Tja ... das macht die Sache natürlich etwas kompliziert«, krächzt er und zupft ein wenig ratlos an seinen Ohrenhaaren.

»Wirklich? Dann unterhalten wir uns eben über ein anderes Thema. Ich hätte da schon eine Idee«, sage ich, lege ein zuckersüßes Lächeln auf und schlage vor: »Erzählen Sie uns doch ein bisschen was über sich. Und über Penelope Braun!«

~ 6 ~
Reiner Zufall?

Ich lasse mir von Dr. Franck ihre Handynummer geben, damit ich sie bei Rückfragen jederzeit erreichen kann, dann verabschieden wir uns und folgen Magnus Kautz durch einen Gang, an dessen Wänden Federzeichnungen zu bewundern sind, die Schloss Eichhorn und seinen Park aus allen möglichen Perspektiven zeigen.

Doktor Herkenrath trottet entspannt und mit hängender Zunge neben uns her. Wüsste er, dass nur wenige Meter entfernt eine Armee von Eichhörnchen durch den Wald springt, hätte es sich augenblicklich mit der Entspannung. Er würde entweder in eine totenähnliche Starre verfallen oder davonflitzen wie der geölte Blitz.

»Also ... ich weiß gar nicht, was ich groß über mich erzählen soll. Da gibt es nicht viel zu erzählen«, kiekst der Lehrer, während wir den Gang verlassen und eine Treppe hinuntergehen. Er lächelt unsicher und zeigt dabei zwei beeindruckend lange und kräftige Schneidezähne. So kräftig, dass er mit ihrer Hilfe problemlos Löcher in Walnussschalen nagen könnte.

»Wie wäre es, wenn Sie uns für den Anfang verraten, seit wann Sie an der Schule sind?«, ermuntere ich ihn. »Und welche Fächer Sie unterrichten.«

»Ich bin Lehrer für Mathematik und Biologie«, eröffnet er uns. »Und auf Schloss Eichhorn unterrichte ich seit siebenundzwanzig Jahren.« Magnus Kautz ruckt mit dem Kopf und fügt hinzu: »Aber als ich hier angefangen habe, war Schloss Eichhorn eine völlig andere Schule, als sie es heute ist.«

»Wie meinen Sie das?«

Der Lehrer bleibt stehen und legt eine Hand auf das Treppengeländer. Sein Gesicht nimmt einen betrübten Ausdruck an. »*Eine* Aufgabe von Schule ist es, Schülern möglichst viel Wissen zu vermitteln. Darin war Schloss Eichhorn immer hervorragend – und ist es auch heute noch«, führt er aus. »Aber darüber hinaus hat Schule noch eine weitere wichtige Funktion: Schüler auf ihr Leben als Erwachsene vorzubereiten und sie bei der Entwicklung ihrer Persönlichkeit zu unterstützen.«

»Und das bedeutet was?«, bohre ich nach.

»Tja …«, macht Magnus Kautz und spielt gedankenverloren an seinen Ohrenhaaren. »Was das bedeutet – dazu gibt es sehr unterschiedliche Meinungen. Damals, als ich hier zu unterrichten begann, hat man Schülern beigebracht, dass es ganz bestimmte Eigenschaften braucht, um im Leben erfolgreich zu sein: Durchsetzungsvermögen, Geradlinigkeit, selbstbewusstes Auftreten, Ausdauer, Selbstdisziplin. Und an diesen Eigenschaften ist ja auch erst mal nichts Schlechtes. Das Problem war aber, dass man *nur* diese Eigenschaften gefördert und versucht hat, den Schülern andere Eigenschaften abzuerziehen, von denen man glaubte, dass sie einem erfolgreichen Leben hinderlich wären: Ausgelassenheit, Spontanität, Verträumtheit oder – «

»Öhm, Schüchternheit?«, fragt Rory schüchtern.

»Ja. Die ganz besonders«, bestätigt Magnus Kautz und erklärt mit Bitterkeit in der Stimme: »Es ist falsch, Menschen *unerwünschte* Eigenschaften abzuerziehen. Und was eine Stärke und was eine Schwäche ist – das entscheiden allein die Umstände. In einer Situation kann etwas eine Stärke sein, das sonst als Schwäche gilt. Und in einer anderen Situation ist es genau umgekehrt. Wenn man Menschen einen Teil ihrer Eigenschaften nimmt, nimmt man ihnen einen Teil ihrer Persönlichkeit. Und das macht sie früher oder später unglücklich.« Magnus Kautz zieht ein Taschentuch aus der Hosentasche und schnäuzt sich lautstark, bevor er fortfährt: »Penelope Braun und ich gehörten damals zu einer Gruppe junger Lehrer, die das ändern wollten. Ich erinnere mich noch, wie sie zu mir gesagt hat: ›*Ich halte diese Gleichmacherei nicht mehr aus, Magnus. Diese Schule ist wie eine große Menschen-Bäckerei. Die Schüler sind der Teig und wir Lehrer sind die Bäcker. Wir pressen sie alle in die gleiche Form und dabei quetschen wir die Eigenschaften aus ihnen heraus, die als Schwäche oder als unerwünscht gelten. Wie überflüssigen Teig. Und wenn man sie am Ende ihrer Schulzeit aus der Backform nimmt, sind sie alle gleich und unterscheiden sich kaum noch in ihrer Persönlichkeit. Ich will aber Menschen, die sie selbst sind. Jeder auf seine Weise. Es macht mich wütend, wenn ich sehe, dass Schülern vorgemacht wird, es gäbe nur* einen *richtigen Weg im Leben. Ich will Schülern keinen Weg vorgeben, ich will sie ermutigen, ihren eigenen Weg zu finden. Und dazu gehört es, ihre Persönlichkeit, so wie sie ist, zu respektieren.‹*«

Penelope Braun hatte offenbar sehr interessante Ideen, schießt es mir durch den Kopf, als ich das höre. Ideen, über die es sich durchaus nachzudenken lohnt. Aber das muss ich auf später verschieben, denn mir brennt eine ganz bestimmte Frage auf der Zunge: »Gehörten zu Ihrer Gruppe auch …«, ich rufe mir die Namen der Lehrerinnen ins Gedächtnis, »Camilla Herbst und Frauke Keller?«

»Ja«, bestätigt Magnus Kautz und nickt eifrig mit dem Kopf. »Wir wollten eine andere Form von Erziehung an dieser Schule. Und wir hatten genaue Vorstellungen davon, wie unsere Ideen in der Praxis umzusetzen waren. Aber unsere Vorschläge wurden ohne Ausnahme von der Schulleitung abgeschmettert. Der damalige Schulleiter war gedanklich etwas eingefahren. Viele Kolleginnen und Kollegen haben die Schule frustriert verlassen. Aber ein paar von uns haben ausgeharrt. Vor allem wegen Ingeborg Franck, die einige Jahre später ebenfalls zu unserer

Gruppe stieß. Sie hat nie aufgegeben und uns immer wieder Mut zugesprochen: *›Wir brauchen Geduld und einen langen Atem. Aber eines Tages wird einer von uns diese Schule leiten. Und dann wird sich hier vieles ändern.‹*«

Magnus Kautz reibt sich zufrieden die Hände und erklärt: »Und damit hat sie recht behalten. Ingeborg hat ein sanftes Wesen. Aber sie kann äußerst hartnäckig sein, wenn es darum geht, ein Ziel zu verfolgen. Und seitdem sie Schulleiterin ist, ist Schloss Eichhorn tatsächlich zu einer anderen Schule geworden. Zu einer freieren, besseren Schule. Zu einer Schule, an der Schüler ihre Persönlichkeit behalten dürfen.«

Während Rory und ich dem Vortrag zur Geschichte des Internats gelauscht haben, ist Doktor Herkenrath zum nächsten Treppenabsatz vorgelaufen. Dort hat er sich vor eine Wand gehockt und stiert mit verwirrtem Schiele-Blick auf ein lebensgroßes Ölporträt. Das Gemälde zeigt einen feisten, rotwangigen Mann in Seidenhosen und mit gepuderter Perücke auf dem Kopf. In einer Hand schwenkt er eine Weinflasche, in der anderen eine Hähnchenkeule. Sein Mund steht weit auf, so als würde er ein fröhliches Trinklied schmettern. Ich tippe mal darauf, dass es sich bei dem lebensfrohen Sänger um den Kurfürsten handelt, für den Schloss Eichhorn erbaut wurde.

Rorys Gedanken sind derweil noch immer mit dem beschäftigt, was uns Magnus Kautz über die Schule berichtet hat. »War dieser erzieherische Kurswechsel nicht auch riskant?«, fragt er. »Schließlich finanziert sich die Schule doch in erster Linie über die Schulgelder, die die Eltern zahlen. Und ich könnte mir vorstellen, dass es Eltern gab, die mit diesem neuen Kurs nicht, öhm, einverstanden ...«

»So war es auch«, entgegnet der Lehrer. »Viele Eltern wollten offenbar lieber funktionierende Kinder statt Kinder mit Persönlichkeit und haben ihren Nachwuchs von der Schule genommen. Zwei, drei Jahre lang mussten wir finanziell mächtig kämpfen. Aber es sprach sich herum, wie wir hier arbeiteten. Auch bei Eltern, die unsere neuen Methoden gut fanden. Seit acht Jahren haben wir keine Belegungsprobleme mehr. Es gibt in jedem Schuljahr mehr Bewerber, als wir Schüler aufnehmen können.«

»Nur mal interessehalber: Wie hoch ist das Schulgeld denn?«, frage ich naseweis.

Magnus Kautz nennt eine Summe, bei der es mich aus den Sandalen haut. Auch Rory guckt ganz verschreckt und haucht: »Huiuiui.«

»Dafür kann man ja ein schmuckes Eigenheim erwerben«, kommentiere ich.

»Tja ... muss man sich leisten können«, befindet der Lehrer achselzuckend. »Hat aber seinen Sinn. Ein Drittel des Schulgeldes wird verwendet, um Stipendien an Schüler zu vergeben, deren Familien nicht über die finanziellen Möglichkeiten verfügen, das Schulgeld zu bezahlen. Auch das war eine Idee von Ingeborg Franck. Eine ihrer besten. Wer begabt ist, sollte gefördert werden. Bildung darf keine Frage des Geldes sein. Bitte, hier lang.«

Am Fuße der Stufen halten wir uns links, bis wir zu einer Tür gelangen, hinter der sich eine weitere Treppe befindet, die ins Kellergeschoss führt.

»Was ist das? Hören Sie das auch?« Stirnrunzelnd blicke ich zu Rory. Durch die Wände dringen wummernde Bässe. Die Art von monotonem *Uffta-Uffta*-Rhythmus, den Papa und Mama als Kirmes-Techno bezeichnen.

»Das kommt aus der Werkstatt von Horst Kollmann«, stöhnt Magnus Kautz, während sich seine Ohrhaarpuschel traurig nach unten senken. »Der Mann hört tagein, tagaus ganz entsetzliche Schlagermusik.«

»Ach, du dickes Ei!«, entfährt es mir. »Machen wir, dass wir weiterkommen!«

Je tiefer die Treppe hinabführt, desto rutschiger und glitschiger werden die Stufen. Schließlich gelangen wir in einen niedrigen Kellergang mit gewölbter Decke, der nur von ein paar flackernden Glühbirnen erhellt wird und in dem es moderig riecht. Überall in dem Gang stapelt sich ausrangierter Krempel: alte Lehrer-Pulte, defekte Roll-Tafeln, morsche Stühle, Monitore von anno dazumal …

»Das sollte Herr Kollmann eigentlich längst alles entsorgt haben«, entschuldigt sich Magnus Kautz. »Aber – «

»Wollten Sie uns nicht noch etwas über Penelope Braun erzählen?«, frage ich, während der Lehrer über einen Stapel alter Klassenbücher hüpft, der uns im Weg liegt.

»Ach ja, äh, richtig«, stottert er und seine Ohrpuschel richten sich ruckartig auf. »Was soll ich sagen? Penelope und ich kamen sehr gut miteinander aus. Ich habe sie als Kollegin sehr geschätzt. Aber darüber hinaus hatten wir keinen Kontakt. Über ihr Privatleben kann ich Ihnen nicht viel sagen. Wenn Sie Persönliches über sie erfahren wollen, sollten Sie Frauke Keller und Camilla Herbst befragen. Die drei waren eng befreundet. Ich weiß nur, dass Penelope eine kleine Tochter hatte und alleinerziehend war.«

»Wissen Sie, was mit dem Kind geschehen ist, nach ... nach dem Tod von Penelope Braun?«

Magnus Kautz runzelt nachdenklich die Stirn. »Wenn ich mich recht entsinne, wurde es von entfernten Verwandten Penelopes aufgenommen.«

»Wirkte Penelope Braun in den Tagen vor ihrem Tod verändert?«, erkundigt sich der schüchterne Detektiv. »War sie, *räusper*, ängstlich? Oder aufgeregt?«

»Nein. Das wäre mir aufgefallen.«

»Gibt es noch irgendetwas, das Sie uns über ihren Tod sagen könnten? Bitte, versuchen Sie sich zu erinnern. Alles könnte wichtig sein. Auch wenn Sie es nur für eine unbedeutende Kleinigkeit halten.«

»Also … eine Sache wäre da schon noch«, krächzt Magnus Kautz, hüpft nervös von einem Fuß auf den anderen und bleckt die Schneidezähne: »Sie sollten wissen, dass ich, äh … Ich war derjenige, der Penelope Braun … Also … ich war derjenige, der sie gefunden hat!«

Ein paar Sekunden lang herrscht betretenes Schweigen, nur Doktor Herkenraths leises Hecheln ist zu hören. Dann räuspert sich Rory mehrfach und sagt verlegen: »Das, öhm, das muss ein Schock für Sie gewesen sein.«

»Allerdings«, kiekst der Lehrer mit belegter Stimme.

»Als ich sie dort liegen sah, am Fuß der Wendeltreppe, da … Natürlich bin ich sofort zu ihr gestürzt und habe überprüft, ob sie noch einen Puls hat. Aber im Grunde wusste ich da schon, dass jede Hilfe zu spät kommt.« Die Erinnerung übermannt Magnus Kautz, sein Gesicht verzerrt sich zu einer schmerzerfüllten Grimasse.

Eigentlich sollte ich Mitgefühl haben, was aber schwierig ist, weil das flackernde Licht dem Lehrer in diesem Moment ein reichlich gruseliges Aussehen verleiht. Irgendwas zwischen hinterlistigem Kobold und tollwütigem Killer-Eichhörnchen.

»Wie kam es dazu, dass ausgerechnet Sie Penelope Braun gefunden haben?«, möchte ich von ihm wissen.

»Dass ich es war, war reiner Zufall. Wirklich, purer Zufall!«, entgegnet Magnus Kautz aufgeregt. »Zur damaligen Zeit war die Bibliothekarin erkrankt. Damit die Bücherei weiter genutzt werden konnte, haben wir Lehrer in unseren Freistunden den Bibliotheksdienst übernommen. Reiner Zufall, dass ich an jenem Morgen an der Reihe war. Ich trat ein und da sah ich Penelope. Tot. Es war schrecklich. Sie muss die ganze Nacht lang dort gelegen haben. Die Obduktion hat ergeben, dass sie zwischen zehn und elf Uhr am Vorabend gestorben war.«

»Und bei dieser Obduktion wurde nichts gefunden, das auf, ähm, auf einen, öhm, gewaltsamen Tod hindeutete?«, schaltet sich Rory ein.

»Na ja, natürlich kenne ich den Obduktionsbericht nicht im Wortlaut. Ich weiß nur das, was man sich erzählt hat: Todesursache war ein Genickbruch, zudem hatte sie Prellungen und Quetschungen. Alles deutete auf einen unglücklichen Sturz hin. Hätte es Zweifel gegeben, hätte die Polizei sicherlich ermittelt. Dazu sah sie aber keinen Anlass. Und die Treppe war wirklich tückisch. Alte, völlig ausgetretene Holzstufen. Seit dem Tod von Penelope wird darauf geachtet, dass die Stufen in regelmäßigen Abständen erneuert werden.«

»Hat sich denn niemand gefragt, was sie um zehn Uhr abends in der Bibliothek getan hat?«, hake ich nach, während ich mir einen Pfad zwischen den Sperrmüllhügeln hindurchbahne.

»Daran war nichts Ungewöhnliches«, lässt mich Magnus Kautz wissen. »Die Bibliothek war damals von acht bis siebzehn Uhr geöffnet. Aber alle Lehrkräfte hatten einen Schlüssel, damit sie die Bücherei jederzeit aufsuchen konnten, um ihren Unterricht vorzubereiten: Texte aus Büchern kopieren, Literatur zu bestimmten Unterrichtsthemen heraussuchen, Bücherlisten für die Oberstufe erstellen … Es kam gelegentlich vor, dass Kollegen oder Kolleginnen dort spät am Abend arbeiteten.« In einem Tonfall, als hätte er eine Klasse vor sich, belehrt er mich: »Das war eine andere Zeit damals. Heute kommt man mit ein paar Klicks an die meisten Informationen, die man benötigt. Aber in den Neunzigerjahren war das Internet noch in den Anfängen. Wollte man etwas zu einem Thema recherchieren, musste man dazu dicke Bücher wälzen. Hier ist übrigens das Dokumenten-Archiv. Wir sind da.« Er deutet auf eine schwere Metalltür. »Wenn Sie später zur Bibliothek wollen, geht es da vorne lang. Den Gang durch, dann rechts die Treppe hoch. An deren Ende kommen Sie direkt vor der Bücherei heraus.«

»Ich danke Ihnen vielmals für Ihre Auskunftsbereitschaft«, sagt Rory höflich lächelnd. »Es ist mir ein wenig unangenehm, aber, wenn ich, ähm, wenn ich Ihnen eine persönliche Frage … Natürlich nur, wenn es Ihnen nichts, äh …«

»Was wollen Sie denn wissen?«, fragt Magnus Kautz mit skeptischem Blick.

»Mich würde interessieren, wie Ihre persönliche Meinung zu diesem Todesfall ist. Haben Sie je an der Unfallversion gezweifelt? Was haben Sie gedacht, als Rosalind Verpoorten die Botschaft aus der Zeitkapsel verlesen hat?«

Die Frage hat eine unerwartet heftige Wirkung auf den Lehrer: Die Pinselhaare in seinen Ohren schwingen auf und ab und er gibt ein Geräusch von sich, das wie eine Mischung aus Schnattern und Schmatzen klingt. »Ja, ich habe immer geglaubt, dass Penelopes Tod ein Unfall war. Auch wenn …«

»Auch wenn was?«, hake ich neugierig geworden nach.

»Es … es gab da eine Merkwürdigkeit«, stammelt der Lehrer und wirkt mit einem Mal völlig aufgelöst. »Aber … zum einen fand ich es damals völlig unbedeutend und habe nicht weiter darüber nachgedacht. Und zum anderen war ich mir auch nicht sicher, ob mir meine Wahrnehmung nicht einen Streich gespielt hatte. Ich stand ja völlig unter Schock, als ich Penelope dort liegen sah. Gut möglich, dass ich es mir in diesem Zustand nur eingebildet hatte. Und nachher war es ja auch nicht mehr da. Und ich habe es nie erwähnt, weil ich dachte, die Kollegen könnten mich dann für einen Wichtigtuer halten. Doch –«

»Tut mir leid, aber ich verstehe kein Wort«, unterbreche ich seinen wirren Wortschwall. »Was haben Sie nie erzählt? Was haben Sie damals gesehen?«

Magnus Kautz ruckt hektisch mit dem Kopf und krächzt: »Als ich die Bibliothek betreten habe und Penelope am Fuß der

Treppe liegen sah, lief ich zu ihr hinüber. Ich handelte ganz automatisch, wie ferngesteuert. Und während ich nach ihrem Puls tastete, sah ich zwischen den Fingern ihrer rechten Hand einen kleinen Fetzen bedrucktes, dünnes Papier. Wie ... wie von einer Banknote.«

»Ein Geldschein?« Aus dem Augenwinkel sehe ich, dass der schüchterne Detektiv erstaunt die Brauen hochzieht.

»Als mir klar wurde, dass Penelope tot war, bin ich zum Sekretariat gerannt, um die Polizei anzurufen«, berichtet uns der Lehrer schwer atmend. »Wie gesagt, das war eine andere Zeit. Ein Handy hatte noch lange nicht jeder. Ich zumindest nicht. Jedenfalls ... Ich lief durch die Gänge und schrie jedem, der mir begegnete, so etwas zu wie: ›Penelope – tot – in der Bibliothek!‹ Und nachdem ich die Polizei verständigt hatte und in die Bücherei zurückkam, stand dort bereits ein Dutzend Kollegen um sie herum. Und dabei fiel mir auf, dass ... Der Papierfetzen zwischen ihren Fingern war verschwunden.« Magnus Kautz' Stimme wird ganz weinerlich. »Wie gesagt, ich war mir nicht sicher, ob ich mir diesen Fetzen nur eingebildet hatte. Und als die polizeiliche Ermittlung zu dem Ergebnis kam, dass ihr Tod ein Unfall gewesen ist, hat mich das in gewisser Weise beruhigt. Und ich habe all die Jahre nicht mehr über das Papierstückchen nachgedacht. Aber als Rosalind gestern diese Botschaft verlas, da durchfuhr mich ein gewaltiger Schreck. Seitdem frage ich mich, ob es möglich ist, dass Penelope damals vielleicht doch von jemandem … Ich hätte der Polizei alles erzählen sollen. Möglich, dass meine Beobachtung völlig unwichtig war. Aber was, wenn nicht …?«

Geknickt lässt der Lehrer den Kopf hängen, seine eichhörnchenhafte Energie hat ihn auf einen Schlag verlassen.

»Nun, Sie, öhm, Sie haben es uns ja jetzt gesagt«, versucht der schüchterne Detektiv, ihn aufzubauen. »Besser spät als, ähm … Sie wissen schon. Können Sie sich daran erinnern, welche Ihrer Kollegen um die Tote herumstanden, als Sie zurück zur Bibliothek kamen?«

»Nein. Es ist fünfundzwanzig Jahre her. Ich erinnere mich nicht an einzelne Gesichter.«

»Bedauerlich. Aber vielen Dank, dass Sie uns Ihre, öhm, Beobachtung mitgeteilt haben. Ich hoffe, wir dürfen erneut auf Sie zukommen, wenn sich Fragen ergeben, die, äh …«

»Ja. Natürlich«, versichert Magnus Kautz, wirkt wieder etwas gefasster und quält sich ein Lächeln ab. »Und wenn Sie bei Gelegenheit doch mal eine Führung durch den Park möchten und sich die Eichhörn –« Sein Blick fällt auf Doktor Herkenrath und er kriegt gerade noch die Kurve: »Ich meine die … also … wenn Sie etwas über die dort lebenden putzigen Nagetiere erfahren möchten, lassen Sie es mich wissen.« Der Lehrer nickt uns zum Abschied zu, fährt ruckartig herum und hüpft durch den düsteren Gang davon.

~ 7 ~

Geister und ein Zwischenfall

Kaum ist Magnus Kautz außer Hör- und Sichtweite, legt der Detektiv den Kopf schief und blickt mich prüfend an.

Das gehört zu seiner schüchternen Nachwuchsdetektivinnen-Ausbildung und bedeutet: *Ich habe gewisse Schlüsse aus dem gezogen, was wir gerade gehört haben, Matilda. Und nun würde mich interessieren, welche Schlüsse du, ähm … Und ob sich dir nicht bestimmte, öhm, Fragen aufdrängen?*

Die Frage, die sich mir nach unserem Gespräch mit dem Lehrer vor allem aufdrängt, ist die, ob es so etwas wie elektrische Nasenhaarschneider auch für die Ohren gibt. Und wenn ja, warum ihm dann noch niemand einen geschenkt hat. Und ansonsten …

»Magnus Kautz ist nicht derjenige, der die Botschaften hinterlassen und Dr. Franck um Hilfe gebeten hat. Sonst hätte er sich uns anvertraut«, schließe ich messerscharf. »Eine bessere Gelegenheit hätte er gar nicht haben können.«

»Ja, das, ähm, sehe ich ebenso«, bestätigt der Detektiv.

»Aber da er zu denjenigen gehört, deren Akte gestohlen wurde, ist er ein Verdächtiger«, fahre ich in meinen Überlegungen fort. »Wenn Sie mich fragen, *wie* verdächtig er ist … Ich fand es auffallend, dass er mehrmals betont hat, dass er rein zufällig an diesem Morgen Bibliotheksdienst hatte. Und was die Geschichte mit dem Papierfetzen angeht: Sollte Magnus Kautz der Täter sein, war das möglicherweise eine bewusste Fehlinformation, um uns zu verwirren und die Ermittlung in eine andere Richtung zu lenken. Weg von ihm.«

»Wäre vorstellbar«, sagt Rory nickend und fährt fort: »Aber nehmen wir einmal an, die Geschichte stimmt. Was würde das bedeuten?«

Natürlich hat der Detektiv längst eine Meinung dazu, was das bedeuten könnte. Er will nur wissen, ob ich gewieft genug bin, um zu denselben Schlüssen zu kommen wie ein Profi-Ermittler. Ein bisschen fühle ich mich, wie bei einem mündlichen Referat in der Schule. Was nicht weiter schlimm ist: Mündliche Referate sind meine Stärke.

»Es heißt zweierlei«, antworte ich nach kurzem Nachdenken. »Erstens: Wenn es diesen Papierfetzen wirklich gab, er aber verschwunden war, als Magnus Kautz in die Bücherei zurückkehrte, dann muss ihn jemand der Toten aus den Fingern gewunden haben. Einer derjenigen, die um die Leiche herumstanden. Und dabei dürfte es sich um die Person gehandelt haben, die für den

Tod der Lehrerin verantwortlich war. Wahrscheinlich glaubte sie, dieser Fetzen könnte Zweifel an einem Unfalltod wecken. Also hat sie ihn unauffällig an sich genommen. Und zweitens: Wenn dieser Papierfetzen ein kleiner Teil einer Banknote war, dann hat Geld eine Rolle bei Penelope Brauns Tod gespielt! Vielleicht hat sie jemanden erpresst und ist von dieser Person ermordet worden.«

»Diese Möglichkeit könnte man in, ähm, in Betracht ziehen«, befindet Rory. Seinem zweifelnden Gesichtsausdruck nach zu urteilen, ist er aber weniger überzeugt von meiner Theorie, als ich mir erhofft habe.

In diesem Moment fühlt es sich tatsächlich an wie bei einem mündlichen Referat, für das man statt der erhofften glatten Eins nur eine müde Drei plus bekommt.

Was stört den Detektiv an meiner Erpressungstheorie?, frage ich mich, habe aber keine Zeit, großartig Trübsal zu blasen, da Rory bereits den nächsten Ermittlungsschritt in Angriff nimmt.

»Richten wir unsere Aufmerksamkeit doch zunächst einmal auf unseren unbekannten Hinweisgeber«, schlägt er vor. »Sehen wir uns das Archiv an. Eventuell hat er dort Spuren hinterlassen, als er die Personalakten entwendet hat.«

An dieser Stelle sollte ich allen Uneingeweihten etwas erklären. Wenn Rory sagt, dass er nach einer Spur sucht, meint er damit nicht Spuren, nach denen Ermittler üblicherweise auf der

Jagd sind: keine Finger- oder Schuhabdrücke, keine Haare oder Hautschuppen und auch keine Zigarettenstummel oder Lippenstiftabdrücke an einem Glas. Der schüchterne Detektiv sucht nach einer anderen Art von Spuren. Nach Spuren, die außer ihm keiner finden *kann.*

Klingt seltsam? Ist es auch.

Jeder weiß, dass der Detektiv viel zu zurückhaltend und höflich ist, um Zeugen und Verdächtige mit Fragen zu behelligen. Dass es ihm dennoch gelingt, alle seine Fälle zu lösen, liegt an seiner hochgeheimen, eigenen Methode – von der außer Rory selbst nur seine Freundin Charlotte und ich wissen: Der Detektiv hat bei Ermittlungen mal einen heftigen Schlag auf den Kopf abbekommen. Was neben einer großen Beule auch dazu geführt hat, dass er seitdem über eine ganz besondere Fähigkeit verfügt: Berührt er einen Gegenstand, der auf irgendeine Weise mit einem Verbrechen in Zusammenhang steht, erscheinen vor seinem inneren Auge Bilder, die ihm Hinweise zur Tat liefern. Manchmal sieht er auch Zahlen oder hört Stimmen oder nimmt ein Gefühl wahr, das in irgendeiner Weise mit dem Verbrechen zu tun hat.

Und für diejenigen, die jetzt denken: *So ein Blödsinn. So was gibt's doch nicht.* Genau das habe ich auch gedacht, als Rory mir von seinem außergewöhnlichen Talent erzählt hat. Bis ich mit eigenen Augen gesehen habe, dass es funktioniert. Leider sind die Botschaften, die der Detektiv von diesen Gegenständen bekommt, in den meisten Fällen reichlich verschwurbelt und mysteriös, aber dank seiner unglaublichen Kombinationsgabe schafft Rory es jedes Mal, Zusammenhänge zwischen den einzelnen Hinweisen zu erkennen und so dem Rätsel auf die Spur zu kommen.

Der schüchterne Detektiv sucht keine Fingerabdrücke. Er sucht keine DNA-Spuren. Er sucht nach Dingen, die ihm Geschichten erzählen.

Rory öffnet die Tür zum Archiv und drückt den Lichtschalter. Eine aufgeschreckte Maus flitzt direkt vor unseren Füßen davon und flüchtet sich unter einen Schrank. Doktor Herkenrath jault beim Anblick des kleinen Nagers hysterisch auf, macht einen Satz zur Seite und drückt sich zitternd an mein Bein.

Das, was so seriös *Dokumenten-Archiv* heißt, ist nur ein schmaler, feuchter Raum mit Schimmel an den Wänden. Es riecht noch eine Nummer muffiger als auf dem Gang. Auch hier ist Sperrmüll gelagert, dazwischen stehen drei Stahlschränke mit tiefen Schubladen, in denen sich die Akten befinden.

Rory geht zielstrebig auf einen der Schränke zu. Unübersehbar der Schrank, der aufgebrochen wurde. Das demolierte Schloss ist noch nicht ausgetauscht worden, eine Schublade hängt halb herausgezogen. Ich werfe einen Blick in die Lade und sehe jede Menge dünne Ordner in einem Hängeregister. Als Dr. Franck vorhin von den gestohlenen Akten berichtet hat, habe ich mir dicke, schwere Aktenordner vorgestellt und mich gefragt, wie der Einbrecher sie unauffällig aus dem Archiv schaffen konnte. Aber tatsächlich sind die Ordner so dünn, dass man mehrere davon in eine Umhängetasche verstauen oder unter der Jacke rausschmuggeln könnte.

Das Interesse des Detektivs gilt aber gar nicht den Unterlagen, sondern dem Schrank. Er beginnt seine spezielle Art der Spurensuche, schließt die Augen und fährt langsam und bedächtig mit den Fingern über das ramponierte Schloss. Beinahe eine Minute lang.

Nachdem wir bereits in zwei Fällen zusammengearbeitet haben, kann ich Rory in diesen Momenten vom Gesicht ablesen, ob er eine Information von einem Gegenstand bekommt oder nicht. *Erzählt* ihm ein Gegenstand etwas, beginnt er immer, den Kopf leicht hin und her zu wiegen. So auch diesmal! Er tritt einen Schritt zurück, öffnet die Lider und wispert: »Ein Eichhörnchen.«

»Was?«, entfährt es mir verdutzt und ich werfe einen besorgten Blick auf Doktor Herkenrath.

»Ein Eichhörnchen«, wiederholt der Detektiv nachdenklich. »Als ich das Schloss berührt habe, ist vor meinem inneren Auge ein Eichhörnchen erschienen. Kein echtes. Es war … ein Schmuckstück. Ein silberner Anhänger. An einer Halskette. Er dürfte der Person gehören, die den Schrank aufgebrochen und die Akten gestohlen hat.«

Ein Schmuckanhänger in Form eines Eichhörnchens? Im Gegensatz zu den nebulösen Hinweisen, die Rory ansonsten von Gegenständen erhält, ist das ja mal eine ausgesprochen konkrete Information. Wir müssen nur die Augen nach dem Anhänger offen halten. Haben wir das Eichhörnchen, haben wir die Person, die die Botschaften hinterlassen hat. Und die wird uns erklären können, warum sie glaubt, dass Penelope Braun ermordet wurde und warum sie wen für verdächtig hält. Das klingt so unfassbar einfach, dass ich mich frage, ob es nicht irgendeinen versteckten Haken an der Sache gibt.

Während wir die Treppe aus dem Keller hinaufsteigen, um unsere Ermittlung in der Schulbibliothek fortzusetzen, dröhnen erneut wummernde Bässe durch die Wand. Die Schlagermusik von Horst Kollmann.

Irgendwas läuft hier falsch. Man sollte doch annehmen, dass es an einem Internat die Aufgabe der Schüler ist, den Haumeister durch laute Musik in den Wahnsinn zu treiben. Und nicht umgekehrt.

In den englischen Krimis, die Mama bevorzugt liest, wird ausgesprochen häufig in Büchereien gemordet. Vor allem in Privatbibliotheken hochherrschaftlicher Anwesen, gelegentlich darf es auch mal eine kuschelige Gemeindebücherei auf dem Lande sein. Der Grund, warum Bibliotheksmorde in Kriminalromanen so beliebt sind, ist simpel: weil es da Bücher in Hülle und Fülle gibt.

Das ist praktisch, um die Handlung ins Rollen zu bringen. Fast immer platziert der Autor ein aufgeschlagenes Buch oder ein vergilbtes Schriftstück neben der Leiche. Manchmal deuten die starren Finger des Mordopfers sogar auf eine bestimmte Stelle im Text, die als Hinweis auf den Mörder oder sein Motiv verstanden werden kann. Irgendwas, das möglichst altertümlich und prophetisch und düster klingt, ohne dass man als Leserin die geringste Ahnung hat, worum es geht. So was in der Richtung: *Wenn aber der Tag kommt, da sich die Sonne verdunkelt, wird sich der Ungesehene erheben aus dem wogenden Meer. Und sein Gewand wird aus Purpur sein und seine Krone aus Gold. Wen aber der Blick seiner Augen trifft, dem sollen die Zähne aus dem Munde und die Haare vom Kopfe fallen und rote Pickel sollen sprießen auf seiner Stirne.* So oder so ähnlich zumindest.

In unserem Fall gibt es weder eine Leiche noch ein aufgeschlagenes Buch mit orakelhaftem Text. Ansonsten ist die Bücherei von Schloss Eichhorn aber eine Bibliothek, die jedem englischen Krimi zur Ehre gereichen würde: Abgesehen von ein paar wenigen mit Rechnern ausgestatteten Arbeitsplätzen deutet nichts darauf hin, dass wir uns im 21. Jahrhundert befinden. Alles wirkt altmodisch, angestaubt – und ungemein behaglich: hohe Bücherregale aus dunklem massiven Holz, ein roter Teppichboden, der so dick ist, dass er das Geräusch unserer Schritte verschluckt, Leseecken mit gemütlichen Sofas, ein Kamin, vor dem mehrere bequem aussehende Ohrensessel stehen. Über dem Kamin hängt ein zweites Porträt des sangesfrohen Kurfürsten. Diesmal ohne Weinflasche, dafür mit einer korpulenten Dame (wahrscheinlich seine Gattin), die ihn mit einem missbilligenden Blick bedenkt. Ein bisschen erinnert sie mich an Frau Zeigler. Wenn deren Mann was verbockt hat, guckt sie immer genauso biestig und zischt: *»Herrgott, Raimund!«*

Es ist aber nicht das Porträt, das meine Aufmerksamkeit fesselt, sondern die gewundene Treppe am gegenüberliegenden Ende des Raumes, deren Holzstufen zur Galerie hinaufführen. Während wir die Bücherei durchqueren und auf die Treppe zuhalten, fröstelt es mich: Genau hier hat Penelope Braun vor einem Vierteljahrhundert ihr tragisches Ende gefunden.

Dass das traurige Ereignis fünfundzwanzig Jahre zurückliegt, stellt für unsere Ermittlung eine besondere Herausforderung dar. Normalerweise untersuchen Rory und ich einen Tatort wenige Stunden oder Tage nach einem Verbrechen. Dabei stößt der Detektiv in der Regel auf jede Menge Gegenstände, die mit der Tat zu tun haben und starke Signale und Informationen *aussenden*, die er dank seiner besonderen Gabe *empfangen* kann.

Aber in diesem Fall sieht es aus, als würde uns Rorys außergewöhnliche Fähigkeit nicht weiterbringen. Das, was in dieser Bibliothek am engsten mit dem Tod von Penelope Braun in Verbindung steht, ist natürlich die Treppe. Weswegen der Detektiv sie eingehend untersucht, mit der Hand über die Stufen wischt und die Geländerstreben betastet. Während seine Finger auf der Suche nach einem Hinweis über den hölzernen Treppenlauf fahren, nimmt sein Gesicht einen enttäuschten Ausdruck an. Schließlich schüttelt Rory frustriert den Kopf.

»Es ist zu viel Zeit vergangen«, sagt er leise. »Zu viele Menschen sind im Lauf von fünfundzwanzig Jahren diese Stufen hinauf- und hinabgestiegen. Dabei haben sie die Vergangenheit übermalt. Wie ein Gemälde, auf das immer neue Farbschichten aufgetragen werden. Bis von dem ursprünglichen Bild nichts mehr durchschimmert. Von dieser Treppe werde ich keinen, öhm, Hinweis bekommen. Aber …« Er legt den Kopf in den Nacken und wispert: »Ich empfange ein ganz schwaches Signal von dort oben. Wahrscheinlich von einem der Bücher.« Rory deutet zur Galerie, wo sich ein mit dicken Wälzern vollgestopftes Regal neben dem anderen findet.

»Sind Sie sicher? Wie ist das möglich?«, frage ich zweifelnd. »Wieso sendet die Treppe nach fünfundzwanzig Jahren kein Signal mehr aus, ein Buch aber schon?«

»Nun, vielleicht weil, äh, dieses Buch im Gegensatz zum Treppengeländer in den letzten fünfundzwanzig Jahren nur von wenigen Händen berührt wurde. Möglicherweise handelt es sich um ein sehr spezielles Fachbuch. Oder einfach um ein sehr, *räusper*, langweiliges Buch.«

»Aber da oben sind Tausende von Büchern«, stöhne ich. »Es wird ewig dauern, bis Sie auf das richtige stoßen.«

»Hast du einen anderen, öhm, Vorschlag?«

»Nein«, muss ich kleinlaut gestehen.

»Dann bleibt uns wohl nichts anderes übrig.« Rory steigt die knarrenden Stufen hinauf und ich bin im Begriff, ihm zu folgen – als mein Blick auf eine gerahmte Fotografie fällt, die an der Wand rechts neben der Treppe hängt.

»Sehen Sie sich das an!«, platzt es überrascht aus mir heraus.

Auf dem Rahmen des Fotos ist eine kleine Plakette angebracht, in die die Worte: *Zur Erinnerung an Penelope Braun (1965–1997)* geprägt sind. Das Bild zeigt eine lachende, sympathisch wirkende Frau mit dunklem Haar. Sie trägt Jeans, T-Shirt – und eine schmale, silberne Halskette mit einem Anhänger.

»Das Eichhörnchen!«, entfährt es mir perplex, während ich gleichzeitig zu verstehen versuche, was das bedeutet. Wenn dieser Anhänger Penelope Braun gehörte, aber auch von der Person getragen wurde, die die Akten gestohlen hat, dann kann das nur heißen, dass …

»Sie ist zurückgekommen«, murmele ich mit schreckvoll geweiteten Augen und spüre, wie sich die Härchen an meinen Unterarmen aufrichten. »Sie ist aus dem Jenseits zurückgekehrt, um ihren eigenen Tod zu rächen. Um uns zu helfen, ihren Mörder zu überführen!«

»Eine sehr, öhm, originelle Idee, Matilda. Aber doch eher unwahrscheinlich«, befindet Rory, lächelt höflich, bedenkt mich dabei aber mit einem *sehr* verwunderten Blick – und mir wird schlagartig klar, dass ich mich gerade bis auf die Knochen blamiert habe. Und dass ich unbedingt daran arbeiten sollte, nicht *jeden* Gedanken, der mir durchs Hirn schießt, sofort meiner Umwelt mitzuteilen.

Geister? Geht's noch, Matilda? Was Besseres fällt dir nicht ein?, frage ich mich geknickt. Wir sind doch nicht in irgendeinem zusammenfantasierten Mystery-Thriller. Das hier ist die Realität. Ein echter Kriminalfall. Und in echten Kriminalfällen sind es *nie* Geister! Auch wenn es manchmal danach aussieht. Am Ende gibt es immer und für alles eine vernünftige, logische Erklärung.

Der schüchterne Detektiv räuspert sich und bietet mir gleich mehrere zur Auswahl an. »Nun, der Eichhörnchen-Anhänger ist sicherlich kein Einzelstück. Diese Art von Modeschmuck wird in Serie hergestellt. Rein, öhm, theoretisch könnte es sich um zwei verschiedene Schmuckanhänger handeln. Was aber im Zusammenhang unseres Falls ein so großer Zufall wäre, dass ich es für eher unwahrscheinlich halte. Wenn auch nicht ganz so unwahrscheinlich wie deine gewagte Theorie über –«

»Schon gu-hut!«, sage ich angefressen. »Ich habe es kapiert. Kommt nicht mehr vor. Keine Geister mehr!«

»Möglich ist natürlich auch, dass der Anhänger gestohlen wurde. Oder dass Penelope Braun ihn verschenkt hat. An jemanden, der ihr, ähm, nahestand.« Der Detektiv hält den Blick auf die Fotografie gerichtet, während sein Gesicht einen grüblerischen Ausdruck annimmt.

Sofort muss ich daran denken, was Magnus Kautz uns über Frauke Keller und Camilla Herbst erzählt hat. Dass sie gut mit Penelope befreundet waren. Hatte sie einer von beiden den Anhänger geschenkt? Das würde bedeuten, dass diejenige unsere unbekannte Hinweisgeberin ist. Andererseits sind die beiden aber auch Verdächtige … Es ist verzwickt. Auf jeden Fall dürfte es hochinteressant werden, sich mit den Lehrerinnen zu unterhalten.

Ich steige hinter Rory die Treppe hinauf, als ein mitleiderregendes Jaulen an mein Ohr dringt. Doktor Herkenrath sitzt am Fuß der Stufen und blickt mich vorwurfsvoll an. Wie konnte ich das vergessen? Wendeltreppen gehören (ebenso wie Hängebrücken) zu den Dingen, vor denen er sich so ängstigt, dass er unter keinen Umständen eine Pfote daraufsetzen würde. Ich muss ihn schon wieder tragen.

»Du bist ganz schön schwer geworden in letzter Zeit«, mosere ich. »Du solltest *wirklich* mal Hundetanz machen. Könnte dir nicht schaden. Und ein bisschen weniger Fleischwurst wäre auch gut.«

Er schielt mich an, als hätte er keine Ahnung, wovon ich rede. Darin, sich im richtigen Moment blöd zu stellen, war er schon immer Experte.

»Das, öhm, das Signal, das ich empfange, kommt aus dieser Richtung«, verkündet der Detektiv, als wir auf der Galerie angelangt sind, und deutet auf eine Ecke, in der drei Regale mit nicht ausleihbaren Büchern stehen. Hauptsächlich Wörterbücher, Fach-Lexika und andere Nachschlagewerke.

»Na wunderbar«, sage ich in sarkastischem Ton. »Wenn wir uns auf diese Ecke beschränken, sind es ja nur noch ungefähr zweitausend Bücher, die Sie untersuchen müssen. Und sagen Sie bitte nicht, das Signal ist *so* schwach, dass Sie …«

»Ich, öhm, befürchte schon«, nuschelt Rory verlegen und zieht ein Fläschchen mit blauem Mundwasser aus der Tasche seines Jacketts.

Ich weiß, was jetzt kommt, und wende mich mit Grauen ab. Um die Quelle eines starken Signals zu finden, muss der Detektiv in der Regel nur ein paar Gegenstände betasten, bis er auf den richtigen stößt. Ist das Signal hingegen schwach, reicht *Betasten* nicht. In diesen Fällen ist Rory gezwungen, an den Gegenständen zu lecken. Was äußerst unappetitlich aussieht. Ich habe ihn schon an Ölgemälden, einem Autokühler und einer Bronze-Statuette lecken sehen. Für den Fall, dass so etwas notwendig wird, hat der Detektiv immer Mundwasser dabei, um anschließend auszuspülen.

»Alles Gute«, wünsche ich und höre Rory seufzen:

»Dann mal, öhm, dann mal los.«

Eine halbe Stunde später hat der schüchterne Detektiv an über zweihundert Buchrücken geleckt und braucht dringend eine Pause. Seine Zunge dürfte mittlerweile trockener als die Wüste Gobi sein. Er sieht erschöpft aus und guckt wie Doktor Herkenrath, wenn der feststellt, dass keine Fleischwurst mehr im Kühlschrank ist.

»Soll ich mal nachsehen, ob es irgendwo einen Getränkeautomaten gibt?«, biete ich an, aber Rory schüttelt den Kopf.

»Nein danke, es geht schon. Und es sind ja nur noch ungefähr tausendachthundert Bücher, die ich, äh …« Der Detektiv stöhnt auf und macht sich wieder an die unappetitliche Arbeit, als ich glaube, ein Knarren auf der Treppe wahrzunehmen. Doktor Herkenrath hat es offenbar auch gehört. Er zieht den Schwanz ein und wirft sich flach auf den Boden. Ich mache zwei schnelle Schritte, strecke meinen Kopf hinter dem Regal hervor und scanne die Umgebung. Nichts zu sehen. Habe ich mich getäuscht oder –

»Hier! Ich habe es gefunden!«, stößt Rory in diesem Moment aufgeregt aus, springt auf die Füße und schwenkt ein dickes Buch. »Das ist es!«

Neugierig blicke ich auf den Einband: *Lehrbuch der algebraischen Geometrie.* Mathe ist nicht gerade mein Lieblingsfach, weswegen ich ein bisschen voreingenommen bin. Aber schon der Titel klingt so superlangweilig, dass ich mir gut vorstellen kann, warum kaum jemand es gelesen hat. Doch was hat das Buch mit dem Tod von Penelope Braun zu tun? Schließlich hat sie keine Mathematik unterrichtet, sondern – wie wir von Dr. Franck wissen – Deutsch und Geschichte.

Der Detektiv leckt erneut an dem dicken Wälzer und schließt die Augen. Dreißig Sekunden lang steht er völlig reglos da, dann empfängt er von dem Buch offenbar eine Information und beginnt, den Kopf leicht hin und her zu wiegen.

»Was sehen Sie?«, will ich wissen und werde vor Spannung ganz hibbelig.

»Ähm, die Zahl eintausend«, wispert Rory nachdenklich. »Und ein Buch. Nicht, öhm, dieses. Sondern *Die Märchen der Brüder Grimm.*«

Ich befürchte, dass ich ein ausgesprochen dummes Gesicht mache. Was hat die Zahl eintausend mit Märchen und was beide wiederum mit den Ereignissen an dieser Schule zu schaffen?

Wenn man so gar keine Idee hat, kann es mitunter lohnenswert sein, das Internet zu befragen. Ich zücke mein Smartphone, gebe *1000* und *Märchen* in die Suche ein und erhalte unzählige Treffer zu *Tausendundeine Nacht.* Was uns nicht wirklich weiterhilft. Also starte ich einen zweiten Versuch, tippe *1000* und *Brüder Grimm* ein und bekomme als erstes Ergebnis: *1000-DM-Schein.*

»Natürlich!«, entfährt es Rory, dem urplötzlich ein Licht aufzugehen scheint. Er hüstelt schüchtern und erklärt mir: »2002 wurde der Euro als Währung in Deutschland eingeführt. Davor war die Währung D-Mark. Und auf den Tausendmarkscheinen, die in den Neunzigerjahren ihre Gültigkeit hatten, waren die, ähm, die Brüder Grimm abgebildet. Verstehst du, was das bedeutet? Magnus Kautz hat sich nicht getäuscht: Penelope Braun hat den Fetzen eines Tausendmarkscheins in den Fingern gehalten! Und dieses Geld hat auf irgendeine Weise mit ihrem Tod zu tun.«

»Und welche Rolle spielt dieses Mathe-Nachschlagewerk dabei?«, frage ich mit gerunzelter Stirn und deute auf das Buch, das Rory noch immer in den Händen hält.

Er kratzt sich unschlüssig am Hals, bevor er zögernd sagt: »Es könnte … Der Geldschein könnte eine Zeit lang in dem Buch gesteckt haben.«

»Aus welchem Grund sollte jemand Geld in ein Buch in einer Schulbücherei stecken?«, frage ich verwirrt, als ein unterdrücktes Niesen an mein Ohr dringt.

Rory und ich blicken uns alarmiert an.

Jemand ist hier!

Der schüchterne Detektiv räuspert sich umständlich und sagt in höflichem Ton: »Wer immer Sie auch sind, wir, öhm, wir sind uns Ihrer Anwesenheit bewusst. Würden Sie, äh, würden Sie bitte hinter dem Regal hervortreten? Falls es Ihnen keine allzu großen Umstände …«

Ich finde ein Übermaß an Höflichkeit in so einer Situation unangebracht und kommandiere in Feldwebelton: »Raus da,

Freundchen! Und zwar sofort! Sonst hetzte ich meinen blutrünstigen Kampfhund auf Sie.« Ich werfe einen kurzen Blick auf Doktor Herkenrath, der gähnt und mich müde anschielt, und füge drohend hinzu: »Der verbeißt sich in Ihrer Kehle!«

~ 8 ~
Kein Normalfall

»Hi, hi, hi«, ertönt ein leises Kichern. »So wie ich deinen Cockerspaniel einschätze, hat er eher Angst davor, dass sich jemand in *seiner* Kehle verbeißt.« Im nächsten Moment tritt Danny Bekono hinter einem Bücherregal hervor, grinst uns frohgemut an und grüßt lässig: »Hallo, zusammen. Und, wie laufen die Ermittlungen?«

»Ähm, ich möchte dir nicht zu nahe treten«, stottert Rory verdutzt. »Aber wärst du so freundlich uns zu erklären, warum, öhm …« Hilfe suchend blickt der Detektiv zu mir. Jemanden zur Rede zu stellen, ist einfach nicht sein Ding.

Im Normalfall würde ich jetzt unschüchtern in die Bresche springen und Danny Bekono so richtig zur Schnecke machen: *»Kannst du mir mal verraten, was du hier verloren hast? Was fällt dir ein, uns hinterherzuspionieren? Und lass gefälligst dieses unverschämte Grinsen. Das ist völlig unangebracht!«*

Tatsächlich dringt aber nur wirres Gestammel aus meinem

Mund: »Wieso, ähm … Könntest du uns sagen, warum du hier öhm … also, weshalb du …«

Heiliger! Die nächste Schüchternheits-Attacke! Wie kann das sein? Hier in der Bibliothek ist es doch überhaupt nicht heiß. Nicht nur ich bin völlig verdattert: Rory, der gerade die Mundwasser-Flasche an die Lippen gesetzt hat, um sich den Mund auszuspülen, sieht mich so ungläubig an, als würde er die Welt nicht mehr verstehen.

Danny Bekono lässt den Detektiv derweil wissen: »Frau Dr. Franck schickt mich. Sie hat alle Anwesenden informiert, dass Sie mit ihnen sprechen möchten. Wir treffen uns in der Redaktion der Schülerzeitung.« Er fährt mit der Hand über seine Rastazöpfe und blickt Rory entschuldigend an: »Sorry, dass ich mich nicht sofort bemerkbar gemacht habe. Ich fand es spannend, mal einem echten Detektiv bei der Arbeit zuzusehen. Möglicherweise haben mich meine alten, trüben Augen ja getäuscht, aber … Haben Sie eben an einem Buch geleckt?«

Der Detektiv verschluckt sich vor Schreck an seinem Mundwasser und schnappt nach Luft. Nichts fürchtet er mehr, als dass die Öffentlichkeit von seiner geheimen Ermittlungsmethode erfahren könnte. Er windet sich nervös hin und her und haucht: »Darüber kann ich dir leider nichts, öhm …«

Jetzt reicht es aber! Ich kann es überhaupt nicht leiden, wenn jemand den schüchternen Rory absichtlich in Verlegenheit bringt.

Ob er an Büchern leckt, geht dich einen feuchten Kehricht an, Danny Bekono. Und wenn du gegenüber irgendjemandem auch nur ein Sterbenswörtchen darüber verlierst, wirst du dir wünschen, mir niemals begegnet zu sein!, denke ich und sage: »Es, öhm, wäre nett, wenn du darüber mit niemandem … Das ist so was wie ein, ähm, ein Berufsgeheimnis.«

»Schon kapiert«, sagt Danny lächelnd und macht eine *Meine Lippen sind versiegelt*-Geste. »Wie sieht es aus? Wollen wir dann mal?«

»Ähm, äh, ja, natürlich«, stottert Rory, stellt das *Lehrbuch der algebraischen Geometrie* ins Regal zurück, und wir folgen Danny Bekono die Stufen der Wendeltreppe hinab.

Am Fuß der Treppe angekommen, höre ich ein mitleiderregendes Winseln. Doktor Herkenrath verharrt ängstlich am oberen Treppenabsatz und wartet darauf, dass ihn jemand abholt.

»Sieht aus, als hättest du deinen Cockerspaniel schon wieder vergessen«, befindet Danny Bekono belustigt. »Ehrlich gesagt, du machst auf mich einen etwas zerstreuten Eindruck, Matilda. Du hast doch hoffentlich keinen Sonnenstich abbekommen?«

»Ähm, nein«, murmele ich lahm, spüre, dass ich rot anlaufe und haste zurück, um Doktor Herkenrath auf den Arm zu nehmen.

Danny pfeift fröhlich vor sich hin, während er uns durch einen Gang in Richtung einer Steintreppe lotst, die in den ersten Stock führt.

»Alles in Ordnung bei dir, Matilda?«, wispert mir Rory zu und betrachtet mich mit nachdenklicher Miene.

»Was soll denn nicht in Ordnung sein?«, zische ich ungehalten.

»Nun, ich, ähm, frage nur, weil du plötzlich so, ähm, schüchtern …«

»Bin ich doch gar nicht«, blaffe ich den Detektiv unhöflich an. Was natürlich glatt gelogen und mir im nächsten Moment so peinlich ist, dass ich ein verlegenes »Entschuldigung« hinterherschiebe.

Komm mal wieder runter, Matilda. Du klingst ja schlimmer als Frau Zeigler, wenn sie ihren Raimund runterputzt, rufe ich mich zur Ordnung. Rory kann schließlich nichts dafür, dass ich plötzlich rumstottere wie ein defekter Automotor.

Woher kommen diese plötzlichen Schüchternheitsanfälle?, frage ich mich verzweifelt. In der Bibliothek war es kühl. Die Hitze scheidet als Ursache aus. Was also sonst? Liegt es vielleicht an den Rosinenmürbchen? Habe ich zu viele davon verputzt? Kann man im Leben nur eine bestimmte Anzahl Rosinenmürbchen essen, ohne schüchtern zu werden?

Um mich von dieser unschönen Vorstellung frei zu machen, versuche ich mich auf den Fall zu konzentrieren und flüstere dem Detektiv zu: »Halten wir fest, was wir bisher rausgefunden haben: Der Eichhörnchen-Anhänger gehörte Penelope Braun. Und die Person, die ihn jetzt trägt, ist unser Hinweisgeber. Außerdem hat Geld eine Rolle bei Penelope Brauns Tod gespielt: ein Tausendmarkschein, von dem sie einen Teil in der Hand hielt und der davor in einem Mathematik-Lehrbuch steckte. Und wenn –«

»Ich nehme mal an, dass nichts davon für mich bestimmt ist?«, unterbricht Danny Bekono, der offenbar Ohren wie ein Luchs hat. Er dreht sich zu mir um und grient fröhlich. »Für den Fall solltest du ein ganz klein wenig leiser sprechen, Matilda. Klingt aber definitiv spannend und so, als wäre an der Botschaft in der Zeitkapsel wirklich was dran«, befindet er. »Als Rosalind die Nachricht vorgelesen hat, dachte ich, ich werde nicht mehr. Ich kam mir vor, als wäre ich plötzlich in einen Krimi gebeamt worden. Und ich stehe auf Krimis! Ganz besonders auf Cold Cases.«

»Ach, öhm, ja?«, mache ich und blicke dabei angestrengt auf meine Sandalen, während der schüchterne Detektiv Danny fragt:

»Ist dir, *räusper*, ist dir jemand aufgefallen, der besonders heftig auf diese Botschaft reagiert hat?«

»Also … niemand im Besonderen. Alle waren total baff und standen mit offenen Mündern da.«

»Und, ähm, kurz vor oder nach dieser Zeremonie?«, hakt der Detektiv schüchtern nach. »Hat sich irgendjemand merkwürdig benommen oder ist dir etwas Ungewöhnliches aufgefallen?«

Überrascht sehe ich, dass Danny Bekono einen Moment lang zögert, ehe er sagt: »Wissen Sie … witzige Sache … Ich habe es bisher niemandem erzählt, weil das Ärger gibt, wenn es rauskommt. Aber am Abend vor der Zeitkapsel-Geschichte, war ich im Keller des Ostflügels unterwegs. War eine Undercover-Aktion. Ich wollte zur Werkstatt des Hausmeisters. Wir nennen ihn den *Höllenhund.* Weil er immer wirkt wie ein gereizter Bullterrier und seine schlechte Laune an jedem auslässt, der ihm über den Weg läuft. Um es ihm mal heimzuzahlen, hatte ich ein paar Warnschilder im Internet bestellt. Sie wissen schon: *Vorsicht: Freilaufender Hund!, Hier wache ich!, Nicht füttern!* und *Achtung: Tollwutgefahr!* Die wollte ich mit Superkleber an der Tür seiner Werkstatt anbringen. Aber als ich durch den Gang schlich, da … Da sah ich am anderen Ende einen Mann um die Ecke biegen und in die Werkstatt huschen. Es war duster; ich habe ihn nur für einen kurzen Moment gesehen und konnte sein Gesicht nicht erkennen, aber …«

»Hatte er eine Auffälligkeit?«, möchte Rory wissen.

»Der Mann *war* eine einzige Auffälligkeit«, antwortet Danny Bekono kichernd. »Er hatte schulterlange, hellblonde Locken und trug einen goldfarbenen Glitzeranzug. Als wäre er aus einer Bühnenshow in Las Vegas entlaufen. Keine Ahnung, ob es ein Freund von Herrn Kollmann war. Auf jeden Fall habe ich diesen Kerl vorher noch nie hier gesehen. Und es wäre nett, wenn Sie das mit den Warnschildern gegenüber Dr. Franck nicht erwähnen würden.«

Ein blond gelockter Mann im Glitzeranzug? Was hat das nun wieder zu bedeuten?, frage ich mich. *Hat dieser Unbekannte etwas mit der Botschaft zu tun? Gehört der mysteriöse Hinweisgeber vielleicht doch nicht zum Schulpersonal, sondern ist jemand von außerhalb? Jemand, der auf irgendeine Weise Zugang zum Internat hat?* Bei dem Gedanken, ein Gespräch mit dem übellaunigen Horst Kollmann führen zu müssen, schüttelt es mich zwar, aber ich bin ausgesprochen neugierig darauf, was er uns zu seinem auffälligen Besucher zu erzählen hat.

Vor dem Raum, in dem sich die Redaktion der Schülerzeitung befindet, hängt ein gelbes Stoffbanner. Kleiner als das in der Halle, aber immer noch groß genug, um Baum, Adler, Schlange, den *Ratatosk*-Schriftzug und natürlich auch das Eichhörnchen deutlich erkennen zu können. Reflexartig halte ich Doktor Herkenrath die Augen zu.

Rory trippelt derweil von einem Fuß auf den anderen und wispert verlegen: »Ich, öhm, ich müsste mal … Wo, äh, könnte ich denn …?«

»Gleich die Tür da vorne links«, klärt ihn Danny Bekono auf. »Wir warten hier auf Sie.«

Während der Detektiv mit eiligen Schritten davonhastet, schaue ich zu dem Banner und frage Danny: »Welche Bedeutung hat dieses Wappen eigentlich? Und wofür steht, öhm, *Ratatosk*?«

Er zupft an seinen Zöpfchen rum und setzt zu einer kleinen Rede an. »Falls du denkst, das wäre ein ehrwürdiges, jahrhundertealtes Wappen – das ist es nicht. Dieses Schulwappen existiert erst seit zwölf Jahren. Frau Dr. Franck hat es entwerfen lassen, als sie Schulleiterin wurde. Vorher gab es ein anderes, das an das Familienwappen des Kurfürsten angelehnt war, für den das Schloss erbaut wurde. Irgendwas mit Schwert und Schild und Weinpokal, das aber nicht das Geringste mit dem Internat zu tun hatte. Dr. Franck wollte jedoch ein Wappen, das symbolisch zeigt, wofür die Schule steht.«

»Aha?«, mache ich, weil mir nicht so wirklich klar ist, worauf er hinauswill.

Danny tritt einen Schritt an das Banner heran und erklärt: »Es ist ein Motiv aus der nordischen Mythologie: Der Baum stellt den Lebensbaum *Yggdrasil* dar. In seiner Krone sitzt ein Adler, an seinem Fuß lebt eine Schlange. Zwischen den beiden flitzt ein Eichhörnchen hin und her und überbringt dem Adler Nachrichten von der Schlange – und umgekehrt. Dieses Eichhörnchen heißt *Ratatosk.* Auch bekannt als *Ratatösk* oder *Ratawisker.* Natürlich lag es nah, ein Eichhörnchen in das Wappen aufzunehmen. Schließlich gibt es hier jede Menge von ihnen und das Schloss verdankt ihnen seinen Namen. Aber das Bild hat noch eine tiefere Bedeutung.«

»Und, öhm, welche?«, frage ich etwas ratlos.

»Dr. Franck hat es mal folgendermaßen beschrieben«, sagt Danny, lächelt und zeigt dabei seine blendend weißen Zähne. »Der Adler in der Baumkrone ist ein Symbol für unseren Verstand, die Schlange steht für unser Gefühl. Beides ist gleich wichtig für einen Menschen. Wenn wir entscheiden müssen, ob wir etwas tun oder nicht tun, sollten wir nie ausschließlich nach unserem Gefühl oder ausschließlich nach unserem Verstand handeln. Sondern unser inneres Eichhörnchen zwischen Herz und Hirn hin und her flitzen lassen und erst dann etwas tun, wenn Herz *und* Hirn beide dazu *Ja* gesagt haben.« Danny Bekono kratzt sich an der Nase und führt aus: »Dr. Franck denkt, dass dieser Grundsatz das Wichtigste ist, was man Schülern beibringen kann. Mindestens genauso wichtig wie Grammatik und binomische Formeln.« Er blickt mir in die Augen und sagt: »Darf ich dich auch mal was fragen?«

»Ähm, klar.«

»Wie ist es dazu gekommen, dass du mit Rory Shy arbeitest? Hat er speziell nach einer besonders schüchternen Assistentin Ausschau gehalten? Oder wie bist du an den Job geraten?«

Ich bin nicht schüchtern! Kapier das doch endlich! Ich bin kein bisschen schüchtern! Überhaupt nicht!

»Ohm, das, äh … öhm, nein«, höre ich mich stammeln.

»Könnte man aber glatt vermuten«, befindet Danny und grinst amüsiert.

Zum Glück kommt Rory in diesem Moment von der Toilette zurück und erlöst mich aus der peinlichen Situation.

Während Danny Bekono den Detektiv in die Redaktion der Schülerzeitung führt, sehe ich den beiden hinterher – und plötzlich dämmert mir die schreckliche Wahrheit über meine Schüchternheits-Anfälle: Es liegt nicht an der Hitze. Und auch nicht an den Rosinenmürbchen. Es liegt an Danny. Nur wenn ich mit ihm rede, ereilen mich diese Schüchternheits-Attacken!

Wieso?, frage ich mich völlig verwirrt. Als könnte ich (neben Schüchternheit) nun auch noch Verwirrung gebrauchen. Schließlich sind wir hier, um einen Mordfall zu lösen. *Wenn du wirklich ein Profi sein willst, dann konzentriere dich auf den Fall!*, rufe ich mich zur Ordnung. *Zuerst kommt unser Auftrag – und danach werde ich vielleicht irgendwann mal über Danny Bekono und meine Schüchternheitsanfälle nachdenken. Später. Zu gegebener Zeit. Eventuell.*

Ich hüstele mehrfach, räuspere mich ein paarmal, setze Doktor Herkenrath auf dem Boden ab und folge Danny und dem schüchternen Detektiv in die Redaktion.

~ 9 ~

Fallobst

Die Schülerzeitungs-Redaktion ist vor allem eins: kunterbunt. Wände und Decke sind mit vielfarbigen, fantasievollen Graffiti übersät. Der Teppich, der den Großteil des Bodens bedeckt, war ursprünglich mal hellblau, hat bei den Sprüh-Aktionen aber so einiges an gelben, grünen und roten Farbflecken abgekriegt. Es gibt drei wacklige, buntlackierte Schreibtische und ein paar Computer. Abgesehen davon sieht es aber eher nach Entspannung als nach harter journalistischer Arbeit aus: Im Raum verteilt stehen verschiedenfarbige Sessel und kleine Sofas, die allesamt wirken, als hätten sie ihre besten Tage hinter sich: durchgesessen und reichlich abgewetzt, vielleicht aber gerade deswegen auch gemütlich.

Auf einem der Schreibtische liegt ein Stapel *Ratatosk*-Schülerzeitungen. Die Top-Schlagzeile lautet: *Metal-Sound mit Herz und Verstand: Schulband Brainheart gewinnt Talentwettbewerb.*

Als ich von der Zeitung aufblicke, sehe ich, dass Danny Bekono sich in einen Sessel gefläzt hat, die Beine über die Seitenlehne hängen lässt und auf seinem Handy rumspielt.

Diana Pesch sitzt im Schneidersitz auf dem bunten Teppich, putzt ihre Brille mit einem Papiertaschentuch und unterhält sich mit Rosalind.

Während ich das Gesicht der Erzieherin betrachte, habe ich plötzlich das merkwürdige Gefühl, als wäre sie mir schon mal irgendwo anders begegnet. Aber wann und wo soll das gewesen sein? Derweil ich mich das noch frage, springt Rosalind auf, kommt zu mir herübergelaufen, deutet auf Doktor Herkenrath und fragt: »Darf ich ihn streicheln?«

»Ich befürchte, dazu ist er zu ängstlich«, entgegne ich, werde aber im nächsten Moment eines Besseren belehrt. Doktor Herkenrath, den gewöhnlich eine mittelschwere Panik ereilt, wenn ihm unbekannte Menschen zu nahe kommen, lässt sich von Rosalind bereitwillig die Ohren kraulen und schielt dabei glücklich.

Ich recke den Daumen in die Höhe und sage: »Sieht so aus, als hätte er dich in den Kreis der Auserwählten aufgenommen.«

Abgesehen von meinen Eltern, mir (und seit gerade eben Rosalind) gehören diesem exklusiven Streichelkreis nur noch Frau Zeigler und Charlotte, Rorys Freundin, an. Frau Zeigler, weil sie immer ein Stückchen Fleischwurst für Doktor Herkenrath parat hält, und Charlotte, weil er in sie hoffnungslos verschossen ist.

Während ich beobachte, wie Rosalind meinem Cockerspaniel übers Fell streicht, geht mir durch den Kopf, was Dr. Franck über ihre Hochbegabung erzählt hat, und ich frage mich, ob ich gerade einer zukünftigen Nobelpreisträgerin gegenüberstehe. Oder der Frau, die später einmal die erste Mars-Mission der Menschheit leiten wird. Dabei schrumpfe ich innerlich schon ein bisschen zusammen. Ich habe zwar keine Probleme in der Schule, aber ich bin beileibe keine Überfliegerin. Und meine Chance auf einen Nobelpreis schätze ich auch gering ein. Es sei denn, es würde eines Tages einer für ausdauerndes und schnelles Reden vergeben werden.

Mein Blick wandert zu einer ramponierten Zweisitzer-Couch, auf der Erhan Aktas und Magnus Kautz Platz genommen haben. Der eichhörnchenhafte Lehrer redet ununterbrochen auf den Erzieher ein (wahrscheinlich hält er ihm einen Vortrag über Braunhörnchen und Grauhörnchen) und lässt sich dabei auch durch das offensichtliche Desinteresse seines Gesprächspartners nicht ausbremsen.

Erhan Aktas brummt zwar gelegentlich ein abwesendes »Aha?« oder »Mhm?«, seine Aufmerksamkeit scheint aber auf etwas ganz anderes gerichtet zu sein. Mit ernstem Blick beobachtet er die zwei Frauen, die zusammen mit Dr. Franck in der Mitte des Raums stehen und sich gerade mit dem schüchternen Detektiv bekannt machen. Bei den Damen dürfte es sich um Frauke Keller und Camilla Herbst handeln.

Ich spaziere zu ihnen hinüber und Dr. Franck stellt mich den Lehrerinnen vor. Äußerlich wirken die beiden Frauen so unterschiedlich wie Tag und Nacht. Einen größeren Gegensatz kann man sich kaum vorstellen.

Frauke Keller begrüßt mich mit einem freundlichen Lächeln. Ihr sonnengebräuntes Gesicht wird umrahmt von blonden Locken, sie trägt ein elegantes weißes Sommerkleid, auf ihrem Kopf sitzt ein dazu passender heller Sonnenhut mit breitem Rand. Man könnte sie sich ohne Weiteres in einem Katalog für elegante Strandmode vorstellen.

»Du bist also die Assistentin des schüchternen Detektivs? Schön, dich kennenzulernen«, sagt sie in singendem Tonfall.

Camilla Herbst hingegen wirkt misstrauisch und reserviert. Sie hat eine käsige Gesichtsfarbe, ihr Haar ist zu einem strengen Dutt geknotet. Die Lehrerin steckt in einer altmodischen, hochgeschlossenen Bluse und ist der eher verhuschte und vergeistigte Typ. Ihr Blick wirkt ein wenig irrlichternd, so als würde sich nur ein Teil von ihr in dieser Welt befinden, während ein anderer Teil durch weit entfernte Sphären schwebt. Umso überraschter bin ich über ihren kernigen Händedruck, bei dem ich Angst um meine Finger bekomme. Ihre Stimme hat einen scheppernden Klang, als sie mich kurz und knapp begrüßt: »Guten Tag, Matilda.«

Nachdem ich den Frauen die Hand geschüttelt habe, trete ich einen Schritt zurück – und erst in diesem Moment fällt mir auf, dass beide dünne Silberkettchen mit einem Eichhörnchen-Anhänger tragen!

Irritiert blicke ich zu Rory, der mir signalisiert, dass er die Schmuckstücke auch bemerkt hat. Mit einem kurzen Kopfschütteln bedeutet er mir aber, die Anhänger nicht zu erwähnen.

Frauke Keller entschwebt lächelnd auf ein Sofa. Camilla Herbst marschiert auf einen Ohrensessel am anderen Ende des Raumes zu.

Als die beiden außer Hörweite sind, blicke ich fragend zu Dr. Franck und flüstere: »Diese Eichhörnchen-Anhänger, die Camilla Herbst und Frauke Keller tragen …«

»Ja? Was ist damit?«

»In der Bibliothek gibt es ein Foto von Penelope Braun, auf dem sie ebenfalls mit so einem Anhänger zu sehen ist«, wispere ich, und Rory ergänzt schüchtern: »Außerdem wissen wir, dass, öhm, dass die Person, die ins Archiv eingedrungen ist, auch einen Eichhörnchen-Anhänger besitzt.«

»Wie um alles in der Welt haben Sie das denn herausgefunden?«, fragt die Schulleiterin mit verblüfftem Gesichtsausdruck.

»Ist ein Berufsgeheimnis«, ersticke ich jegliche Nachfrage im Keim. »Aber können Sie uns sagen, warum alle drei die gleichen Anhänger …?«

Dr. Franck zieht einen Schlüsselbund aus ihrer Hosentasche und hält ihn mir vor die Nase. An dem Bund schwingt ein kleiner, silberfarbener Anhänger. Das nächste Eichhörnchen!

»Alle *Ratatosks* haben so einen«, offenbart sie mir lächelnd und setzt zu einer Erklärung an: »Als ich als junge Lehrerin auf Schloss Eichhorn angefangen habe, gehörte ich zu einer Gruppe von Lehrern, die –«

»Ja, ich weiß. Von dieser Gruppe hat uns Magnus Kautz bereits erzählt«, stoppe ich sie. »Aber was hat das mit den silbernen Eichhörnchen zu tun?«

»Nun … wir fühlten uns damals ein bisschen wie Mitglieder einer Geheimorganisation. Das war aufregend«, sagt die Direktorin und schmunzelt dabei in sich hinein. »Und damit sich das Ganze noch ein bisschen aufregender anfühlte, gab sich die Gruppe den Namen *Kommando Ratatosk*. Und als geheimes Erkennungszeichen bekam jeder und jede von uns einen silbernen Eichhörnchen-Anhänger. Penelope Braun hatte einen, ich habe einen, Frauke und Camilla besitzen diese Anhänger und Magnus natürlich auch.«

Sind das jetzt gute oder schlechte Neuigkeiten?, frage ich mich. Der schüchterne Detektiv macht ein Gesicht, als wäre er sich darüber auch nicht ganz schlüssig.

Gäbe es nur einen Anhänger, wüssten wir mit Sicherheit, wer unser Hinweisgeber ist. So aber kommen theoretisch alle Anhänger-Besitzer in Betracht. Wobei man Dr. Franck sofort wieder ausschließen kann. Und wenn Magnus Kautz derjenige welcher wäre, hätte er sich uns vorhin, auf dem Weg zum Archiv, anvertraut. Bleiben also Frauke Keller und Camilla Herbst.

Unauffällig beobachte ich, ob eine von ihnen vielleicht Blickkontakt zu uns sucht oder uns durch versteckte Hinweise signalisieren will: *Ich bin diejenige, die die Botschaften hinterlassen hat. Ich weiß, was mit Penelope Braun geschehen ist.*

Aber nichts dergleichen. Frauke Keller hat ihren Sonnenhut abgenommen und ruft Nachrichten auf ihrem Handy ab, Camilla Herbst sitzt stocksteif da und blickt mitleidig zu Erhan Aktas, der noch immer den Eichhörnchen-Vortrag von Magnus Kautz über sich ergehen lassen muss.

Bei jeder detektivischen Ermittlung gibt es einen Zeitpunkt, an dem man zwei Möglichkeiten hat: langsames Weichkochen oder knallhartes Aufschrecken. Im ersten Fall sagt man nicht, was man weiß, deutet aber an, so einiges zu wissen. Auf diese Weise lässt man den Täter im eigenen Saft schmoren, wartet darauf, dass er nervös wird und sich dadurch so auffällig verhält, dass er sich verrät. Oder man knallt den Verdächtigen das, was man weiß, direkt vor den Latz. Was den Täter in den meisten Fällen ebenfalls aus der Fassung bringt und dafür sorgt, dass er Fehler macht und sich dadurch zu erkennen gibt.

Der schüchterne Detektiv hat sich dieses Mal für Methode zwei entschieden. Er nimmt mich zur Seite und erklärt mir räuspernd und hüstelnd, was ich gleich sagen soll.

»Entschuldigung, ich möchte nicht unhöflich erscheinen, aber könnten wir so langsam mal beginnen?«, meldet sich Diana Pesch zaghaft zu Wort. »Ich muss gleich mit Rosalind in die

Stadt fahren. Sie hat einen Termin beim Kieferorthopäden. Ihre Zahnspange muss nachgestellt werden.«

»Ähm, ja, natürlich«, haucht Rory verlegen. »Aber wenn ich es richtig sehe, sind wir noch nicht, öhm, vollzählig.«

»Ja. Herr Kollmann fehlt noch«, sagt Dr. Franck in genervtem Ton, als auf dem Flur ein bellendes Husten zu hören ist. Im nächsten Moment tritt Horst Kollmann durch die Tür und betrachtet alle Anwesenden gleichermaßen feindselig. Der Hausmeister gibt eine reichlich merkwürdige Figur ab. An seinem rechten Fuß trägt er einen Arbeitsschuh, am linken nur eine blau geringelte Socke.

»Ah, natürlich, die Damen und Herren sind schon versammelt«, moppert er griesgrämig. »Anscheinend haben ja hier alle außer mir jede Menge Tagesfreizeit.«

»Darf ich fragen, was mit Ihrem, äh, Schuh …?«, stammelt Rory.

»Irgend so eine Hohlrübe hat auf dem Gang vor meiner Werkstatt mit Superkleber hantiert. Bin reingetreten und der Schuh ist kleben geblieben. Wenn ich denjenigen erwische, dann …«

Aus dem Augenwinkel sehe ich, dass Danny Bekono den Kopf wegdreht und leise in sich hineinkichert.

»Und der Köter dürfte überhaupt nicht hier sein«, motzt der Hausmeister mit einem Blick auf Doktor Herkenrath, der noch immer Rosalinds Streicheleinheiten genießt. »Können wir jetzt endlich anfangen und diesen Blödsinn hinter uns bringen? Meine Arbeit macht sich nicht von alleine. Ich habe noch was zu tun heute!«

Ja, klar, denke ich. *Schreckliche Schlager hören.*

Dr. Franck ergreift das Wort und sagt mit sanfter Stimme: »Allen Anwesenden ist vermutlich klar, warum der schüchterne Detektiv und seine Assistentin Matilda hier sind: Ich habe sie engagiert, um den Tod von Penelope Braun noch einmal zu untersuchen.«

»Also … ich weiß nicht, Ingeborg. Ich denke nach wie vor, dass die Botschaft in der Zeitkapsel nur ein schlechter Scherz war«, wird die Schulleiterin von Camilla Herbst unterbrochen, die nervös in ihrem Sessel hin und her rutscht und Zuspruch heischend in die Runde blickt.

Unterstützung bekommt sie von Erhan Aktas, der zustimmend nickt. Und von Horst Kollmann, der an seinen Schnurrbartspitzen rumfummelt und knurrt: »Ganz meine Rede. Außerdem weiß ich nicht, was es bringen soll, in der Vergangenheit zu graben. Was vorbei ist, ist vorbei.«

»Mit Verlaub: Das sehe ich anders«, entgegnet Dr. Franck in bestimmtem Ton. »Penelope Braun hat ein Kind hinterlassen, das ohne Mutter aufwachsen musste. Alleine diesem Kind gegenüber sind wir es schuldig, die Wahrheit über ihren Tod herauszufinden. Ob nun wirklich ein Unfall dafür verantwortlich war oder … andere Umstände.« Die Schulleiterin macht eine kurze Pause und erklärt: »Herr Shy möchte nun ein paar Worte an Sie und euch richten.«

»Äh, nein. Das möchte ich lieber nicht«, wispert Rory erschrocken. »Das, äh, wäre doch eher etwas für Matilda.«

Frau Dr. Franck erteilt mir daraufhin das Wort.

»Na toll. Jetzt startet hier auch noch ein Kinder-Programm«, grummelt Horst Kollmann und verzieht geringschätzig das Gesicht.

Ich ignoriere ihn, lasse meinen Blick über die übrigen Anwesenden wandern und verkünde: »Vielen Dank, dass Sie alle gekommen sind. Und für diejenigen unter Ihnen, die es eilig haben: Keine Sorge! Ich bin für schnelles Sprechen bekannt. Wie Dr. Franck ja bereits erwähnt hat, ermitteln Rory und ich im Fall Penelope Braun und – «

»Dürfte die Spurensuche nach fünfundzwanzig Jahren nicht reichlich schwierig werden?«, fällt mir Frauke Keller mit ihrer singenden Stimme ins Wort und blickt mich forschend an. »Sollte Penelopes Tod tatsächlich kein Unfall gewesen sein, dann wäre theoretisch jeder, der sich damals auf Schloss Eichhorn aufgehalten hat, ein Verdächtiger: Schüler, Lehrer, Erzieher, sonstiges Schulpersonal … Das sind um die tausend Menschen. Wollt ihr die alle ausfindig machen und befragen? Das dauert doch Jahre.«

»Das, was unsere Ermittlung bisher ergeben hat, deutet stark darauf hin, dass der Tod von Penelope Braun *kein* Unfall, sondern Mord war. Und was den Kreis der Verdächtigen angeht: Den konnten wir stark eingrenzen«, erkläre ich, mache eine Kunstpause – und lasse die Bombe platzen: »Mit großer Wahrscheinlichkeit befindet sich der Mörder von Penelope Braun noch immer auf Schloss Eichhorn!«

Die Reaktionen sind drastisch! Vor allem bei den vier Personen, die als Täter in Betracht kommen.

Der verhuschten Camilla Herbst entfährt vor Schreck ein spitzer Schrei, sie beginnt zu zittern und kauert sich ängstlich in ihrem Ohrensessel zusammen.

Magnus Kautz fährt wie vom Eichhörnchen gebissen von seinem Sofa auf. »Du willst sagen … einer von uns?«, kiekst er mit weit aufgerissenen Augen und seine Ohrenhaarpuschel richten sich ruckartig auf.

Frauke Keller wird unter ihrer Sonnenbräune blass und macht den Eindruck, als könnte sie jeden Moment ohnmächtig vom Sofa rutschen, während Horst Kollmann mich wütend anstiert und lospoltert: »Das sind doch total bekloppte Hirngespinste!«

Interessanterweise wirken aber auch diejenigen, die der Tat unverdächtig sind, vollkommen geschockt: Erhan Aktas schluckt nervös, Rosalind stellt das Streicheln ein und macht ein so verängstigtes Gesicht, dass Diana Pesch sie tröstend in den Arm nimmt.

Einzig auf Danny Bekono scheint die Information eine positive Wirkung zu haben. Er richtet sich in seinem Sessel auf und strahlt mich mit einem *»Wow! Jetzt wird die Sache interessant«*-Gesicht an.

»Tja ... das war auch schon alles, was ich Ihnen sagen wollte«, bescheide ich meinen schockierten Zuhörern, als Rory schüchtern ergänzt:

»Was unser, öhm, unser weiteres Vorgehen betrifft: Matilda und ich würden diesen Raum gleich gerne nutzen, um eine kurze Mittagspause zu machen und unsere weiteren Ermittlungen abzustimmen. Im Laufe des Nachmittags würden wir dann gerne mit jedem von Ihnen einzeln sprechen. Ich, öhm, bitte Sie daher, sich für eine Befragung zur Verfügung zu halten. Frau Pesch kann den Kieferorthopäden-Termin mit Rosalind natürlich wahrnehmen. Wir werden dann später mit ihr reden. Hat, *räusper, räusper,* jemand von Ihnen noch eine Frage?«

Offensichtlich nicht. Alle hängen fertig wie Fallobst in ihren Sitzen und wirken völlig bedient.

Erst als Dr. Franck sagt: »Wenn es keine Fragen mehr gibt, sollten wir Herrn Shy und seiner Assistentin nun ihre Pause gönnen«, schälen sich die Anwesenden schwerfällig aus den Polstern und schlurfen, einer nach dem anderen, schweigend und mit betretenen Mienen aus der Redaktion.

Mal abgesehen von Danny, der mir beim Hinausgehen freudig zuflüstert: »Ein Mörder auf Schloss Eichhorn. Wie abgefahren ist das denn? Meinst du, dein schüchterner Boss hätte was dagegen, wenn ich eure Ermittlungen journalistisch begleite?

Rätsel um Schloss Eichhorn! Das könnte der Top-Aufmacher für die nächste *Ratatosk*-Ausgabe werden.«

»Das, ähm, das geht leider nicht«, sage ich und schaue dabei angestrengt an seinem linken Ohr vorbei. »Und würdest du uns jetzt bitte, öhm, alleine lassen?«

»Na gut«, seufzt er. »Wollte sowieso eine Runde joggen gehen. Aber halt mich auf dem Laufenden, Matilda.«

»Mal, ähm, mal sehen«, murmele ich verlegen, als er endlich auf den Flur hinaustritt.

~ 10 ~
Hochmut kommt vor dem Fall

Kaum haben alle die Redaktion verlassen, wende ich mich Rory zu und sage: »Das war ja echt ein Donnerschlag! Haben Sie gesehen, wie geschockt Magnus Kautz und die beiden Lehrerinnen waren? Und Horst Kollmann wäre vor Wut fast geplatzt!«

Der Detektiv lässt sich in einen Sessel sinken, nickt nachdenklich und entgegnet: »Auf jeden Fall werden die Dinge nun in Bewegung geraten. Da bin ich mir relativ, öhm, sicher.« Als ich die Tür schließen will, bittet Rory: »Ähm, nein. Lass sie doch auf. Ich würde gerne den Korridor im Blick behalten.«

Doktor Herkenrath hat zwar schon den halben Morgen verpennt, das ändert aber nichts daran, dass er die Zeit für ein Mittagsschläfchen gekommen hält. Er rollt sich auf dem Teppich zusammen und ratzt schon wieder weg.

»Seit wann machen wir eine Mittagspause? Wir arbeiten doch sonst durch. Und was genau wollten Sie eigentlich mit mir besprechen?«, frage ich den Detektiv verwundert und hüpfe auf eine Couch.

»Genau genommen, ähm … nichts«, entgegnet er schüchtern lächelnd. »Das habe ich nur gesagt, damit unser unbekannter Hinweisgeber weiß, wo er uns in der kommenden Stunde finden kann. Ich, öhm, bin überzeugt, dass er uns in Kürze beehren wird.«

»Ah!«, geht mir ein Licht auf und ich bemerke oberschlau: »Wobei *er* eine *Sie* sein dürfte. Es kann eigentlich nur Frauke Keller oder Camilla Herbst sein. Ich habe sie vorhin beobachtet, keine von ihnen hat sich etwas anmerken lassen.«

»Möglicherweise erleben wir aber auch noch eine, öhm, Überraschung«, entgegnet Rory und lächelt dabei auf eine schwer zu deutende Weise in sich hinein.

Ich blicke den Detektiv verdutzt an und frage mich, ob er über eine Erkenntnis verfügt, die sich mir nicht erschlossen hat. Doch mir bleibt keine Zeit, über seine orakelhafte Äußerung nachzugrübeln, da er meine Meinung zu einem Detail unserer Ermittlung hören möchte, das ihm Kopfzerbrechen bereitet.

»Was, ähm, was denkst du über den Fetzen dieses Tausendmarkscheins, der zwischen den Fingern der Toten steckte? Ich frage mich, ob es wirklich …«

»Also, für mich ergibt sich mittlerweile ein ziemlich klares Bild«, verkünde ich keck. »Penelope Braun wusste etwas über eine bestimmte Person an dieser Schule. Etwas, das dieser Person sehr geschadet hätte, wenn es an die Öffentlichkeit gekommen wäre. Damit hat sie die- oder denjenigen erpresst.« Ich mache eine kurze Pause und eröffne dem Detektiv: »Ich habe darüber nachgedacht, was Sie über das Mathematikbuch gesagt haben. Dass der Geldschein zwischen den Seiten gesteckt haben könnte. Das passt doch wie die Faust aufs Auge: Penelope Braun hat denjenigen, den sie erpresst hat, angewiesen, das Geld dort zu hinterlegen. Dann ist sie abends in die Bibliothek geschlichen und hat die Scheine aus dem Buch genommen – aber die oder der Erpresste hat ihr dort aufgelauert und sie die Treppe runtergestoßen, um sie für immer zum Schweigen zu bringen. Dann hat diese Person ihr das Geld wieder aus der Hand gerissen. Dabei blieb ein winziger Fetzen zwischen Penelopes Fingern stecken. Was ihr Mörder zunächst übersehen hat. Zu seinem Glück konnte er diesen Fehler aber am folgenden Morgen ausbügeln. Er oder sie muss unter denjenigen gewesen sein, die in die Bibliothek rannten, nachdem Magnus Kautz' Schreie die Schule alarmiert hatten. Wahrscheinlich hat die Person zunächst einen Riesenschreck bekommen, als sie sah, dass die Tote noch diesen verräterischen Papierfetzen in der Hand hielt. Aber sie war kaltblütig genug, das allgemeine Durcheinander zu nutzen, um ihn unauffällig an sich zu nehmen. Damit deutete nichts mehr darauf hin, dass Penelope Brauns Tod etwas anderes als ein Unfall gewesen sein könnte. Wenn wir herausfinden, womit

Penelope Braun diese Person erpresst hat, wird uns das zum Täter oder der Täterin führen.«

Ich bin ausgesprochen stolz auf meine Schlussfolgerungen, aber der schüchterne Detektiv blickt skeptisch drein.

»Das klingt alles sehr schlüssig«, befindet er, nachdem er sich mehrfach geräuspert hat. »Aber es gibt da eine Sache, die nicht wirklich ins Gesamtbild passt. Ruf dir doch mal in Erinnerung, wie uns Penelope Braun bisher geschildert wurde: eine engagierte Lehrerin, kollegial, freundlich, Mutter eines kleinen Kindes … Kommt sie dir wirklich vor wie jemand, der zu einer Erpressung fähig ist?«

Bei näherer Betrachtung eher nicht, muss ich mir nach kurzem Nachdenken eingestehen. Wobei man so was nie hundertprozentig ausschließen kann. Auch hinter einem freundlichen Lächeln können sich finstere Gedanken verbergen. Vor drei Jahren gab es in unserer Stadt eine Serie von Überfällen auf Juwelier-Geschäfte durch eine maskierte Frau, die sich, als man sie schnappte, als fünfundsiebzig Jahre alte Dame entpuppte, die in ihrer Nachbarschaft beliebt war, weil sie Kindern vorlas und sie mit selbst gebackenen Plätzchen erfreute. Aber nach dem Bild, das wir bisher von Penelope Braun gewonnen haben, ist es wirklich schwer, sie sich als Erpresserin vorzustellen. Nur – wenn es nicht um Erpressung ging, worum dann?

Mein Gedankengang wird unterbrochen von dem Geräusch sich nähernder Schritte auf dem Korridor. Ich werfe Rory einen gespannten Blick zu. In wenigen Augenblicken werden wir wissen, wer unsere unbekannte Hinweisgeberin ist. Frauke Keller? Camilla Herbst? Oder vielleicht die *Überraschung*, von der Rory so geheimnisvoll geraunt hat?

Dann höre ich ein bellendes Husten – und Horst Kollmann steht in der Tür!

Das *ist* eine Überraschung! Offenbar aber nicht die, mit der der schüchterne Detektiv gerechnet hat. Er guckt genauso verdattert drein wie ich.

Horst Kollmann? Horst Kollmann ist unser Hinweisgeber? Er hat die Botschaften hinterlassen und die Akten gestohlen? Aber, er hat doch überhaupt keinen Eichhörnchen-Anhänger und …

»Iss was?«, knurrt er und betrachtet missmutig unsere erstaunten Gesichter. »Hab meine Rohrzange vergessen.«

Das erklärt alles. Tatsächlich liegt das Werkzeug neben dem Hocker, auf dem er vorhin gesessen hat. Der Hausmeister nimmt die Zange an sich, bedenkt Rory und mich mit einem übellaunigen Blick und will das Zimmer verlassen, als ihm der Detektiv schüchtern, aber tollkühn hinterherruft: »Ach, wo Sie, äh, wo Sie gerade hier sind, Herr Kollmann. Vielleicht könnten Sie mir, ähm, das heißt, meiner Assistentin ein paar Fragen beantworten.«

»Und wenn ich dazu keine Lust habe?«

»Natürlich müssen Sie nicht mit uns reden«, lasse ich den

Hausmeister mit einem freundlichen Lächeln wissen. »Aber sobald wir einen handfesten Beweis dafür finden, dass Penelope Braun ermordet wurde, wird auch die Polizei ermitteln. Mit der werden Sie dann allerdings sprechen *müssen.* Gut möglich, dass Kommissar Valko die Untersuchung leiten wird. Rory und ich hatten bei Ermittlungen schon ein paar Mal das Vergnügen mit ihm. Ich muss ihnen leider sagen: der Mann ist bei seinen Befragungen nicht besonders zimperlich.«

Horst Kollmann schluckt und wirkt eingeschüchtert.

»Wir, ähm, *wir* sind zimperlich. Vielleicht möchten Sie ja doch lieber mit uns ...«, baut Rory ihm eine goldene Brücke.

»Also gut«, nuschelt der Hausmeister mit grimmiger Miene. »Was wollen Sie wissen?«

»Frau Dr. Franck sagte uns, dass Sie 1997 bereits auf Schloss Eichhorn gearbeitet haben«, beginne ich. »Das heißt, Sie kannten Penelope Braun. Wie würden Sie sie beschreiben? Was für ein Mensch war sie?«

Horst Kollmann verzieht abschätzig das Gesicht. »Sie war 'ne dumme Pute. Ich konnte sie nicht ausstehen. Gehörte zu der Sorte Mensch, die ständig neue Ideen fabriziert, um die Menschheit zu retten, und sich dabei ganz großartig vorkommt. Immer tun sie so verdammt freundlich und tolerant – dabei blicken sie insgeheim auf Leute wie mich herab. Auf Leute, die nicht irgendwelchen spinnerten Ideen nachhängen und stattdessen noch *richtig* arbeiten. Aber Hochmut kommt vor dem Fall!«

Ein gemeines Lächeln zieht über Horst Kollmanns Gesicht. »War bei Penelope Braun ja im wahrsten Sinne des Wortes so.«

Einen Moment lang bin ich sprachlos. Horst Kollmann ist ohne jeden Zweifel der allerkotzbrockigste unter allen Kotzbrocken, denen ich in meinem jungen Leben begegnet bin! Wie kann man nur so verächtlich über eine Tote reden?

Während Rory sich geschockt räuspert und haucht: »Ich, ähm, ich möchte Sie eindringlich bitten, etwas mehr Respekt walten zu lassen«, starre ich den Hausmeister wütend an und denke: *Nicht schlagen! Du darfst niemanden schlagen, Matilda! Auch keinen kotzbrockigen Hausmeister.*

»Wie haben Sie von Penelope Brauns Tod erfahren?«, frage ich und bemühe mich, meinen Groll so gut es geht zu unterdrücken.

»Durch Magnus Kautz«, antwortet Horst Kollmann in gelangweiltem Tonfall. »Als er kreischend wie ein Klageweib durch die Gänge lief.«

»Was haben Sie dann getan?«

»Na, was schon? Bin sofort in die Bibliothek gerannt.«

»Waren Sie der Erste dort?«

»Nein, ein paar Lehrer standen schon um die Leiche herum.«

»Und wer?«, hake ich nach.

»Kann ich mich nicht dran erinnern«, murrt Horst Kollmann. »In dem Moment gingen mir ganz andere Sachen durch den Kopf: Die Frau war durch einen Treppensturz ums Leben gekommen. Woran wahrscheinlich die ausgetretenen, rutschigen Stufen schuld waren. Ich hatte den Auftrag gehabt, sie auszuwechseln, war aber noch nicht dazu gekommen. Meine größte Sorge in dem Moment war, dass man mich deshalb für diesen Unfall verantwortlich machen würde. Dass man mir die Sache anhängen und mich feuern würde.«

»Wie mitfühlend von Ihnen«, merke ich in sarkastischem Ton an.

»Ich bin nicht der Typ, der Trauer heuchelt. Ich konnte die Frau nicht leiden. Sie war eine neunmalkluge Besserwisserin«, knurrt der Hausmeister. »Das ist jedenfalls meine Meinung. Und seine Meinung wird man ja wohl noch sagen dürfen. Aber bevor du jetzt versuchst, mir einen Strick daraus zu drehen: Umgebracht habe ich sie nicht! Wenn ich jeden umbringen würde, den ich nicht leiden kann, wäre die Landschaft ziemlich menschenleer.«

»Ja. Glaube ich Ihnen aufs Wort.«

»Sind wir jetzt endlich fertig?«, murrt er genervt.

»Eine, öhm, eine Kleinigkeit wäre da noch«, meldet sich Rory schüchtern zu Wort. »Höchstwahrscheinlich ganz unwichtig, aber … Vorgestern – am Abend, bevor die Zeitkapsel ausgegraben wurde – da hatten Sie einen, ähm, Besucher. Einen Herrn mit blondem Haar. Er trug einen goldfarbenen Glitzeranzug. Würden Sie uns freundlicherweise sagen, um wen, äh, um wen es sich dabei handelte?«

Dem Hausmeister verschlägt es für einen Moment die Sprache, dann läuft er tiefrot an und geht zum Gegenangriff über: »Ist doch Quatsch mit Soße. Ich hatte keinen Besuch. Hätte ich Besuch gehabt, dann wüsste ich es ja wohl. Wirke ich auf Sie wie jemand, der einen so großen Freundeskreis hat, dass ihm der Überblick verloren gegangen ist?«

»Nein, das kann ich mir auch mit großem Wohlwollen nicht … äh, nein«, wispert Rory in sich rein, während ich dem Hausmeister eröffne:

»Der Besucher ist von jemandem beobachtet worden, als er ihre Werkstatt betrat.«

Horst Kollmann wirkt, als hätte ihm jemand einen Schlag in die Magengrube versetzt. Er taumelt einen Schritt zurück – aber er fällt nicht, sondern schnappt nach Luft und motzt in beleidigtem Ton: »Erst mal: Auf dem Gang vor meiner Werkstatt hat keiner was verloren. Und zweitens: Da hatte derjenige wohl eine Halluzination. Oder er ist ein ausgemachter Lügner. Diesen Schwachsinn muss ich mir nicht länger anhören.« Er schaut böse zu dem schlafenden Doktor Herkenrath, zischt mir zu »Pass du mal besser auf, dass deine Töle nicht auf den Teppich kackt!« und stürmt wütend zur Tür hinaus.

»Außer, dass er ein Unsympath ist, ist er auch noch ein ziemlich dreister Lügner«, sage ich zu Rory, während die Schritte des Hausmeisters auf dem Korridor verhallen. »Den Besucher gab es! Aber so was von hundertprozentig. Und ich will unbedingt wissen, was es mit ihm auf sich hat. Wir sollten Horst Kollmann später noch mal in die Mangel nehmen und es aus ihm rausquetschen.«

»In die Mangel nehmen? Rausquetschen?«, wiederholt Rory und guckt ganz eingeschüchtert. »Manchmal machst du mir ein wenig Angst, Matilda. Befragen sollten wir ihn selbstverständlich noch einmal. Aber wenn es geht, doch lieber ohne Mangeln und, öhm, Quetschen.«

In erwartungsvoller Spannung lauschen der Detektiv und ich in den Gang. Aber es erscheinen weder Frauke Keller noch Camilla Herbst noch sonst irgendwer.

Von unten aus der Halle dringen derweil Stimmen und Geräusche zu uns herauf: Danny Bekono, der zu seiner Jogging-Runde aufbricht, kurz darauf Diana Pesch und Rosalind auf dem Weg zum Kieferorthopäden.

»Hast du deine Zahnspange dabei, Rosalind?«, fragt die Erzieherin.

»Natürlich, Diana.«

»Gut. Dann können wir ja los. Ich ... ach, Mist! Ich habe den Autoschlüssel in meinem Appartement liegen lassen. Geh doch schon mal zum Parkplatz vor, während ich ihn hole.«

»Ist gut.«

Die Eingangstür schlägt hinter Rosalind zu, für einen Moment herrscht Stille, dann höre ich, wie jemand auf leisen Sohlen die Stufen hochschleicht. Fünf Sekunden später taucht Diana Pesch am oberen Treppenabsatz auf und kommt auf uns zugerannt.

Sie sieht sich vorsichtig nach allen Seiten um, dann zieht ein erleichtertes Lächeln über ihr Gesicht und sie flüstert Rory zu: »Ich bin so froh, dass Dr. Franck meiner Bitte gefolgt ist. Dass sie Sie engagiert hat. Endlich geschieht etwas!«

»Sie? Die Botschaften stammen von Ihnen?«, entfährt es mir ungläubig und ich starre die Erzieherin völlig perplex an – während Rory in keiner Weise erstaunt zu sein scheint. »Aber Sie … Sie besitzen doch keine Kette mit Eichhörnchen-Anhänger, oder?«, stottere ich verwirrt.

Diesmal ist es die Erzieherin, die verdutzt dreinschaut. »Doch«, wispert sie. »Aber woher wusstest du das?« Sie nestelt am Ausschnitt ihres T-Shirts herum und fördert eine schmale Kette inklusive Anhänger zutage.

Wo haben Sie die her?, will ich fragen, aber Rory kommt mir zuvor und wispert: »Vermute ich richtig, dass dies der, öhm, Anhänger von Penelope Braun ist?«

Diana Pesch nickt eifrig, atmet tief durch und offenbart uns mit belegter Stimme: »Penelope Braun war meine Mutter!«

»Was?«, platzt es (lauter als beabsichtigt) aus mir heraus. Und im gleichen Moment wird mir klar, warum ich vorhin dachte, ich hätte das Gesicht der Erzieherin schon einmal gesehen: weil ich kurz zuvor das Foto von Penelope Braun in der Bibliothek betrachtet hatte. Diana Pesch hat die gleichen Augen und den gleichen Mund wie ihre Mutter.

Ein Umstand, der dem schüchternen Detektiv offenbar lange vor mir aufgefallen ist. »Die Ähnlichkeit stach mir sofort ins Auge, als ich die Fotografie in der Bücherei gesehen habe«, erklärt er Diana Pesch. »Was die Vermutung nahelegte, dass Sie auch diejenige sind, die, öhm …«

In diesem Augenblick fährt die Erzieherin erschrocken zusammen, horcht in die Stille hinein und flüstert ängstlich: »War da nicht ein Geräusch? Haben Sie es auch gehört?«

»Ich, öhm, nein. Aber –«

»Ich erkläre Ihnen alles später«, wispert Diana Pesch. »Ich muss jetzt den Termin mit Rosalind wahrnehmen. Es ist wichtig, dass ich mich so verhalte wie üblich. Damit niemand auf den Gedanken kommt, dass ich diejenige bin, die … Ich muss Ihnen außerdem etwas Interessantes zeigen. Aber nicht hier. Hier haben die Wände Augen und Ohren.« Sie wirft einen furchtsamen Blick über die Schulter, bevor sie uns zuflüstert: »In ungefähr zwei Stunden werde ich zurück sein. Wir treffen uns im Wald hinter dem Schloss. Es gibt drei Pfade, die in den Wald führen. Folgen Sie dem linken. Nach ungefähr fünf Minuten Fußweg kommen Sie zu einer Schutzhütte. Warten Sie da auf mich.«

Und damit macht sie auf dem Absatz kehrt, rennt die Treppe hinunter, stürzt zur Eingangstür hinaus – und ist verschwunden.

Diana Pesch ist die Tochter von Penelope Braun!

Ich bin von dieser unerwarteten Entwicklung noch immer so überrascht, dass mir entgeht, wie Doktor Herkenrath aus seinem Schläfchen erwacht. Aufmerksam werde ich erst, als ich bemerke, dass er knurrt. Was ungewöhnlich ist. Er knurrt so gut wie nie. Mein Cockerspaniel dreht sich aufgeregt um sich selbst, dann springt er über den Korridor davon und rennt laut bellend in einen Seitengang.

Rory und ich tauschen einen kurzen Blick und stürmen ebenfalls in den Gang. Doktor Herkenrath steht schwanzwedelnd am Ende des schmalen Flurs und bellt eine geschlossene Tür an.

Ich stürze an ihm vorbei und rüttele an der Klinke, aber die Tür ist verschlossen und lässt sich auch nicht öffnen, als Rory es mit dem Generalschlüssel versucht. So, als hätte sie jemand auf der anderen Seite mit irgendetwas blockiert.

Doktor Herkenrath kriegt sich gar nicht mehr ein, wirft sich wieder und wieder gegen die Tür, winselt erbärmlich, kratzt hektisch über das Holz und ist kaum zu beruhigen.

Ist das nur einer seiner spontanen Aussetzer, bei denen er ohne erkennbaren Grund ausflippt? So was kommt gelegentlich bei ihm vor. Oder – hat er jemanden wahrgenommen, der sich in dem Gang herumgedrückt hat? Jemand, der jetzt, nur durch ein paar Zentimeter Holz von uns getrennt, auf der anderen Seite der Tür steht?

Der schüchterne Detektiv drückt sein Ohr gegen das Türblatt und lauscht angestrengt, aber nach wenigen Augenblicken wendet er sich ab, schüttelt den Kopf und flüstert: »Nichts, öhm, nichts zu hören.«

~ 11 ~
Ein Cockerspaniel-Notfall

Während ich Rory zurück durch den Gang folge, drehe ich noch einmal den Kopf und werfe einen letzten Blick auf die Tür.

Die Vorstellung, jemand könnte unser Gespräch mit Diana Pesch mitbekommen haben, ist mehr als beunruhigend.

Vielleicht ist meine Sorge völlig unnötig, vielleicht war es wirklich nur einer der üblichen grundlosen Ausraster von Doktor Herkenrath. Aber was, wenn nicht? Hatte Diana Pesch recht? Haben die Wände in dieser Schule wirklich Augen und Ohren? Hat uns jemand belauscht?

Rory reißt mich aus meinen Gedanken, als er sich räuspert und den aktuellen Stand unserer Ermittlung klarsichtig zusammenfasst: »Nun, da wir wissen, dass Diana Pesch die Botschaften hinterlassen hat, können wir uns ganz auf die Jagd nach dem Täter konzentrieren«, befindet er mit leiser Stimme. »Das ist zunächst mal positiv. Leider gibt es auch einen negativen

Aspekt: Wäre die Hinweisgeberin eine der Lehrerinnen gewesen, hätten wir sie aus der Gruppe der Verdächtigen streichen können. Aber so kommen nach wie vor alle vier in Betracht: Frauke Keller, Camilla Herbst, Magnus Kautz – und der Hausmeister.«

»Ja«, stimme ich mit nachdenklicher Miene zu. »Und Horst Kollmann hat zudem kein Geheimnis daraus gemacht, dass er Penelope Braun nicht leiden konnte. Aber gegen ihn als Täter spricht, dass Diana Pesch seine Akte nicht gestohlen hat. Sie scheint ihn nicht verdächtig zu finden. Und was Magnus Kautz betrifft: Das, was Sie durch das Mathebuch erfahren haben, ist ein Indiz dafür, dass seine Geschichte mit dem Geldschein nicht gelogen war. Wäre er der Täter, hätte er uns sicher nichts davon erzählt. Es sei denn ...« Ich kratze mich nachdenklich am Kopf. »Es sei denn, hinter seiner Aussage steckt irgendein verquerer Plan, um uns auf eine falsche Fährte zu locken. Der muss dann allerdings so verquer sein, dass zumindest ich ihn nicht durchschaue«, sage ich und füge seufzend hinzu: »Aber ich bin ja auch nicht hochbegabt.«

Der Detektiv fährt sich mit der Hand übers Kinn und murmelt: »Umso dringlicher sollten wir uns mit Frauke Keller und Camilla Herbst beschäftigen. Und da wir nun zwei Stunden Zeit haben, schlage ich vor, dass wir, ähm, dass wir den Damen jetzt gleich einen Besuch abstatten.«

Gefolgt von Doktor Herkenrath steigen wir die Treppe hinab, laufen an den Glasvitrinen vorbei, durchqueren die Halle und treten ins Freie.

Uns schlägt eine derartige Bullenhitze entgegen, dass es mir einen Moment lang den Atem nimmt. Über dem Park von Schloss Eichhorn flimmert die Luft. Auf meinen Armen bildet sich in Sekundenschnelle ein Schweißfilm.

Rory sieht, trotz der Tropenhitze, keinen Anlass, sein Jackett abzulegen. Stattdessen fummelt er in der Innentasche seiner Jacke herum, fördert eine Sonnenbrille zutage und setzt sie sich auf die Nase.

Ich muss mir auf die Lippen beißen, um nicht vor Lachen loszuprusten. Als Kennerin von Kriminalfilmen weiß man: Erst die richtige Sonnenbrille macht aus einem Detektiv einen coolen Detektiv. Grundlegende Voraussetzung dafür ist allerdings, dass auch die Sonnenbrille cool ist. Was man von Rorys Modell nicht uneingeschränkt behaupten kann. Das Brillengestell ist in einem knalligen Pink gehalten, die Bügel sind mit blinkenden, blau glitzernden Strass-Steinchen besetzt.

»Haben Sie die einer Vierjährigen geklaut?«, frage ich.

»Äh, nein«, stottert der Detektiv schüchtern. »Ich habe meine verloren. Und diese lag noch bei mir im Büro. Sie war ein Beweismittel im Fall der, öhm, schneeblinden Schönheitskönigin. Du findest sie doch nicht etwa unpassend?«

»Keinesfalls. Steht Ihnen super«, versichere ich mit treuherzigem Blick. »Die gibt Ihnen so was schüchtern Verwegenes.«

»Ach, äh, wirklich?« Der Detektiv lächelt verschämt und läuft tiefrot an. Nichts macht ihn verlegener als ein Kompliment. Selbst wenn es nicht so hundertprozentig ernst gemeint ist.

In den Osterferien vor zwei Jahren war ich mit Papa und Mama in Südengland – und bin seither völlig vernarrt in Cottages. So nennt man die kleinen englischen Landhäuser, die dort zuhauf zu finden sind und so gemütlich aussehen, dass man am liebsten augenblicklich einziehen möchte. Viele sind aus Naturstein erbaut, oftmals ranken an der Vorderfront der Häuser Kletterrosen oder andere Blumen empor. Und fast jedes Cottage hat einen kleinen Garten vor oder hinter dem Haus, in dem die Bewohner ihrer gärtnerischen Fantasie freien Lauf lassen können.

In Deutschland gibt es leider nur wenige Cottages. Keine Ahnung, wer auf die merkwürdige, aber sehr schöne Idee gekommen ist, vier dieser schnuckeligen Häuschen auf dem Gelände von Schloss Eichhorn zu errichten. Sie stehen etwas versetzt links neben dem Schloss und wirken im Vergleich zu dem prunkvollen Hauptgebäude ganz schüchtern und bescheiden.

»Vielleicht sind sie bei einem Sturm von England rübergeweht worden und zufällig hier aufgeschlagen«, sage ich scherzhaft, während wir auf die Häuser zuhalten.

»Hi, hi«, macht Rory pflichtschuldig, wirkt dabei aber reichlich angespannt. Wie immer, wenn Befragungen anstehen. Auch wenn ich dabei den Großteil der Arbeit übernehme.

Das erste Haus ist bis zum Dach mit roten Rosen bewachsen. Hier lebt Frau Dr. Franck. Ihr Name steht auf dem Briefkasten am Gartenzaun.

Frauke Keller wohnt direkt nebenan. Wir durchqueren den winzigen Vorgarten und ich läute eine Glocke an der Haustür.

»Komme gleich«, ertönt die Stimme von Frauke Keller. Danach ist ein leises, aufgeregtes Tuscheln aus dem Inneren des Hauses zu hören, dann das Geräusch schneller, sich entfernender Schritte. Zehn Sekunden später öffnet uns die ganz in Weiß gekleidete Lehrerin die Tür – und starrt ungläubig auf Rorys extravagante Sonnenbrille.

»Können wir reinkommen?«, frage ich. »Oder stören wir? Klang eben so, als hätten Sie bereits Besuch.«

»Besuch? Ich? Äh, nein. Da hast du dich getäuscht«, murmelt Frauke Keller, legt ein Lächeln auf und sagt: »Bitte, kommen Sie doch herein.«

Sie führt uns in einen hellen, lichtdurchfluteten Raum, der so etwas wie eine Mischung aus Wohn- und Arbeitszimmer darstellt. An den Wänden hängen Fotos, die sie auf ihren Urlaubsreisen zeigen: vor dem schiefen Turm von Pisa, vor dem Eiffelturm, am Grand Canyon … Auf einer Wohnzimmerkommode sind Muscheln und andere Reiseandenken drapiert.

Rory und ich nehmen auf einer mit weißem Samt bezogenen Couch Platz, Doktor Herkenrath, den fremde Häuser genauso sehr ängstigen wie fremde Menschen, springt auf meinen Schoß und winselt leise. Ich bete still und heimlich, dass er keine Pfotenabdrücke auf dem hellen Bezug hinterlässt.

Auf einem gläsernen Wohnzimmertisch stehen eine Karaffe Orangensaft und zwei Gläser.

»Sind Sie sicher, dass Sie nicht vielleicht doch Besuch hatten?«, frage ich, deute auf die Gläser und blicke die Lehrerin fragend an.

»Nein, nein«, versichert sie hastig. »Die sind beide von mir. Ein Glas steht noch von gestern da. Es war schmutzig. Und da habe ich mir ein neues … Kann ich Ihnen vielleicht auch etwas zu trinken anbieten? Einen Eistee vielleicht?«

»Öhm, danke«, nuschelt Rory. »Das ist nicht, ähm …«

»Wir nehmen gerne einen Eistee«, sage ich. »Und wenn Sie für Doktor Herkenrath vielleicht ein Schüsselchen mit Wasser hätten?«

Während die Lehrerin kurz in die Küche verschwindet, raune ich dem Detektiv zu: »Hier drinnen können Sie die Brille ruhig abnehmen.«

»Ach, öhm, ja. Natürlich«, wispert er verschämt und lässt das pinkfarbene Ungetüm in seiner Jackentasche verschwinden.

»Sie lügt. Sie *hatte* einen Besucher. Ich wette er ist da raus«, flüstere ich Rory zu und deute auf eine offen stehende Flügeltür, die in den Garten führt.

Der Detektiv nickt bestätigend.

Warum leugnet Frauke Keller, dass sie Besuch hatte?, frage ich mich. *Und wer war dieser Besucher?*

Rory schaut sich währenddessen aufmerksam um. Sein besonderes Interesse gilt dabei dem Bücherregal der Lehrerin. Schon ein kurzer Blick auf das Regal reicht, um zu wissen, welche Fächer sie unterrichtet: Ein Regalbrett ist gefüllt mit Physik-Lehrbüchern, in dem Fach darunter stehen Bücher, die sich mit verschiedenen Bereichen der Mathematik beschäftigen: Berechnung von Winkelfunktionen, Vektorberechnung, Wahrscheinlichkeitsrechnung … Dazu mehrere Werke, die Randthemen der Mathematik gewidmet sind, unter anderem ein dicker Wälzer mit dem Titel *Die Entschlüsselung von Zahlen-Codes* und ein Buch, in dem es um *Mathematische Systeme und Glücksspiel* geht.

Frauke Keller kommt aus der Küche zurück, stellt eine Schüssel mit Wasser vor Doktor Herkenrath ab und schenkt Rory und mir Eistee ein. Dann setzt sie sich in einen Sessel, blickt den Detektiv forschend an und sagt: »Bevor Sie mich befragen – darf ich Sie auch etwas fragen? Wieso glauben Sie, dass Penelopes Mörder einer von uns ist? Seit Ihre Assistentin es vorhin gesagt hat, bekomme ich diesen schrecklichen Gedanken nicht mehr aus dem Kopf. Was für eine entsetzliche Vorstellung, dass ich seit Jahren mit jemandem zusammenarbeite, der …«

»Zu Einzelheiten unserer Ermittlung können wir Ihnen leider nichts sagen«, bescheide ich ihr mit bedauerndem Gesicht und frage: »Wann haben Sie Ihre Tätigkeit an der Schule aufgenommen?«

Die Lehrerin erzählt uns darauf, dass sie, ebenso wie Magnus Kautz, seit 1995 auf Schloss Eichhorn unterrichtet.

»Physik und Mathematik«, sage ich, worauf sie verdutzt dreinblickt. »Das haben mir Ihre Bücher verraten«, erkläre ich und deute auf das Regal.

»Ah, ja, natürlich«, murmelt sie verstehend.

»Als, öhm, als Mathematiklehrerin ist Ihnen doch bestimmt auch das, äh, das *Lehrbuch der algebraischen Geometrie* ein Begriff?«, fragt Rory schüchtern.

Sie blickt überrascht auf und zögert kurz, bevor sie antwortet: »Sicher. Das ist ein Standardwerk. Jeder Mathematiklehrer kennt es. Aber warum interessiert Sie das?«

Ich übergehe ihre Frage und sage stattdessen: »Wie würden Sie Penelope Braun beschreiben? Was war sie für ein Mensch?«

»Penelope war einer der nettesten Menschen, denen ich in meinem Leben begegnet bin: klug, mitfühlend, humorvoll und immer offen für neue Gedanken. Und eine liebevolle Mutter.«

»Gab es Probleme in ihrem Leben?«, bohre ich nach. »Sie hätte Ihnen doch sicherlich davon erzählt? Magnus Kautz hat uns gesagt, dass Sie und Camilla Herbst eng mit ihr befreundet waren.«

Überrascht bemerke ich, dass Frauke Keller diese Frage unangenehm zu sein scheint. Sie blickt betreten nach unten und fährt sich nervös mit der Zunge über die Lippen, bevor sie zögerlich sagt: »Nun ... das stimmt, soweit es Penelope und mich betrifft. Und Camilla und Penelope waren ebenfalls enge Freundinnen – für lange Zeit jedenfalls. Aber ... zum Zeitpunkt von Penelopes Tod waren die beiden verfeindet.«

»Aha? Aus welchem Grund?«, frage ich mit gerunzelter Stirn.

Frauke Keller seufzt tief. »Weil die gute Camilla einen totalen Sockenschuss hat, was ihre Puppen-Sammlung betrifft.«

»Puppen-, öhm, Sammlung?«, macht Rory erschrocken und sieht aus wie Doktor Herkenrath, wenn unverhofft ein Eichhörnchen vor ihm auftaucht.

»Ja. Sie hat eine große Sammlung. Auch ganz seltene und wertvolle Puppen. Aber wenn jemand es wagt, eine der Puppen anzufassen oder auch nur zu lange anzusehen, flippt sie total aus. Ein paar Wochen vor ihrem Tod war Penelope bei Camilla zum Kaffee eingeladen. Sie hatte ihre Tochter mitgebracht, die Kleine war damals zwei oder drei Jahre alt. Und während Penelope und Camilla sich unterhielten, hat sie sich unbemerkt eine der Puppen geschnappt, um damit zu spielen. Leider eine wertvolle alte Porzellanpuppe, die dabei zu Bruch gegangen ist. Penelope hat sofort angeboten, die Puppe zu ersetzen, aber

Camilla war wohl völlig außer sich, hat rumgetobt und Penelopes Tochter angeschrien. Daraufhin hat Penelope Camilla angeschrien und dann ... haben sie nicht mehr miteinander geredet. Eigentlich völlig lächerlich, das Ganze. Aber wenn es um ihre Puppensammlung geht, ist Camilla nicht zurechnungsfähig. Sie flippt bei so was völlig aus.«

Das ist zweifelsohne eine interessante Information. Lagen wir mit unserer Vermutung falsch? Ging es bei Penelope Brauns Tod vielleicht doch nicht um Geld – sondern um so etwas Banales wie eine zerstörte Porzellanpuppe? Das klingt so absurd, dass es kaum zu glauben ist. Aber theoretisch möglich ist es schon. Auf jeden Fall wissen wir jetzt schon mal, dass der *Puppenstreit* das zentrale Thema unseres anstehenden Gesprächs mit Camilla Herbst sein wird. Aber zunächst mal sollte ich mich weiter auf die Befragung von Frauke Keller konzentrieren.

»Nachdem Penelope Braun und ihr Mann sich getrennt hatten, lebte sie alleine mit ihrer Tochter?«, erkundige ich mich.

»Ja. Ihr Ehemann hatte sie nicht nur betrogen, sondern war nach der Trennung untergetaucht und zahlte keine Alimente. Sie hatte die Nase erst mal gestrichen voll von Männern.« Die blonde Lehrerin macht eine Pause und zupft am Träger ihres Kleides herum, bevor sie geheimnistuerisch ergänzt: »Sehr zum Bedauern von Magnus Kautz.«

»Was genau wollen Sie damit sagen?«, entgegne ich verblüfft.

»Ach, das hat er nicht erwähnt? Habe ich mir schon gedacht«, sagt Frauke Keller und offenbart uns: »Magnus war hoffnungslos verliebt in Penelope. Die ganze Schule wusste es. Sie mochte ihn auch. Aber nur wie einen Freund. Und als er sich endlich dazu durchgerungen hatte, ihr seine Liebe zu gestehen, ist er bei ihr abgeblitzt. Was Magnus sehr verbittert hat.«

Sehr bemerkenswert, dass Magnus Kautz das uns gegenüber nicht erwähnt hat, denke ich und sehe, dass auch Rory überrascht die Augenbrauen hochzieht. Hier haben wir ja gleich mehrere neue Motive: persönlicher Ärger, verletzter Stolz, Enttäuschung ...

Ich höre, wie Rory sich räuspert und verlegen sagt:

»Sie erwähnten eben, dass der Ex-Mann von Penelope Braun keine Alimente zahlte. War das für sie ... Hatte sie, ähm, Geldprobleme?«

»Na ja ...«, macht Frauke Keller nachdenklich. »Finanziell war sie nicht gerade auf Rosen gebettet. Aber sie hat nie deswegen gejammert oder jemanden um Geld angepumpt – falls Sie das meinen.«

In diesem Moment beginnt Doktor Herkenrath nervös zu fiepen, läuft unruhig auf und ab und schielt mich Hilfe suchend an. Die Botschaft ist klar: Cockerspaniel-Notfall!

Kein Wunder! Er hat in Rekordtempo das ganze Wasser in sich reingeschlabbert – und das will jetzt wieder aus ihm raus. Ich sollte mich kurzfassen, bevor ein Unglück geschieht.

»Eine letzte Sache noch«, sage ich. »Können Sie sich an den Morgen erinnern, als man Penelope Braun gefunden hat? Wissen Sie noch, was Sie da getan haben?«

»Ich wollte gerade in den Unterricht, als Magnus mir entgegengerannt kam. Er war völlig aufgelöst und schrie, dass Penelope tot sei. Dass er sie in der Bibliothek gefunden hätte. Und ich muss zugeben, dass ich im ersten Moment ...« Sie streicht sich die Locken zurück und sagt mit heiserer Stimme: »Im ersten Moment habe ich gedacht, dass er völlig ausgeklinkt wäre und ihr etwas angetan hätte. Dass er es nicht ertragen hätte, von ihr abgewiesen worden zu sein. Als die polizeiliche Ermittlung ergab, dass es ein Unfall gewesen ist, habe ich mich für diesen Gedanken sehr geschämt. Aber jetzt, wo es so aussieht, als wäre ihr Tod doch die Folge eines Verbrechens, frage ich mich ...«

»Und was haben Sie getan, nachdem Ihnen Magnus Kautz begegnet war?«, will ich wissen, blicke dabei unauffällig zu dem mittlerweile sehr nervösen Doktor Herkenrath und hoffe, dass er noch ein paar Momente durchhält.

»Ich bin natürlich sofort zur Bibliothek gerannt«, erklärt Frauke Keller und streicht dabei über ihr weißes Kleid.

»Befanden sich schon Kollegen von Ihnen dort?«, hake ich nach. »Oder waren Sie die Erste?«

Die Lehrerin scheint von der Frage überrascht. Sie legt die Stirn in Falten und murmelt: »Tut mir leid, aber das kann ich dir beim besten Willen nicht beantworten. Ich stand unter Schock.

Da setzt die Wahrnehmung völlig aus. Ich weiß nur noch, wie ich dagestanden und Penelope angestarrt habe. Die Situation kam mir völlig unwirklich vor. Wie ein böser Traum. Irgendwann habe ich die Augen geschlossen und gehofft, dass ich erwachen würde. Aber leider …« Frauke Keller blickt zu Boden und wispert: »Leider war es kein Traum. Sondern ein wahr gewordener Albtraum.«

Bei Doktor Herkenrath ist es allerhöchste Eisenbahn. Wir sind noch nicht ganz aus dem Haus, da schießt er durch das Gartentor zum nächstbesten Busch, hebt das Bein, lässt der Natur freien Lauf und schielt erleichtert.

»Sie denken doch auch, dass Frauke Keller uns angelogen hat, oder?«, wispere ich Rory zu und werfe einen Blick zurück auf das Cottage. »Sie hatte Besuch! Und der ist durch den Garten abgehauen, während wir vor dem Haus standen. Warum macht sie so ein Geheimnis daraus? Warum will sie nicht, dass wir wissen, wer ihr Besucher oder ihre Besucherin war?«

»Ich, öhm, ich habe nicht die geringste Ahnung«, entgegnet Rory mit gerunzelter Stirn. »Aber dieses Verhalten war schon äußerst, öhm, merkwürdig.« Der Detektiv blinzelt schüchtern in die Sonne und kramt die pinkfarbene Sonnenbrille aus seinem Jackett hervor. Er scheint sie ungemein schmückend zu finden.

»Abgesehen davon haben wir ja wirklich ein paar interessante Neuigkeiten erfahren«, fasse ich meinen Eindruck nach dem

Gespräch zusammen. »Es gab also einen Streit zwischen Penelope Braun und Camilla Herbst. Darin könnte man ein Motiv sehen. Es könnte so gewesen sein, dass die Frauen an diesem Abend zufällig in der Bibliothek aufeinandergetroffen sind. Sie waren noch immer wütend aufeinander, es kam zu einem Wortgefecht, dann zu einem Gerangel – und dabei ist Penelope Braun die Treppe hinabgestürzt.«

»Nun, ja. Wir können diese Möglichkeit zumindest nicht ausschließen«, sagt der Detektiv mit nachdenklicher Miene. »Aber es bleibt zunächst einmal, öhm, Spekulation.«

»Und was denken Sie über die Geschichte mit Magnus Kautz?«, will ich wissen. »Dass er in Penelope Braun verliebt war, aber nicht bei ihr landen konnte? Warum hat er uns nicht davon erzählt, sondern behauptet, er und Penelope hätten privat nichts miteinander zu tun gehabt? Frauke Keller hat gesagt, dass er nach dieser Abfuhr verletzt war. Verletzte Gefühle sind häufig ein Motiv für Gewalttaten. Wir sollten uns schnellstens noch einmal mit ihm unterhalten. Und da wir gerade hier sind …«

Ich deute zu dem Cottage rechts von uns. Der Name *Kautz* steht auf einem kleinen Metallschild am Gartentor, der Vorgarten ist weitaus weniger gepflegt als die der anderen Häuser. Es herrscht extremer Wildwuchs.

Doktor Herkenrath hat seine Entwässerungs-Aktion abgeschlossen und trottet uns mit wedelndem Schwanz hinterher. Ich will das Gartentörchen öffnen, als mein Handy klingelt.

Es ist Charlotte Sprudel!

»Hallo, Charlotte«, melde ich mich freudig. »Wie geht's? Wo bist du?«

Charlotte ist in Lissabon, es geht ihr gut und sie ruft an, weil sie wegen Rorys Wohlergehen ein bisschen in Sorge ist.

»Ja, hat er«, beruhige ich sie. »Heute Morgen. Ein Rosinenmürbchen. Ja, mache ich. Keine Sorge. Bis bald, Charlotte.« Ich reiche das Smartphone an Rory weiter und sage grinsend: »Ihre Liebste!« Woraufhin der Detektiv tomatenrot anläuft.

Sollte sich jemand wundern, dass Charlotte *mich* anruft, wenn sie mit dem schüchternen Detektiv sprechen will: So was wie ein Handy besitzt Rory nicht. Weil Schüchterne nur ungern telefonieren. Zumindest nicht mit Fremden. Die Vorstellung, jederzeit angerufen werden zu können, ist für sie das pure Grauen. Der Detektiv verfügt nur über einen Festnetzanschluss in der Agentur. Sein Telefon hat noch eine Wählscheibe. Keine Ahnung, wie er an dieses Uralt-Teil gelangt ist.

»Äh, hallo Charlotte«, nuschelt er verlegen, nachdem er das Smartphone entgegengenommen hat. »Wie schön, von dir, äh … Wie? Äh, nein, nein. Nicht nur Kaffee, sondern auch Erdnuss-Flips … Die fünfhundert Dosen Katzenfutter? Also, ich, öhm, ich habe versucht die Bestellung zu stornieren. Aber so wie es aussieht, ist auch ein mündlicher Vertrag bindend. Ich … Was? Ja, natürlich habe ich eine dabei. Nein. Nicht die. Die habe ich verlegt. Ich habe mir die Pinkfarbene aus dem Büro genommen.

Und Matilda sagt, sie steht mir recht … Ah? Aha? Findest du? Na gut, dann, äh … Bitte?« Der Detektiv dreht sich verschämt weg, scharrt nervös mit dem rechten Fuß über den Kies und flüstert in den Hörer: »Ja. Ich, öhm, ich dich auch. *Räusper, räusper, hüstel, hüstel.* Ähm … sehr.«

Rory beendet das Gespräch, gibt mir das Handy zurück, nimmt die Brille von der Nase, lässt sie eilig in seiner Jackentasche verschwinden und sagt mit verlegenem Gesichtsausdruck: »Charlotte findet, dass ich mit der Sonnenbrille aussehe wie Elton, öhm, John.«

»Aha?«, mache ich. »Wer ist Elton John?«

»Das, äh, das … Nicht so wichtig. Ich denke, wir sollten uns nun wieder der, öhm, Arbeit zuwenden.«

Als ich an der Tür von Magnus Kautz läute, ruft eine krächzende Stimme: »Hier hinten. Hinter dem Haus.«

Rory und ich gehen um das Cottage herum und gelangen in einen verwilderten Garten, in dem ein hoher Nussbaum steht.

»Ah, Sie sind es«, kiekst der Eichhörnchen-Lehrer. Er hockt auf einer hölzernen Plattform, die in etwa fünf Metern Höhe in die Äste des Baumes gebaut ist, und hält ein Fernglas in der Hand. »Haben Sie es sich anders überlegt und möchten doch eine Führung durch den Park?«

»Äh, nein«, stottert der Detektiv. »Wir müssten etwas mit Ihnen besprechen, das sehr, öhm …«

»Wie?«, kräht es aus dem Baum. »Sie müssen lauter sprechen. Ich kann Sie nicht verstehen.«

»Es geht um was Persönliches«, schreie ich zu ihm hoch. »Vielleicht kommen Sie lieber runter.«

»Auf keinen Fall! Da unten schleicht ein Marder durch den Garten. Das sind heimtückische Tiere – Erzfeinde der Eichhörnchen! Aber ...« – der Lehrer lässt eine Strickleiter hinab – »vielleicht möchte Herr Shy ja hochkommen?«

Rory sieht ganz und gar nicht so aus, als ob er das möchte. Nur sehr zaghaft beginnt er, die hin und her schwingende Leiter zu erklimmen.

Bis zur dritten Sprosse.

Dann dreht er sich zu mir um und wispert mit aschfahlem Gesicht: »Ich habe gerade Herz und Hirn, also, ähm, Verstand und Gefühl befragt. Und beide sagen mir sehr deutlich, dass ich nicht unbedingt in fünf Metern Höhe ... Könntest du nicht vielleicht ...?

Mir ist sofort klar, was Sache ist. Es geht nicht nur darum, dass Rory zu schissig ist, um die Leiter hochzuklettern. (Obwohl das sicherlich auch eine Rolle spielt.) In erster Linie will er sich aber davor drücken, mit Magnus Kautz über dessen Gefühle für Penelope Braun zu sprechen. Der Detektiv scheut schon davor zurück, jemanden nach einem Alibi zu fragen. Geht es bei einer Befragung gar um etwas wie persönliche Gefühle, ist ihm das so peinlich, dass er vor Verlegenheit Blut und Wasser schwitzt und das eigentliche Thema weiträumig umkreist, bevor er, umrahmt von endlosem Geräusper und Gehüstel, endlich zum Punkt kommt. Dabei drückt er sich dann vor lauter Peinlichkeit so verlegen und umständlich aus, dass sein Gegenüber in den meisten Fällen überhaupt nicht kapiert, was Rory von ihm will. So gesehen ist es wohl tatsächlich besser, wenn ich die Befragung übernehme.

»Na schön«, stöhne ich und nehme die Strickleiter in Angriff. »Passen Sie aber auf, dass Doktor Herkenrath nicht ausbüxt, falls wirklich ein Marder auftaucht.«

»Was für eine Super-Aussicht!«, entfährt es mir, nachdem ich die Leiter hochgestiegen und auf der Plattform angelangt bin. Man blickt direkt in das dichte Grün des Waldes hinter dem Schloss.

»Ja, von hier oben sieht man so einiges«, sagt Magnus Kautz, lächelt verschmitzt in sich hinein, stellt das Fernglas zur Seite und hält mir im nächsten Moment die geöffnete Hand entgegen. In seiner Handfläche liegen ein Dutzend Walnusskerne. »Was zu knabbern?«

»Nein, danke«, lehne ich ab, blicke den Lehrer prüfend an und komme gleich zur Sache: »Warum haben Sie uns nicht erzählt, dass Sie in Penelope Braun verliebt waren?«

Magnus Kautz fährt so erschrocken zusammen, als wäre ihm ein Marder ins Genick gesprungen. »Woher ... woher weißt du davon?«

»Ist doch egal«, entgegne ich und werfe ihm einen ermunternden Blick zu. »Nun sagen Sie schon.«

Magnus Kautz' Unterlippe beginnt zu zittern, seine Ohrenhaare senken sich traurig nach unten und er sagt mit betrübter Stimme: »Weil es nichts mit ihrem Tod zu tun hat.«

»Na ja …«, bemerke ich in zweifelndem Ton. »Man hat uns berichtet, dass Sie sehr verbittert waren, nachdem Penelope Sie abgewiesen hatte. Ein findiger Staatsanwalt könnte darin schon ein Motiv sehen.«

»Ich … ich versichere dir: Ich habe nichts mit ihrem Tod zu tun«, stottert der Lehrer, bevor er mit versonnenem Blick sagt: »Ich hätte ihr nie etwas antun können. Und ich war auch nicht verbittert. Ich war enttäuscht und traurig. Aber natürlich habe ich ihre Entscheidung respektiert. Und wir blieben uns weiterhin freundschaftlich verbunden.« Er denkt kurz nach, hackt mit seinen kräftigen Schneidezähnen einen Walnusskern entzwei und sagt in bedauerndem Ton: »Schade nur, dass ich auf dem Verlobungsring sitzen geblieben bin. Der Juwelier wollte ihn nicht zurücknehmen. Und die Kassette mit den romantischen Songs von Elton John, die ich für Penelope aufgenommen hatte, konnte ich natürlich auch in die Tonne drücken.«

Wer zum Kuckuck ist dieser Elton John?, schießt es mir durch den Kopf. *Ich muss den Kerl dringend googeln. Und zweitens …*

»Was meinen Sie mit *Kassette mit Songs aufgenommen*?«, frage ich verdattert. »Ich habe keine Ahnung, wovon Sie reden.«

»Das waren die Neunzigerjahre. Damals konnte man Musik noch nicht streamen oder downloaden. Man hatte Schallplatten. Und die konnte man überspielen. Auf Kassetten. Das waren so was wie sehr kleine Tonbänder.«

»Klingt ziemlich umständlich«, befinde ich und frage mit gerunzelter Stirn: »Und diese Tonbänder hat man dann Menschen geschenkt, in die man verliebt war?«

»Ähm ... ja. Mitunter. Und dabei war es enorm wichtig, die richtige Zusammenstellung von Songs zu haben. Weil man so dem Menschen, in den man verliebt war, seine Gefühle mitteilen konnte. In indirekter Weise. Über die Musik. Und man hat gehofft, dass dieser Mensch während des Hörens ähnliche Gefühle entwickelt und ebenfalls in Liebe entflammt. Hat leider nicht immer geklappt. Eher selten. Eigentlich nie. Bei Penelope auf jeden Fall nicht.«

»Okaaay«, mache ich, ziehe das Wort dabei extrem lang und verziehe skeptisch das Gesicht. Die Neunziger waren nicht nur eine umständliche, sondern offenbar auch eine reichlich seltsame Zeit. Mit merkwürdigen Balzritualen, bei denen kleine Tonbänder irgendeine dubiose Rolle spielten. So ganz verstehe ich den Sinn noch immer nicht.

Magnus Kautz hat derweil das Kauen eingestellt, hockt mit traurigem Gesicht und abwesendem Blick vor mir und macht den Eindruck, als wäre er in wehmütige Erinnerungen versunken.

»Okay, dann … erst mal vielen Dank«, verabschiede ich mich und bin schon mit einem Fuß auf der Strickleiter, als der Lehrer mit einer plötzlichen Bewegung nach meinem Arm greift und mit aufgeregter, kieksender Stimme wispert: »Eine Sekunde! Mir … mir ist da noch etwas eingefallen: Ich glaube, dass Penelope ein paar Stunden vor ihrem Tod mit jemandem Streit hatte.« Er fährt sich nervös mit der Zunge über die Lippen und erklärt: »Sie war eine Vertrauenslehrerin. Die Vertrauenslehrer hatten ein Büro, direkt neben dem Lehrerzimmer. Dort war ich am späten Nachmittag, um Klassenarbeitshefte zu holen, die ich in meinem Fach vergessen hatte. Und da bekam ich mit, wie Penelope im Büro nebenan mit jemandem stritt. Ich konnte nicht verstehen, was die beiden sagten, aber sie hatten sich ganz schön in der Wolle. Dann knallte eine Tür zu und ich hörte, wie die andere Person wütend davonstapfte.«

Natürlich muss ich sofort an Camilla Herbst und ihren Puppen-Ausraster denken und frage: »War es eine Frau, mit der Penelope gestritten hat?«

»Nein. Es war eindeutig eine Männerstimme«, entgegnet der Lehrer zu meiner Überraschung.

»Haben Sie die Stimme erkannt?«

»Ich … ich bin mir nicht ganz sicher«, entgegnet Magnus Kautz leise und seine Ohrhaarbüschel richten sich auf. »Aber ich glaube … es war die Stimme von Horst Kollmann.«

~ 12 ~
Neue Erkenntnisse und ein Überfall

Ich klettere die Strickleiter hinab und stelle, unten angekommen, mit Erleichterung fest, dass weit und breit kein Marder in Sicht ist. Ängstlicher Cockerspaniel und schüchterner Detektiv sind wohlauf.

Wir verlassen den Garten des Lehrers und machen uns zu dem Cottage von Camilla Herbst auf, das etwas abseits der anderen Häuschen steht. Während Rory und ich zu dem Grundstück spazieren, setze ich ihn über mein Gespräch mit Magnus Kautz ins Bild. Vor allem über den Streit zwischen Penelope und Horst Kollmann, von dem er mir berichtet hat.

»Wir sollten Horst Kollmann mal so richtig auf den Zahn fühlen«, sage ich. »Und dabei sollten wir zur Abwechslung nicht zimperlich sein, sondern mangeln und quetschen, was das Zeug hält!«

Neben der Frage, wie verdächtig oder unverdächtig Horst Kollmann ist, beschäftigt mich aber noch ein ganz anderer Gedanke. Und dabei geht es um das, was mir Magnus Kautz über die Neunzigerjahre erzählt hat: dass es eine andere Zeit war als heute. Eine Zeit, in der es kaum Handys und kein Internet, dafür aber den drolligen Brauch gab, kleine Tonbänder zu verschenken, wenn man verliebt war.

Auch Verbrechen haben ihre Zeit, denke ich. Und dabei spielt immer der jeweilige Stand der Technik eine Rolle. Nehmen wir nur mal die Sache mit den Handys. Hätte Magnus Kautz damals schon ein Handy gehabt, wäre alles völlig anders gelaufen. Er hätte die Polizei von der Bibliothek aus anrufen können und nicht erst ins Sekretariat laufen müssen. Er wäre bis zum Eintreffen der Ermittler bei der Toten geblieben und niemand hätte die Gelegenheit gehabt, ihr den kleinen Papierfetzen aus der Hand zu ziehen. Was dazu geführt hätte, dass die Polizei stutzig geworden wäre und den Tod der Lehrerin nicht so vorschnell als Unfall abgetan, sondern ermittelt hätte.

Ein *Cold Case* ist eine viel größere detektivische Herausforderung als ein aktueller Fall, wird mir in diesem Moment klar. Weil man sich, um den Fall zu lösen, in die Zeit hineinversetzen muss. Man muss verstehen, wie es war, in dieser Zeit zu leben. Was schwierig ist, wenn man damals noch nicht mal auf der Welt war.

Ich sollte bei Gelegenheit mal jemanden interviewen, der sie erlebt hat …

Auch an der Haustür von Camilla Herbst gibt es eine kleine Glocke. Gerade als ich sie läuten will, höre ich, wie Rory ein röchelnder Laut entfährt. So als würde er an akuter Atemnot leiden. Ich werfe den Kopf herum und sehe, dass der Detektiv totenblass ist.

»Alles in Ordnung? Was ist los mit Ihnen?«, frage ich besorgt.

»Es ist nur wegen … wegen der Puppen-Sammlung«, haucht Rory mit ängstlichem Blick. »Wenn ich mir vorstelle, dass mich da drin vielleicht hundert Puppen erwarten, die mich mit ihren künstlichen, leblosen Augen anstarren, dann wird mir ganz …« Der Detektiv dreht sich zur Seite weg und gibt ein würgendes Geräusch von sich.

»Wird schon«, sage ich und werfe ihm einen aufmunternden Blick zu. Wenn ich Rory so betrachte, bin ich mir da allerdings nicht so sicher. Er macht ein Gesicht, als hätte er in Zyankali getauchte Erdnuss-Flips verspeist.

Dieser Fall hält wirklich extreme Herausforderungen bereit, wird mir klar. Und zwar für jeden von uns: Ich habe es plötzlich mit spontan auftretender Schüchternheit zu tun. Doktor Herkenrath hat nicht nur mit seiner Eichhörnchen-Phobie, sondern auch noch mit einem unfreundlichen Hausmeister zu kämpfen. Und der bedauernswerte Rory muss sich mit einem Französischen Garten und jetzt auch noch mit einer Puppen-Sammlung herumschlagen.

»Oh, Sie sind es. Ich hatte nicht so früh mit Ihnen gerechnet«, sagt Camilla Herbst, als sie uns die Tür öffnet. Nervös fummelt sie an ihrem etwas zerrupft wirkenden Dutt herum. »Was wollen Sie denn wissen?«

»Vielleicht sollten wir das besser drin besprechen«, schlage ich vor und will mich an der Lehrerin vorbei ins Haus schlängeln – aber sie macht einen schnellen Schritt zur Seite, versperrt mir den Weg und erklärt mit scheppernder Stimme: »Das wäre mir nicht so recht. Ich habe eine wertvolle Puppensammlung.« Sie wirft einen argwöhnischen Blick auf Doktor Herkenrath. »Ich möchte nicht, dass einem der Kinder etwas zustößt.«

»Was?« Es dauert einen Moment, ehe ich begreife, dass sie mit *Kinder* ihre Puppen meint. Als Frauke Keller vorhin behauptet hat, Camilla Herbst hätte einen Sockenschuss, war das offenbar noch untertrieben. »Schön, wenn Ihnen das lieber ist. Dann sprechen wir eben hier an der Tür«, sage ich und füge mit einem freundlichen Lächeln hinzu: »Wenn es Ihnen nichts ausmacht, dass Ihre Nachbarn jedes Wort unserer Unterhaltung mitbekommen.«

Camilla Herbst wirft mir einen giftigen Blick zu, dann tritt sie einen Schritt zur Seite und murmelt kleinlaut: »Also gut. Dann kommen Sie herein. Aber die Schuhe werden ausgezogen.«

Der schüchterne Detektiv hätte es sicher auch vorgezogen, das Gespräch an der Haustür zu führen, aber er fügt sich seufzend ins Unvermeidliche, zieht seine Schuhe aus, stellt sie ordentlich nebeneinander und folgt Doktor Herkenrath und mir ins Haus. Dabei blickt er sich angstvoll um.

Nicht nur, was ihre äußere Erscheinung angeht, sind Frauke Keller und Camilla Herbst grundverschieden. Auch die Inneneinrichtung ihrer Cottages könnte nicht unterschiedlicher sein. Während bei Frauke Keller alles hell und freundlich wirkte, ist es bei Camilla Herbst, als würde man eine dunkle Höhle betreten.

Alle Fenster sind geschlossen, sämtliche Vorhänge zugezogen und im Kamin prasselt (als wäre es Winter und nicht Hochsommer) ein wärmendes Feuerchen. In der Luft hängt das Aroma von Vanille-Räucherstäbchen.

Im Wohnzimmer bietet sich uns ein Anblick, bei dem Rory ein kieksiger Schreckens-Schrei entfährt. Er beginnt, zu zittern und ringt nach Luft. Doktor Herkenrath ergeht es nicht viel besser. Furchtsam winselnd drückt er sich an mein Bein. Ich kann die beiden verstehen, denn auch ich finde das, was ich sehe, so gruselig, dass sich die Härchen auf meinen Armen aufrichten.

In einem hohen Regal sitzen, dicht an dicht, um die zweihundert Puppen und blicken uns mit ihren künstlichen, bewegungslosen Glas-Augen an. Das ist aber noch nicht das Schlimmste: Um einen niedrigen Esstisch herum sind mehrere Stühle drapiert, in denen ebenfalls Puppen sitzen. Vor ihnen, auf der Spitzentischdecke, stehen winzig kleine Tassen und Teller. Die Tässchen sind mit Tee gefüllt, auf jedem Tellerchen befindet sich ein kleines Stückchen Sahnetorte.

Wow! Das ist ja völlig gaga, denke ich und werfe einen verstohlenen Blick auf Rory, der ähnlich panisch guckt wie Doktor Herkenrath, wenn ihn ein Eichhörnchen anfaucht. Doktor Herkenrath beruhige ich in diesen Fällen immer dadurch, dass ich ihm die Ohren kraule. Was bei dem schüchternen Detektiv allerdings nicht infrage kommt. Durch die Nummer muss er jetzt durch. Auch ohne Ohrenkraulen.

Nachdem sie uns so schroff und abweisend empfangen hat, ist Camilla Herbst nun um Schadensbegrenzung bemüht, nimmt zwei Tassen aus einem Schrank und sagt in gezwungen höflichem Ton: »Bitte, setzen Sie sich doch zu den Kindern und mir. Wir trinken gerade Tee.«

Die Lehrerin zieht weitere Stühle an den Tisch heran, bedeutet uns, Platz zu nehmen, und will uns Apfeltee einschenken.

»Äh, nein, äh, danke«, stottert Rory hastig und legt die Hand über die Tasse. Und auch ich lehne dankend ab. Wer den Tisch für Puppen deckt, der rührt auch schon mal Arsen in den Tee.

»Na schön. Wenn Sie nicht wollen«, sagt Camilla Herbst pikiert. »Die Kinder mögen den Tee sehr gerne. Das da vorne, mit den blonden Löckchen, ist übrigens Capucella. Neben ihr sitzt Daisy-Lee. Und dann hätten wir da noch Auguste, Josefine und die liebe Esperanza.«

»Ähm, sehr, äh, angenehm«, murmelt Rory höflich, zieht dabei aber ein so gequältes Gesicht, als hätte er bereits eine Ladung Arsen intus.

Taucht in einem Krimi irgendein Durchgeknallter auf, der mit Puppen Tee trinkt, prophetische Botschaften von einem ausgestopften Otter erhält oder sich nach Feierabend mit seinem linken Daumen unterhält, dann ist derjenige in neunundneunzig von hundert Fällen auch der Täter. Im echten Leben ist das nicht zwangsläufig so. Da sind die wahren Durchgeknallten meistens die, die ganz normal wirken.

Aber gruselig ist das, was Camilla Herbst hier durchzieht, schon. »Nicht wieder alles auf einmal austrinken, Daisy-Lee«, sagt sie zu einer der Puppen und droht ihr scherzhaft mit dem Zeigefinger. »Nur winzig kleine Schlückchen. Sonst kriegst du am Ende wieder Bauchweh.«

»Leider drängt die Zeit etwas«, gehe ich dazwischen, nachdem ich mich von dem Anblick berappelt habe. »Wir müssten dann mal mit der Befragung beginnen.«

»Ja. Natürlich«, entgegnet die Lehrerin mit scheppernder Stimme. »Du kannst ganz offen sprechen. Ich habe keine Geheimnisse vor den Kindern.«

»Wie schön«, murmele ich und beginne mit den üblichen Einstiegsfragen.

Camilla Herbst unterrichtet seit 1995 auf Schloss Eichhorn. »Chemie, Erdkunde und Mathematik«, informiert sie uns. Als ich sie nach Penelope Braun frage, schildert sie uns die tote Lehrerin als nette, warmherzige und kluge Person. Kein Wort über den Streit, den sie mit ihr hatte.

Da hilft nur noch *knallhartes Aufschrecken.*

»Wir wissen, dass Sie und Penelope sich kurz vor ihrem Tod zerstritten haben. Wegen dieser wertvollen Puppe, die Penelopes Tochter kaputt gemacht hat«, sage ich und fixiere sie dabei mit einem prüfenden Blick.

Camilla Herbst klappt vor Erstaunen die Kinnlade runter. Ein paar Sekunden lang blickt sie schweigend zu Boden und fingert fahrig an ihrem Dutt herum, dann schnellt sie unvermittelt von ihrem Stuhl hoch und kreischt mit panischer Stimme: »Diesen Streit habe ich tausendfach bereut!« Ihr Gesicht nimmt einen schuldbewussten Ausdruck an und sie wispert: »Ich habe damals ein wenig … überreagiert. Und ich bedauere nichts mehr, als dass wir uns nicht mehr aussprechen und unseren Streit begraben konnten.«

»Wo waren Sie am Abend von Penelopes Tod?«, lege ich nach.

»Ich habe Klassenarbeiten korrigiert«, murmelt sie in abwesendem Ton und scheint zunächst nicht zu verstehen, worauf ich mit der Frage hinauswill, als sie plötzlich erschrocken aufblickt. »Du glaubst doch nicht, ich könnte … Nein, nein, nein … Ich hätte doch niemals …«

»Vielleicht hatten Sie es ja gar nicht vor«, sage ich und blicke sie forschend an. »Vielleicht sind sie sich zufällig in der Bücherei über den Weg gelaufen. Sie waren noch immer wütend auf Penelope, es kam zu einer Rangelei und dabei …«

»Ich habe dir doch bereits gesagt: Ich war an diesem Abend nicht in der Bibliothek! Ich habe Arbeiten korrigiert«, verteidigt sie sich mit schriller Stimme.

»Gibt es dafür Zeugen?«, will ich wissen.

»Nur … nur die Kinder«, stammelt sie.

»Ich befürchte, dass Ihre Puppen vor Gericht nicht als die allerzuverlässigsten Zeugen gelten werden«, lasse ich die Lehrerin wissen, woraufhin sie in Tränen ausbricht.

Rory (der weinende Menschen nicht gut ertragen kann) räuspert sich dezent, reicht ihr ein blütenweißes Taschentuch und versucht, dabei nicht auf die Puppen zu blicken. Er wartet, bis sie die Tränen getrocknet und sich wieder beruhigt hat, und bittet schüchtern: »Würden Sie uns noch berichten, wie Sie vom Tod ihrer Kollegin erfahren und was Sie dann getan haben?«

»Als Magnus schrie, dass Penelope tot sei, bin ich völlig außer mir in die Bibliothek gerannt.«

»Ist Ihnen irgendetwas an Penelope Braun aufgefallen?«, frage ich.

Camilla Herbst blickt mich an, als wäre ich geisteskrank. »Du meinst, außer, dass sie … tot war?«

»Waren Sie die Erste in der Bibliothek? Oder waren schon andere Kollegen oder Kolleginnen dort?«, will ich wissen.

Die Lehrerin zuckt mit den Schultern. »Daran erinnere ich mich nicht. Alles ging so wahnsinnig schnell. Vor Schreck hat mein Kreislauf in diesem Moment schlappgemacht. Und jetzt, wo ich darüber spreche, fühle ich mich schon wieder ganz schwindelig. Ich würde mich gerne hinlegen.«

»Ähm, sicher. Wenn Sie vielleicht nur die Liebenswürdigkeit hätten, uns noch eine letzte Frage …?«, hebt Rory schüchtern an. »Während der Zeremonie, bei der die Zeitkapsel geborgen wurde, ist Ihnen da etwas Ungewöhnliches aufgefallen?«

Camilla Herbst denkt kurz nach und schüttelt den Kopf.

Rory und ich sind im Begriff, uns vom Tisch zu erheben, als sie sich zu Josefine (oder ist es Auguste?) vorbeugt und interessiert lauscht. So, als würde die Puppe mit ihr reden.

Der Detektiv und ich tauschen einen kurzen Blick und ich mache hinter dem Rücken der Lehrerin eine *Schraube-locker*-Geste.

Camilla Herbst beendet ihr kurzes *Gespräch* mit der Puppe, wendet sich Rory zu und sagt: »Josefine hat mich gerade an etwas erinnert: Am Abend vor der Zeremonie war ich mit ihr im Wald spazieren. Von einem bestimmten Punkt des Weges aus, kann man in die Wohnung von Horst Kollmann blicken. In seine Küche. Und an diesem Abend bemerkten wir dort einen Mann, den ich noch nie vorher auf Schloss Eichhorn gesehen hatte. Er stand mit dem Rücken zum Fenster, aber er ist uns sofort aufgefallen, weil er –«

»Weil er lange blonde Locken hatte und einen goldfarbenen Glitzeranzug trug«, führe ich ihren Satz zu Ende.

Die Lehrerin stiert mich völlig verblüfft an. »Ja. Woher weißt du das?«

»Detektivischer Spürsinn«, lasse ich sie wissen.

»Da hast du aber … da hast du aber einen ziemlich ausgeprägten Spürsinn«, stottert sie beeindruckt.

»Ich lerne ja auch vom Besten«, erkläre ich lächelnd und deute auf den schüchternen Detektiv, der augenblicklich knallrot anläuft.

Als sie uns an der Haustür verabschiedet, ist Camilla Herbst die Erleichterung darüber anzusehen, dass ihre *Kinder* unseren Besuch unbeschadet überstanden haben. Rory ist mindestens genauso erleichtert, dass er die Puppenhölle endlich verlassen darf. Und auch Doktor Herkenrath fiept erleichtert, als er aus dem dunklen Haus in die Sonne trottet.

»Noch einen schönen Nachmittag mit ihren Kindern!«, wünsche ich zum Abschied.

»Die Frau ist ja völlig durch den Wind«, raune ich dem Detektiv zu, als wir aus dem Vorgarten treten. »Und wenn Sie mich fragen, auch in höchstem Maß verdächtig: Sie hat kein Alibi, dafür aber ein Motiv – und einen totalen Knall. Das, was sie über den Mann im Goldanzug erzählt hat, fand ich allerdings interessant. Ich meine … wäre sie die Einzige, die den Mann erwähnt hätte, könnte man es auf ihren Dachschaden schieben. Aber Danny Bekono hat ihn ja auch gesehen. Wir sollten uns Horst Kollmann noch mal vorknöpfen, um endlich aus ihm rauszuquetschen, was es mit diesem Kerl im Glitzeranzug auf sich hat. Und natürlich auch, worum es bei der Auseinandersetzung mit Penelope Braun ging, die Magnus Kautz mitangehört hat.«

»Ähm, ja«, nuschelt Rory, der sich offenbar noch immer nicht ganz von den Puppen erholt hat. »Horst Kollmann hat scheinbar einiges zu verbergen. Aber leider bleibt uns momentan für eine Befragung keine Zeit. Die zwei Stunden sind fast vorüber. Wenn wir rechtzeitig zu unserem Treffen mit Diana Pesch kommen wollen, sollten wir uns auf die Dings, äh, du weißt schon …«

»Auf die Socken machen?«

»Öhm, genau.«

Wir überqueren schnellen Schrittes eine Blumenwiese, gelangen zum Waldrand und nehmen, so wie Diana Pesch es uns gesagt hat, den Pfad zur Linken, der sich zwischen hohen Bäumen und moosbewachsenen Steinen hindurchwindet. Unter dem dichten Blätterdach ist es halbwegs kühl und das Sonnenlicht ist weniger grell als auf freiem Gelände.

Während wir dem schmalen Fußweg ins Innere des Waldes folgen, presst der schüchterne Detektiv die Lippen aufeinander und wirkt, als wäre er mit einem gedanklichen Problem befasst. Doktor Herkenrath trabt derweil mit hängender Zunge neben uns her.

Manchmal, wenn ich unruhig bin, beginnen meine Hände zu kribbeln. So auch diesmal. Vor allem deshalb, weil ich darauf gespannt bin, was Diana Pesch uns zu erzählen hat und was sie uns zeigen will. Aber das alleine ist es nicht. Seit wir den Wald betreten haben, habe ich das merkwürdige Gefühl, irgendetwas Wichtiges nicht bedacht zu haben. Doch ich komme beim besten Willen nicht darauf, was es ist.

Irgendwas habe ich vergessen. Aber was?

Rory verlangsamt derweil seinen Schritt, bis er schließlich stehen bleibt. Er murmelt etwas Unverständliches in sich hinein, dann blitzt es in seinen Augen auf und er wispert aufgeregt: »Du, ähm, du hast dir doch Notizen während der Befragungen gemacht. Dürfte ich mal einen, öhm, Blick …?«

Ich habe zwar keine Ahnung, worauf er hinauswill, reiche ihm aber mein Notizbuch. Der Detektiv blättert hastig durch die Seiten, bis er auf eine Stelle stößt, an der ihm ein freudiges »Ja« entfährt. Kurz darauf folgt ein zweites »Ja«. Und wenig später ein drittes.

Rory schlägt das Buch zu, gibt es mir zurück und sagt mit einem zufriedenen Lächeln: »Heute Morgen habe ich doch gesagt, dass die drei Lehrer, deren Akten gestohlen wurden, eine Gemeinsamkeit haben müssen, die sie für den Hinweisgeber zu Verdächtigen macht. Gerade ist mir klar geworden, welche Gemeinsamkeit das ist.«

»Und?«, frage ich gespannt.

»Frauke Keller, Magnus Kautz, Camilla Herbst: Alle drei unterrichten Mathematik!«, offenbart mir der Detektiv.

»Ähm, ja. Klar. Stimmt«, sage ich, muss aber zugeben, dass ich ein bisschen enttäuscht bin. Natürlich hat Rory recht. Aber diese Gemeinsamkeit ist so offensichtlich, dass ich mich frage, ob es wirklich diejenige ist, nach der wir suchen. Ein bisschen was Geheimnisvolleres hätte ich mir schon gewünscht.

Ich persönlich hatte zwar schon mit dem ein oder anderen Mathematiklehrer ein Problem, aber die meisten von ihnen wirken nicht, als würden sie dunkle Geheimnisse hüten. Es ist ja wohl kaum davon auszugehen, dass Penelope Braun zum Schweigen gebracht wurde, weil sie einem geheimen Mathelehrer-Kult auf die Spur gekommen war, dessen Mitglieder sich nachts im Wald trafen und dabei das große Einmaleins vor sich hin murmelten.

Warum musste sie wirklich sterben? Ging es um Geld? Um verletzte Gefühle? Oder eine zerbrochene Puppe? Und hat dabei tatsächlich Mathematik eine Rolle gespielt? Ich kann mir nicht vorstellen, welche, und bleibe skeptisch.

Rory hingegen scheint überzeugt davon, ein entscheidendes Puzzleteil entdeckt zu haben: »Dazu passt auch, dass ich vorhin das Signal von diesem Mathebuch bekommen habe, dem *Lehrbuch der algebraischen Geometrie*«, sagt er freudig erregt, als wir aus heiterem Himmel Opfer eines Überfalls werden!

Und der kommt von oben!

Als hätten sie den Angriff verabredet, lassen sich mindestens dreißig Eichhörnchen gleichzeitig aus den Bäumen zu Boden fallen, springen böse fauchend hin und her und machen den Eindruck, als wären sie schwer auf Randale aus.

Rory taumelt einen Schritt zurück und guckt verdattert. Aber die krawallige Nager-Gang hat es gar nicht auf Zweibeiner abgesehen: Die Eichhörnchen rotten sich zusammen, hüpfen provozierend um Doktor Herkenrath herum, umzingeln ihn und stoßen dabei drohende Schnatter-Laute aus.

Die Eichhörnchen! Das war es, was ich vergessen habe!, wird mir schockartig klar. *Wir hätten Doktor Herkenrath auf keinen Fall mit in den Wald nehmen dürfen!*

Ich habe ihn schon oft panisch gesehen. Aber diesmal ist es mehr als Panik. In seinen Augen spiegelt sich der blanke Horror. Mein Cockerspaniel stößt ein durchdringendes Jaulen aus, schafft es, mit einem Verzweiflungssprung den Eichhörnchen-Belagerungsring zu durchbrechen und hetzt völlig kopflos davon.

Die Eichhörnchen hinterher.

Gefolgt von Rory und mir.

»Bleib stehen, Doktor Herkenrath!«, schreie ich, während wir Hund und Hörnchen durch das Unterholz hinterherrennen.

Bei der Verfolgungsjagd hole ich mir fiese Kratzer an Armen und Beinen, einmal bleibe ich mit dem Kleid an einem

Dornenbusch hängen und brauche eine gefühlte Ewigkeit, um mich zu befreien. Der groß gewachsene Rory muss sich während seines Sprints immer wieder unter tiefhängenden Ästen hindurchducken – bis er einen übersieht und volle Möhre mit der Stirn dagegenknallt. Mit einem kieksigen Schrei geht er zu Boden, rappelt sich aber augenblicklich wieder auf und hastet weiter.

Nach dreihundert Metern endet Doktor Herkenraths Flucht, als er sich in dichtem Gestrüpp verfängt. Er sitzt in der Falle und winselt elendig, während die Eichhörnchen triumphierend vor seiner Nase herumspringen. Sie scheinen jede Menge Spaß zu haben und sich königlich zu amüsieren.

Als Rory und ich näher kommen, stößt eines der Tiere ein keckerndes Geräusch aus, das offenbar ein Rückzugsbefehl ist. Die Eichhörnchen springen wie auf Kommando davon – fünf Sekunden später ist von ihnen nichts mehr zu sehen.

»Oh, Mann. Das war meine Schuld. Ich war so mit dem Fall beschäftigt, dass ich einfach nicht mehr an die Eichhörnchen gedacht habe. Tut mir leid«, sage ich zerknirscht, helfe Doktor Herkenrath aus dem Gebüsch und wiege ihn tröstend in den Armen. Er guckt schwer vorwurfsvoll, winselt leise und ist so verängstigt, dass ich ihn schon wieder tragen muss.

Dabei bin ich nach dem anstrengenden Sprint völlig außer Atem. Der Schweiß rinnt mir in Strömen über den Körper.

Einigermaßen verdutzt stelle ich fest, dass Rory nicht im Geringsten schwitzt: keine Schweißflecken unter den Achseln, noch nicht mal ein winziges Schweißtröpfchen auf der Stirn.

Sind Schüchterne zu schüchtern, um zu schwitzen?, frage ich mich. Wirklich verwundert wäre ich nicht. Irgendwie würde das zu Rory passen: Ein Detektiv, der zu höflich ist, um Verdächtige mit Fragen nach Alibis zu belästigen, und den es beschämt, öffentlich gelobt zu werden, der ist wahrscheinlich auch zu schüchtern, um zu schwitzen. Offenbar selbst dann, wenn es heißer ist als in der Hölle.

In die Holzbalken der Schutzhütte haben Generationen von »Schloss Eichhorn«-Schülern ihre Namen und Initialen gekerbt. Außerdem sind zahlreiche Liebesschwüre zu bewundern: *Robert ♥ Mary. Love Forever: Punky und Ratte.* Oder: *J. L. AND Y. O. – BIG LOVE.*

Wir sind – trotz des unerwarteten Zwischenfalls mit den Eichhörnchen – superpünktlich. Ich brenne darauf, endlich zu erfahren, was Diana Pesch uns über den Tod ihrer Mutter zu erzählen hat. Von der Erzieherin ist aber weit und breit nichts zu sehen – was ich beunruhigend finde.

»Wahrscheinlich dauert die Geschichte mit der Zahnspange länger als gedacht«, beschwichtigt mich Rory und fügt seufzend hinzu: »Beim Zahnarzt dauert es immer länger als gedacht. Das weiß ich aus, öhm, eigener leidvoller Erfahrung.«

Fünfzehn Minuten später ist Diana Pesch noch immer nicht aufgetaucht.

»Da stimmt doch was nicht«, sage ich zu Rory und fahre im nächsten Moment erschrocken zusammen, als aus einiger Entfernung ein dumpfer Knall ertönt. So als würde ein schwerer Gegenstand aus großer Höhe auf die Erde aufschlagen. Einen Wimpernschlag später ist ein panischer, durchdringender Schrei zu hören, der so schrill klingt, dass es in den Ohren schmerzt.

»Das ist Rosalind!«, entfährt es mir entsetzt. »Das kommt vom Schloss!«

~ 13 ~
Blumenkübel im freien Fall

Irgendetwas Schlimmes ist passiert!, wird mir mit Entsetzen klar – als Rory auch schon losstürmt. Ich schnappe mir Doktor Herkenrath, gebe ebenfalls Gas und hefte mich dem Detektiv an die Fersen. Er legt ein dermaßen affenartiges Tempo vor, dass ich Schwierigkeiten habe, an ihm dranzubleiben. Dass ich zudem einen furchtsamen Cockerspaniel schleppen darf, ist auch nicht sonderlich hilfreich.

Zum Glück lassen uns die Eichhörnchen diesmal in Ruhe. Wir gelangen zum Waldrand, sprinten an den Cottages vorbei, erreichen das Schloss, schießen um eine Hausecke – und bleiben wie angewurzelt stehen: Diana Pesch liegt reglos auf dem Kies vor dem Haupteingang. Um sie herum verteilen sich Bruchstücke eines schweren Beton-Blumenkübels, Pflanzenerde und ein paar geknickte Blumen.

Rosalind steht weinend und völlig aufgelöst neben ihr, Frau Dr. Franck und Horst Kollmann sind offenbar wenige Augenblicke vor uns am Ort des Geschehens eingetroffen. Die Schulleiterin kniet neben Diana Pesch und fühlt ihren Puls.

»Keine Ahnung, wie das Ding da runterstürzen konnte«, brummt der Hausmeister in mürrischem Ton und deutet zu der Brüstung eines Balkons direkt über dem Eingang. »Ist jedenfalls nicht meine Schuld. Das lasse ich mir nicht in die Schuhe schieben. Ich habe die Kübel alle mit Halterungen gesichert. Ist erst ein paar Wochen her.«

Dr. Franck richtet sich auf, atmet tief durch und sagt erleichtert: »Der Blumenkübel hat sie zum Glück verfehlt. Sie scheint keine Verletzungen zu haben, aber offenbar einen schweren Schock.« Hastig greift sie nach ihrem Handy und wählt die Nummer der Notrufzentrale.

Dass Diana Pesch einen Schock erlitten hat, ist nicht zu übersehen. Die Augen der Erzieherin sind weit aufgerissen, aber sie scheint nichts von dem, was um sie herum vorgeht, wahrzunehmen.

Auch die übrigen Bewohner von Schloss Eichhorn sind durch Rosalinds Schreie aufgeschreckt worden und kommen aus allen Richtungen zusammengelaufen: Danny Bekono, Frauke Keller, Erhan Aktas, Camilla Herbst und mit einiger Verspätung auch Magnus Kautz.

Danny eilt zu der weinenden Rosalind hinüber, nimmt sie in den Arm und versucht sie zu beruhigen. Alle anderen blicken wie erstarrt auf die am Boden liegende Erzieherin.

Ich schaue zu dem Balkon empor und bin mir sicher: Der Blumenkübel ist nicht einfach so von da oben runtergefallen. Irgendjemand hat ihn von der Brüstung gestoßen!

Jemand, der verhindern wollte, dass Diana Pesch mit uns spricht. Jemand, der mir in diesem Moment gegenübersteht und es schafft, genauso erschrocken auszusehen wie alle anderen.

Die Ambulanz ist innerhalb weniger Minuten vor Ort.

»Was ist mit ihr?«, frage ich die Notärztin, als Diana Pesch auf einer Trage in den Wagen geladen wird.

Die Ärztin bestätigt die Einschätzung von Dr. Franck und gibt vorläufig Entwarnung. »Wir werden im Krankenhaus noch ein paar Untersuchungen vornehmen müssen, aber sie scheint keine Verletzungen davongetragen zu haben. Allerdings ist sie in einem katatonischen Zustand.«

»In einem was?«, frage ich verwirrt.

»Das ist so etwas wie eine Starre am ganzen Leib«, erklärt sie. »Kann durch einen plötzlichen Schock ausgelöst werden. Solange sich die Patientin in diesem Zustand befindet, ist sie nicht ansprechbar. Man kriegt das aber mit Medikamenten in den Griff.«

»Und wie, äh, wie lange hält dieser Zustand an?«, fragt Rory schüchtern.

»Schwer zu sagen. Vielleicht nur ein paar Stunden. Möglicherweise aber auch mehrere Tage«, antwortet die Ärztin und fragt in die Runde: »Möchte jemand von Ihnen die Patientin begleiten?«

»Ja. Ich«, erklärt Dr. Franck und steigt zu Diana Pesch in den Wagen. »Jemand sollte bei ihr sein. Ich werde vom Krankenhaus aus ihre Angehörigen verständigen.« Die Schulleiterin wendet sich Rory zu und sagt: »Ich habe ja Matildas Handynummer. Ich halte Sie über Frau Peschs Zustand auf dem Laufenden.«

Die Wagentüren schlagen zu und der Notarztwagen setzt sich in Bewegung. Während er über den Schotterparkplatz davonfährt, blicken ihm alle mit bedrückten, ängstlichen Mienen hinterher.

Ich gehe zu Rosalind hinüber und frage: »Geht es wieder einigermaßen? Kannst du mir sagen, was passiert ist?«

Sie nickt tapfer, wischt sich die Tränen aus dem Gesicht und beginnt stockend zu berichten. »Wir ... wir kamen vom Kieferorthopäden zurück. Eigentlich waren wir anschließend zum Federball verabredet. Aber Diana sagte, dass sie vorher noch was erledigen müsse, und hat mich gebeten, in meinem Zimmer auf sie zu warten. Wir haben uns vor dem Eingang verabschiedet, als ich ein Geräusch auf dem Balkon über uns hörte. Ich habe aufgeblickt und sah, wie der Blumenkübel auf uns zugeflogen kam. Ich konnte Diana gerade noch zur Seite schubsen. Sonst hätte das Ding sie voll erwischt.«

»Du hast ihr das Leben gerettet«, sagt Danny Bekono und legt tröstend den Arm um sie. Währenddessen ziehe ich Rory am Jackenärmel, führe ihn ein paar Meter zur Seite und flüstere: »Der Blumenkübel ist nicht von selbst vom Balkon gefallen. Jemand hat versucht, Diana Pesch auszuschalten, bevor sie sich mit uns treffen konnte. Doktor Herkenrath ist vorhin, vor der Schülerzeitungs-Redaktion, nicht grundlos ausgeflippt: Er hat jemanden gewittert! Jemand hat unser Gespräch mit Diana Pesch belauscht. Und diese Person ist auch der Mörder von Penelope Braun. Sie hat geglaubt, dass das, was Diana Pesch uns sagen und zeigen wollte, uns auf ihre Spur bringen könnte – und hat kurz entschlossen gehandelt.«

»Ja. Das, öhm, denke ich auch«, stimmt mir Rory zu und wispert: »Ich sollte mir schnellstens den Balkon ansehen. Frag du doch bitte in der Zwischenzeit alle, wo sie vor ein paar Minuten waren, als das mit dem äh, Blumenkübel … Und was sie, öhm, was sie getan haben.«

Der Detektiv springt die Stufen zum Eingang hoch und verschwindet im Gebäude.

Um Rosalind von ihrem Kummer abzulenken, gebe ich Doktor Herkenrath in ihre Obhut, bitte sie, auf ihn aufzupassen, und überlege, wie ich die Befragung am besten angehe. Jetzt, wo das Kind in den Brunnen (beziehungsweise der Blumenkübel auf den Kies) gefallen ist, braucht es keine Geheimnistuerei mehr.

»Würden Sie mir bitte einen Moment zuhören?«, unterbreche ich das aufgeregte Getuschel um mich herum und erkläre: »Diana Pesch ist die Tochter von Penelope Braun!«

Was darauf folgt, wäre mit *allgemeiner Verblüffung* nur sehr unzureichend beschrieben: Es ist, als hätte jemand während der Wiedergabe eines Films auf *Pause* gedrückt. Alle stehen da wie zu einem Standbild eingefroren und glotzen mich mit offen stehenden Mündern an, während ich ungerührt fortfahre: »Diana wusste etwas über den Tod ihrer Mutter, das sie Rory und mir mitteilen wollte. Und offenbar wollte das jemand verhindern und hat diesen Blumenkübel vom Balkon hinabgestoßen, um sie zum Schweigen zu bringen.«

Einen Moment lang herrscht Stille, dann krächzt Magnus Kautz aufgeregt: »Diana ist Penelopes Tochter? Aber ... was kann sie über den Tod ihrer Mutter wissen? Sie war damals ein zweijähriges Kind.«

»Dazu kann ich aus ermittlungstechnischen Gründen leider nichts sagen«, wimmele ich ihn ab.

»Moment mal«, entfährt es Frauke Keller. Sie wirkt so erschrocken, als wäre sie einem Geist begegnet. »Du willst sagen, der Mörder von Penelope hat erneut zugeschlagen und versucht, Diana Pesch zu ...«

»Danach sieht es aus«, bescheide ich ihr.

»Nein ...«, murmelt sie entsetzt und schüttelt fassungslos den Kopf.

Ich blicke zu dem Balkon hoch, sehe, wie Rory auf der Suche nach einem Signal mit den Händen über die steinerne Brüstung streicht, und sage: »Ich wüsste jetzt gerne von jedem Einzelnen, wo er sich vor ein paar Minuten aufgehalten hat.«

Als Ersten befrage ich Danny Bekono – und werde dabei zu meinem Leidwesen von einer erneuten Schüchternheits-Attacke ereilt.

»Öhm, könntest du mir sagen, wo du warst, als, äh …«

»Du fragst mich nach einem Alibi?« Danny grinst breit und wirkt regelrecht begeistert. »Das ist ja jetzt wirklich wie in einem Krimi. Also, ich war in der Ratatosk-Redaktion und habe an einem Artikel über eure Ermittlung gearbeitet, als ich Rosalinds Schreie hörte.«

»Gibt es, ähm, dafür Zeugen?«

»Nein! Keine Zeugen!«, entgegnet er so euphorisch, als wäre das die tollste Sache der Welt, und fragt mit einem freudigen Funkeln in den Augen: »Bin ich jetzt ein Verdächtiger?«

»Nicht, äh, besonders verdächtig«, stottere ich. »Aber … danke erst mal.«

Wie ich schon erwartet habe, ist Horst Kollmann nicht ohne Weiteres bereit, auf meine Fragen zu antworten, sondern moppert schlecht gelaunt: »Ich wüsste nicht, was dich das angeht. Schon mal was von dem Recht auf Privatsphäre gehört?«

Ich stöhne innerlich auf und entgegne flapsig: »Wie bereits

erwähnt: Sie können auch mit der Polizei sprechen, wenn Ihnen das lieber ist. Soll ich Kommissar Valko anrufen?«

»Ist ja schon gut«, knurrt er kleinlaut und deutet auf einen Holzschuppen am Rand des Parks. »Ich war im Geräteschuppen und habe Gartenwerkzeug gereinigt. So wie Dr. Franck es mir aufgetragen hat. Dann habe ich die kleine Göre schreien gehört und bin hier rübergelaufen. Zufrieden?«

Frauke Keller behauptet, im Garten hinter ihrem Haus ein Sonnenbad genommen zu haben, Camilla Herbst beteuert, sie hätte mit ihren *Kindern* Tee getrunken, Erhan Aktas gibt an, in seinem Appartement mit Hanteln trainiert zu haben.

Magnus Kautz ist ein einziges Nervenbündel, er springt nervös von einem Fuß auf den anderen, zupft an seinen Ohrenhaaren und kiekst: »Ich saß auf der Plattform in meinem Nussbaum und habe mit dem Fernglas Eichhörnchen beobachtet. Als ich Rosalinds Schreie gehört habe, bin ich sofort los, um zu sehen, was passiert war.«

»Und wieso sind Sie dann erst nach allen anderen hier angekommen?«, will ich wissen.

Der Lehrer bleckt die langen Schneidezähne und wispert verschämt: »Bin beim Runterklettern dummerweise auf einer Sprosse weggerutscht und habe mich in der Strickleiter verheddert. Ich hing fünf Meter über dem Boden. Mit dem Kopf nach unten. Hat ein bisschen gedauert, bis ich mich befreien konnte.«

In diesem Moment kommt Rory von seiner Tatortbegehung

zurück, nimmt mich zur Seite und flüstert: »Wie wir es uns bereits gedacht haben: Jemand hat die Halterungen, mit denen der Blumenkübel befestigt war, entfernt. Anschließend musste er dem Kübel nur noch einen leichten Stups versetzen.«

Der Detektiv wendet sich den Umstehenden zu, läuft dabei vor Verlegenheit rot an und sagt mit leiser Stimme: »Die, *räusper, räusper*, die aktuellen Ereignisse machen es notwendig, dass meine Assistentin und ich unsere Ermittlung noch einmal, ähm, überdenken. Unsere Arbeit vor Ort ist für heute beendet. Ich denke, um Frau Pesch müssen Sie sich keine Sorgen machen. Sie scheint keinen ernsten Schaden davongetragen zu haben und ist jetzt in guten Händen. Und nun: Fahren Sie bitte fort mit … mit was auch immer Sie vorhin beschäftigt waren. Aber halten Sie sich morgen bitte wieder zu unserer, ähm, Verfügung. Wenn Ihnen das keine Umstände … Vielen Dank.«

Einen Moment stehen alle unschlüssig herum, dann löst sich die kleine Versammlung nach und nach auf: Danny und Erhan Aktas begleiten Rosalind ins Schloss. Die drei Lehrer begeben sich zu ihren Cottages. Horst Kollmann verschwindet leise vor sich hin schimpfend im Geräteschuppen.

»Würdest du Amadeus anrufen und fragen, ob er uns abholen kann?«, bittet mich Rory, nachdem alle außer Sicht sind.

Während ich mit dem Chauffeur telefoniere, kniet er sich auf den Boden und betastet die Bruchstücke des Betonkübels. Doktor Herkenrath legt den Kopf schief und beobachtet die Arbeit des Detektivs mit interessiertem Schiele-Blick.

»Und? Bekommen Sie eine Information?«, frage ich neugierig, nachdem ich mein Telefonat beendet habe.

»Wenn ein Gegenstand zerstört wurde, ist das Signal, das er aussendet, extrem schwach«, entgegnet Rory und blickt sich nach allen Seiten um. Als er sicher ist, dass uns niemand beobachtet, nimmt er eines der steinernen Bruchstücke in die Hand – und fährt mit der Zunge daran entlang.

Igitt!

Der Detektiv wiederholt die eklige Prozedur mehrere Male, während sein Gesicht einen zunehmend verdutzten Ausdruck annimmt. »Das ist … merkwürdig«, wispert er nachdenklich.

»Was sehen Sie denn?«, will ich wissen.

»Gar nichts«, entgegnet er mit leiser Stimme. »Aber ich nehme ein Gefühl wahr. Genau genommen sind es sogar zwei Gefühle. Eines davon ist Angst.«

»Ist doch nachvollziehbar«, sage ich. »Wer immer den Blumenkübel auf Diana Pesch geworfen hat – natürlich hatte die Person Angst. Angst, als Mörder von Penelope Braun enttarnt zu werden. Und was ist das zweite Gefühl?«

»Das, äh, das ist es, was mich so verwirrt«, murmelt Rory, zieht die Stirn kraus und spült sich den Mund mit Mundwasser aus. »Das zweite Gefühl ist, öhm … Das zweite Gefühl ist, *hüstel, hüstel,* ähm … Liebe.

»Liebe?«, entfährt es mir völlig entgeistert.

Ratlos blicke ich auf die Reste des Steinkübels und denke: *Habe ich irgendwas verpasst? Ist es seit Neuestem ein Liebesbeweis, sich Blumenkübel auf den Kopf zu werfen?*

Während wir am Rand des Schotterparkplatzes auf Amadeus warten, wird mir klar, dass mit dem Anschlag auf Diana Pesch aus unserem kalten Fall ein brandheißer Fall geworden ist.

Die Bilanz unserer bisherigen Ermittlung ist hingegen eher durchwachsen: Zwar gibt es ein paar Dinge, die wir mittlerweile wissen, dem stehen aber viele offene Fragen gegenüber. Dazu kommen zahlreiche Merkwürdigkeiten, von denen ich mir nicht sicher bin, wie sie zu bewerten und einzuordnen sind.

Wir wissen, dass Diana Pesch die Tochter von Penelope Braun und unsere Hinweisgeberin ist. Aber wir haben nicht die geringste Ahnung, was sie uns zeigen wollte.

Klar ist auch, welches Motiv hinter dem Anschlag auf die Erzieherin steht: Der Mörder von Penelope Braun wollte sie ausschalten, bevor sie Informationen an uns weitergeben konnte. Merkwürdig dabei ist allerdings, dass er, laut Rory, in diesem Moment eine Gefühlsmischung aus Angst und Liebe empfunden hat. Wie passt das zusammen?

Und was war das Motiv für den Mord an Penelope Braun?

Ging es dabei um Geld, wie die Sache mit dem Tausendmarkschein vermuten lässt? Oder gab es ein ganz anderes Motiv?

Und kann es wirklich sein, dass ihr Tod in irgendeiner Weise mit Mathematik zu tun hat?

Ich bin zugegebenermaßen ziemlich ratlos – und das betrifft auch unsere Verdächtigen: Keiner von ihnen hat ein belastbares Alibi für die Zeit, in der der Anschlag auf Diana Pesch verübt wurde. Magnus Kautz will in seinem Nussbaum gehockt haben, Frauke Keller hat sich gesonnt, Camilla Herbst hat mit ihren Puppen geredet und Horst Kollmann war im Geräteschuppen beschäftigt.

Und was den Mord an Penelope Braun angeht …

Rein gefühlsmäßig würde ich sagen, dass Magnus Kautz unschuldig ist, aber bleibt man bei den Fakten, ist er natürlich weiterhin ein Verdächtiger. Wobei er für mich in weitaus geringerem Maße verdächtig ist als Camilla Herbst. Die hatte ein Motiv, hat kein Alibi und ist, sagen wir mal, *ein bisschen neben der Spur.* Horst Kollmann und Frauke Keller erscheinen zunächst mal weniger tatverdächtig, haben uns aber angelogen. Frauke Keller, als es um ihren Besucher, und Horst Kollmann, als es um den Mann im Goldanzug ging, der ja mittlerweile nicht nur von einem, sondern sogar von zwei Zeugen gesehen worden ist.

Wobei ich mich schon frage, ob und was Frauke Kellers Besucher und die Erscheinung im Glitzeranzug mit unserem Fall zu tun haben. Je mehr wir erfahren, umso verwirrender wird die Angelegenheit.

»Ich glaube, so wie bisher kommen wir nicht weiter«, bescheide ich Rory. »Auch wenn es Ihnen unangenehm ist – morgen sollten wir bei unseren Befragungen weniger zimperlich sein, sondern …«

»Ähm, mangeln und quetschen? Das, öhm, das müsstest *du* dann aber …«, macht Rory und guckt peinlich berührt, als ich zwei Gestalten sehe, die durch den Park auf uns zugelaufen kommen: Danny und Rosalind.

»Was ist los?«, frage ich mit verwundertem Blick, als die beiden auf dem Parkplatz ankommen.

Danny stupst Rosalind an und sagt: »Erzähl ihnen, was du mir gerade erzählt hast.«

»Ich will aber nicht als Petze dastehen«, sagt sie und ziert sich ein wenig. »Auch dann nicht, wenn es um den Höllenhund geht.«

»Wieso?«, erkundigt sich der Detektiv interessiert. »Was, öhm, was ist denn mit Herrn Kollmann?«

»Er hat vorhin gelogen«, offenbart uns Rosalind. »Er hat doch behauptet, er wäre im Geräteschuppen gewesen. Das kann aber nicht sein. Er kam aus dem Schulgebäude gelaufen.«

»Und du bist dir da ganz sicher?«, frage ich, worauf sie bestätigend nickt.

Rory und ich tauschen einen kurzen Blick. Die nächste Lüge von Horst Kollmann. Ihn sollten wir uns morgen unbedingt als Ersten vornehmen. Und dabei mangeln und quetschen, was das Zeug hält.

In diesem Moment steuert Amadeus die schwarze Limousine auf den Parkplatz, steigt ächzend aus, öffnet die Hintertür und erkundigt sich in höflichem Ton: »Ich hoffe, Sie hatten einen erfolgreichen Tag?«

»Danke, Amadeus. Ich bin mir, öhm, diesbezüglich leider nicht ganz sicher«, entgegnet Rory verlegen lächelnd.

Danny Bekono betrachtet die Limousine mit großen Augen, pfeift anerkennend durch die Zähne und befindet: »Wow! Was für ein Luxusteil. Dann bis morgen, Matilda.«

»Ähm, ja. Bis, äh, morgen«, nuschele ich in mich rein, klettere auf die Rückbank und will die Autotür schließen, als Danny auf Doktor Herkenrath deutet, der keinerlei Anstalten macht, in den Wagen zu springen, sondern mit furchtsamem Blick auf dem Schotter hockt.

»Ich sage es wirklich nur ungern, Matilda: Aber du hast deinen Cockerspaniel schon wieder vergessen.«

Wir haben zwei Drittel des Rückweges hinter uns gebracht und nähern uns der Stadt, als mein Handy klingelt.

Es ist Dr. Franck, die aus dem Krankenhaus berichtet, dass Diana Pesch mit Medikamenten behandelt wird, sich aber noch immer in dem katatonischen Zustand befindet.

»Ich habe Frau Peschs Eltern verständigt«, erklärt die Schulleiterin.

»Adoptiveltern«, korrigiere ich sie und setze sie ebenfalls

darüber ins Bild, dass die Erzieherin die Tochter von Penelope Braun ist. »Sie ist diejenige, die die Botschaften hinterlassen hat. Sie weiß irgendetwas über den Tod ihrer Mutter. Jemand hat versucht zu verhindern, dass sie es uns erzählt, und den Blumenkübel vom Balkon gestoßen.«

Frau Dr. Franck verschlägt es angesichts der überraschenden Neuigkeit für einen Moment die Sprache, bevor sie sich fasst und sagt: »Jedenfalls – die Eltern ... also ... die Adoptiveltern wohnen ein gutes Stück entfernt. Sie haben sich sofort auf den Weg gemacht, aber sie werden wohl erst spät in der Nacht eintreffen. Ich bleibe so lange hier. Sollte sich etwas an Frau Peschs Zustand ändern, informiere ich dich und den Detektiv natürlich sofort.«

»Danke. Dann bis morgen«, verabschiede ich mich, lege auf und nehme mir eine Waldmeisterbrause aus der Limousinen-Minibar. Ob es an der Hitze, an unserem kniffligen, arbeitsintensiven Fall oder an den nervenden Schüchternheits-Anfällen liegt – ich fühle mich völlig erledigt und bin erleichtert, dass wir Feierabend machen.

Eine Sache wüsste ich aber schon gerne noch ... Ich beuge mich zu Amadeus vor und sage: »Sie haben doch sicherlich mitbekommen, dass wir in einem Fall aus dem Jahr 1997 ermitteln. Jetzt würde mich interessieren, wie es eigentlich so war, in den Neunzigerjahren. Und ich dachte, Sie könnten mir vielleicht etwas darüber erzählen. Schließlich haben Sie die Neunziger erlebt.«

»Mit dem größten Vergnügen, Frau Bond. Ich freue mich, wenn ich Ihnen helfen kann«, entgegnet der Chauffeur. »Und was genau möchten Sie wissen?«

»Also ... was würden Sie sagen, waren die größten Unterschiede zwischen damals und heute?«, frage ich.

Amadeus legt die Stirn in Falten, denkt kurz nach und verkündet höflich: »Das Verkehrsaufkommen war weitaus geringer. Beim Tanken bezahlte man damals noch in D-Mark. Und im Autoradio liefen sehr häufig Songs von Elton John. Ich hoffe, ich konnte Ihnen damit weiterhelfen.«

»Ähm, ja, sicher. Vielen Dank, Amadeus«, sage ich und lächle höflich, seufze aber innerlich und denke: Ich sollte besser jemand fragen, der die Neunzigerjahre nicht ausschließlich auf der Autobahn verbracht hat.

Außerdem will ich jetzt endlich wissen, wer dieser Elton John ist ...

~ 14 ~
Zwei hoffnungslose Fälle

Am nächsten Morgen bin ich in Sachen Elton John voll im Bilde. Vor dem Zubettgehen habe ich mir etliche seiner Videos reingezogen und dabei die schrägen Brillen bewundert, die er im Lauf seiner Karriere getragen hat. Anschließend konnte ich nachvollziehen, warum Charlotte der Meinung ist, Rorys Sonnenbrille würde ihm Ähnlichkeit mit dem britischen Sänger verleihen. Das pinkfarbene, strassbesetzte Modell könnte ohne Weiteres aus Elton Johns abgefahrener Nasenfahrrad-Kollektion stammen.

Ich steige aus dem Bett und will gerade unter die Dusche springen, als sich mein Handy meldet.

Es ist Mama, die in ihrer überschwänglichen Art von den Oktopus-Dreharbeiten in Griechenland berichtet, bevor sie in gerührtem Ton sagt: »Ich bin sehr stolz auf dich, Matilda.«

»Ah, ja? Wieso?«, mache ich verdattert.

»Ich habe gestern Abend mit Doro telefoniert. Sie hat mir erzählt, dass du sie im Café unterstützt. Ich finde es toll, dass du so hilfsbereit bist.«

»Ach, das … mache ich doch gerne«, stammele ich.

Im Anschluss spreche ich mit Papa, der mich ebenfalls für meine Hilfsbereitschaft lobt und mir sagt, wie sehr er sich darauf freut, dass ich bald nach Griechenland komme und wir unseren Familienurlaub beginnen können.

Nachdem ich das Gespräch beendet habe, plagt mich ein ausgesprochen schlechtes Gewissen. Ich habe kein Problem damit, jemanden anzuschwindeln, wenn der Schwindel einem höheren Zweck dient (zum Beispiel der detektivischen Arbeit). Für so einen Schwindel aber auch noch gelobt zu werden, ist selbst mir ein bisschen peinlich. Andererseits – das falsche Alibi, das ich mir zusammengeflunkert habe, funktioniert genau nach Plan. Und darauf kommt es ja am Ende an. Schlechtes Gewissen hin oder her.

Auf der neuen Kaffeedose, die Frau Zeigler gekauft hat, ist ein buntgefiederter Papagei abgebildet. Papageien rangieren in Doktor Herkenraths persönlicher Angst-Top-Ten irgendwo zwischen Katzen und Tausendfüßlern. Er beäugt die Dose mit einem skeptischen Blick und geht auf Abstand.

Ich nehme derweil am Frühstückstisch Platz und versuche, Frau Zeiglers allmorgendliches Gemecker über ihren Gatten an mir vorbeirauschen zu lassen. Was nicht einfach ist, weil sie beim

Meckern immer auf höchste Lautstärke schaltet. Dabei meint sie es im Grunde gar nicht böse. Über ihren Raimund herzuziehen, ist für Frau Zeigler das, was für andere Leute Frühsport ist. Sie braucht das, um auf Betriebstemperatur zu kommen.

»Gestern war er mal wieder in der Notfall-Ambulanz«, eröffnet sie mir und verdreht genervt die Augen. »Weil er zu geizig war, einen Elektriker zu bezahlen, und selbst versucht hat, eine defekte Steckdose zu reparieren. Dabei hat er einen Stromschlag abgekriegt. Und jetzt zuckt er immer so komisch mit dem linken Auge. Ach, dieser Mann ist einfach ein hoffnungsloser Fall.«

Einen Moment lang spiele ich mit dem Gedanken, Frau Zeigler über das Leben in den Neunzigerjahren auszufragen, lasse es nach kurzem Überlegen aber sein. Ihre Erinnerungen an die Neunziger dürften sich in erster Linie um ihren Raimund drehen. Ich kann mir lebhaft vorstellen, wie sie aussehen: *»1994 ist er beim Gardinenaufhängen von der Leiter gefallen. 1995 hat ihn ein Iltis gebissen. Und 1997 ist er in eine Baugrube gestürzt. Nein, warte … das mit der Baugrube war 1998. 1997 war das Jahr mit der Rauchvergiftung. Als er im Hausflur gegrillt hat.«*

Als Zeitzeugin ist Frau Zeigler denkbar ungeeignet. Aber vielleicht kann sie mir in einer anderen Sache weiterhelfen, die mich seit gestern ebenfalls beschäftigt …

»Sie erwähnen doch öfter mal, dass Sie kein Blatt vor den Mund nehmen«, leite ich die Unterhaltung in beiläufigem Ton ein.

»Das ist auch so!«, bekräftigt Frau Zeigler und reckt entschlossen das Kinn vor. »Ich sage, was ich denke, und lass mir von keinem den Mund verbieten.«

»Gab es nie eine Situation, in der es Ihnen mal die Sprache verschlagen hat? Eine Situation, in der Sie plötzlich ganz … schüchtern geworden sind?«

Frau Zeigler lacht dröhnend. »Schüchtern? Ich? Nee. Ganz bestimmt nicht. Niemals. Obwohl …« Sie hält inne, wird mit einem Mal verlegen, nestelt an ihrer Kittelschürze herum und wispert verschämt: »Na ja … einmal schon. Damals, als ich meinem Raimund zum ersten Mal begegnet bin. Als ich ihm gegenüberstand, habe ich keinen vernünftigen Ton rausbekommen. Hach, was war ich damals verschossen in ihn.« Einen Moment lang blickt sie verträumt ins Leere, bevor sie zum besseren Verständnis anfügt: »Er sah ja nicht immer so aus wie heute. Damals hatte er noch Haare und viel weniger Beulen und Dellen. Und ich wusste ja auch noch nicht, was er für ein Unglücksvogel ist. Aber kannst du mir verraten, warum dich das interessiert?«

»Ach … nur so«, murmele ich ausweichend, blicke zur Seite und wechsle hastig das Thema. »Ich muss mich auf die Socken machen. Zu Doro. Das *Puderzucker* öffnet gleich.«

Frau Zeigler guckt, als hätte sie mit Essig gegurgelt. »Diese Person!«, zischt sie naserümpfend. »Und? Tut sie noch immer Schichtkäse in den Käsekuchen?«

»Nicht nur in den Käsekuchen«, verkünde ich mit todernster Miene. »Auch in die Teilchen und die Windbeutel und in die Berliner. Sie macht jetzt alles mit Schichtkäse.«

»Berliner mit Schichtkäse? Die Welt ist verrückt geworden«, stöhnt Frau Zeigler und schüttelt fassungslos den Kopf. »Jedenfalls … halte den Hund vom Käsekuchen fern. Und von den Berlinern auch. Und um acht bist du zu Hause.«

Ich habe den Eindruck, dass es noch ein paar Grad heißer ist als gestern. Wir haben gerade mal acht Uhr, aber bereits auf dem Weg zum Boringer Platz gerate ich ins Schwitzen.

Für heute Nachmittag sind Gewitter vorhergesagt, die Abkühlung bringen sollen. Die können von mir aus gerne kommen. Ich habe nie verstanden, wie man sich vor Gewittern fürchten kann. Schon als ich klein war, haben sie mich fasziniert. Ich mag alles an einem Gewitter: die seltsame, unwirkliche Atmosphäre, wenn sich, kurz bevor es losgeht, der Himmel verdunkelt, die aus den Wolken zuckenden Blitze, das Krachen des Donners, das Geräusch des prasselnden Regens und wie frisch und intensiv alles duftet, wenn das Gewitter vorüber ist. Als wäre die Welt neugeboren. Das ist besser als jeder Film. Und auch noch ganz umsonst.

Doktor Herkenrath hat (natürlich) Angst vor Gewittern. Dabei könnte er ein bisschen Abkühlung gut gebrauchen; die Hitze macht ihm sichtlich zu schaffen. Er schleicht mit hängender Zunge über den Gehsteig und stürzt sich – kaum sind wir beim *Café Puderzucker* angekommen – auf den Wasser-Napf, als wäre er kurz vorm Austrocknen.

Ich lasse mir von Doro einen Milchkaffee spendieren und halte ein kurzes Schwätzchen mit ihr. Sie berichtet mir von dem Telefonat, das sie mit Mama hatte, und davon, dass sie ihr erzählt hat, ich würde im *Puderzucker* aushelfen.

»Ich habe deine Mutter nicht gerne angeschwindelt«, sagt sie. »Aber es war ja für einen guten Zweck. Wie läuft es denn so mit dem Hundetanz?«

»Öhm, gut. Sehr gut.«

»Echt?«, macht Doro und blickt zweifelnd auf meinen Cockerspaniel. »Und zu welcher Musik tanzt ihr?«

»Was von Elton John«, flunkere ich gedankenschnell. »*Crocodile Rock.* Doktor Herkenrath fährt voll drauf ab! Kann ich dich mal was Persönliches fragen, Doro?«

»Sicher. Worum geht es?«

»Wie war es, in den Neunzigerjahren zu leben?«

Doro wirft mir einen verwunderten Blick zu. »Wieso interessieren dich die Neunzigerjahre?«

Weil ich mit dem schüchternen Detektiv gerade in einem Mordfall aus dem Jahr 1997 ermittele und deshalb möglichst viel über diese Zeit erfahren möchte. Aber das sollte Doro besser nicht wissen. Also entgegne ich: »Bin einfach interessiert an der Vergangenheit. Und ein paar Sachen über die Neunziger weiß ich schon: dass die Währung damals D-Mark war, dass es viel weniger Autos gab, und dass sich Verliebte kleine Tonbänder mit Musik geschenkt haben.«

»Ach, ja … die Liebes-Mix-Kassetten«, sagt Doro und seufzt sehnsuchtsvoll.

»Was war der größte Unterschied zur heutigen Zeit?«, frage ich und blicke sie forschend an.

Doro legt die Stirn in Falten und spielt mit nachdenklicher Miene an ihren Dreadlocks rum. »Na ja …«, murmelt sie nach einer Weile. »Der Hauptunterschied ist sicher der, dass es noch keine Smartphones gab. Und das Internet war noch ganz am Anfang. Dadurch war das Leben damals langsamer. Alles war umständlicher. Was aber durchaus seine schönen Seiten hatte.«

»Aha?«, mache ich skeptisch. »Und welche?«

»Es gab einfach viel mehr Rätsel und Geheimnisse zu lösen. Wenn man irgendwas wissen wollte, konnte man sich nicht mal eben schnell die entsprechende Information aus dem Internet holen, sondern musste sich was einfallen lassen. Das war viel spannender. Zum Beispiel … wenn man im Radio einen unbekannten Song gehört hat und wissen wollte, was für ein Stück das ist, hat man versucht, sich die Melodie und den Text einzuprägen. Und dann hat man das Ganze sämtlichen Freunden vorgesungen, in der Hoffnung, dass einer von ihnen den Song erkennt. War das nicht der Fall, ist man in den Schallplatten-

Laden gelaufen und hat es dem Verkäufer vorgesungen. Und wenn man tatsächlich rausgekriegt hat, was für ein Song es war, war das jedes Mal wie ein inneres Silvester-Feuerwerk.«

»Sorry«, mache ich und zucke mit den Schultern. »Ich kapiere immer noch nicht, was daran toll gewesen sein soll. Da ist es doch viel praktischer, wenn meine Handy-App mir gleich verrät, welchen Song ich höre.«

»Ich versuche es mal anders zu erklären«, sagt Doro lächelnd. »Du liest doch gerne Kriminalromane. Stell dir vor, die Ermittler in diesen Romanen hätten eine App, in die sie alle Informationen über die Verdächtigen laden könnten. Und die App würde auf Grundlage dieser Informationen ausrechnen, wer von ihnen der Täter ist und dem Ermittler in Sekundenschnelle die Lösung des Rätsels präsentieren. Wie würde so ein Krimi aussehen? Seite eins: Der Täter begeht die Tat. Seite zwei: Der Ermittler füttert die App mit Infos über die Verdächtigen. Seite drei: Auflösung des Falles. Seite vier: Ende. Das ist so langweilig, dass kein Mensch es lesen wollte. Eine schnelle Antwort ist praktisch. Aber niemals spannend. Spannend ist der Weg von der Frage zur Antwort.«

»Ah«, mache ich verständig, weil mir das Beispiel halbwegs einleuchtet. Der Weg von der Frage zur Antwort (oder von der Tat bis zur Aufklärung des Falls) ist ja genau das, was ich an der Detektivarbeit spannend finde. Aber trotzdem … Verliebte, die sich Tonbänder schenken? Menschen, die in irgendwelche Läden laufen und Verkäufern was vorsingen? Die Neunziger müssen wirklich eine äußerst merkwürdige Zeit gewesen sein.

Bevor ich mich von Doro verabschiede, lasse ich mir noch ein paar Rosinenmürbchen einpacken. Damit Rory sich nicht mit leerem Magen an die Ermittlung machen muss.

Als Doktor Herkenrath und ich an der Sailenzer Straße aus der Bahn steigen, habe ich mir einen Ablaufplan für den heutigen Tag zurechtgelegt: Als Erstes nehmen wir uns Horst Kollmann vor. Wir sollten ihn erst wieder aus unseren Fängen lassen, wenn er uns erklärt hat, was es mit seinem blond gelockten Besucher im Glitzeranzug auf sich hat. Und warum er vor fünfundzwanzig Jahren Streit mit Penelope Braun hatte. Vor allem aber, wo er gestern wirklich war, als der Anschlag auf Diana Pesch verübt wurde.

Außerdem hoffe ich natürlich, dass die Erzieherin bald aus ihrem Schockzustand erwacht und wir neue Informationen von ihr bekommen.

Auch heute Morgen sind keine Rory-Fans vor der Agentur zu sehen. Dafür aber eine Handvoll Journalisten, die wie so häufig darauf warten, dass der Detektiv das Haus verlässt, um ihn mit Fragen zu seinen Fällen zu bestürmen.

Ich bin genauso wenig an Publicity interessiert wie Rory. Wenn meine Eltern mich in den Fernsehnachrichten oder auf der Titelseite einer Zeitung sehen, war es das mit der Detektivarbeit.

Also schlage ich mich seitlich in die Büsche, nehme den Hintereingang, für den Rory mir einen Schlüssel ausgehändigt hat, renne die Treppe hoch und will die Wohnungstür öffnen. Doch sie geht nur einen Spaltbreit auf, weil auf der anderen Seite ein Dosenstapel aufgebaut ist, der die Tür blockiert. Nachdem ich es geschafft habe, mich durch den Türspalt zu quetschen, sehe ich, dass der gesamte Flur mit Tiernahrung vollgestellt ist: die fünfhundert Dosen Mauzi-Katzenfutter, die der Detektiv sich hat aufschwatzen lassen.

Bei dem Anblick entringt sich mir ein Seufzer und ich denke: Nicht nur Frau Zeiglers Raimund ist ein hoffnungsloser Fall.

Als ich Rory in der Küche auffinde, fixiere ich ihn mit einem prüfenden Blick. »Sie haben doch nicht etwa noch mehr Sachen bestellt? Außer der Tonne Mauzi-Futter für ihre nichtexistierende Katze?«

»Ähm, nein. Natürlich nicht«, beteuert er und kratzt sich nervös am Kopf, bevor er mir schamhaft gesteht: »Nichts, außer, öhm, außer dem exklusiven Bart-Pflege-Set für vierhundert Euro. Der Herr am Telefon sagte, es wäre ein einmalig günstiges Angebot.«

Ich packe Rory an den Schultern und stelle ihn vor einen Wandspiegel. »Sehen Sie da irgendwo einen Bart?«, frage ich.

»Ähm, nein. Aber ich könnte ja irgendwann mal, äh …«

»War es das? Oder haben Sie sich *noch* irgendwas vollkommen Unnützes andrehen lassen?«

»Nur noch eine Versicherung«, informiert er mich kleinlaut. »Aber Versicherungen sind ja nie, öhm unnütz.«

»Was für eine Versicherung?«, bohre ich nach.

»Eine gegen, *hüstel, hüstel*, gegen Schäden durch Vulkanausbrüche.«

Ich schlage resigniert die Hände vors Gesicht und stöhne: »Als in dieser Gegend zum letzten Mal ein Vulkan ausgebrochen ist, liefen noch Dinosaurier über die Erde.«

»Na ja ... aber, man, ähm, man kann ja nie wissen«, verteidigt sich Rory schüchtern. »Wobei, die Beiträge sind doch recht hoch. Muss ich schon sagen.«

»Ich werde mich drum kümmern und versuchen, den Blödsinn rückgängig zu machen«, bescheide ich dem Detektiv, worauf er ziemlich erleichtert wirkt. »Aber natürlich erst, wenn wir unseren Fall geklärt haben. Und jetzt frühstücken wir erst mal.«

Ich schneide die Rosinenmürbchen auf und bestreiche sie mit Margarine, während Rory sich einen schüchternen Kaffee aufgießt.

Noch bevor ich den ersten Bissen zu mir nehmen kann, bekomme ich einen Anruf auf dem Handy. Es ist Dr. Franck, die mir aufgedreht berichtet: »Dianas Zustand ist unverändert. Aber ihre Adoptiveltern sind mittlerweile im Krankenhaus eingetroffen. Ich hatte ein Gespräch mit ihnen und habe dabei etwas erfahren, das der schüchterne Detektiv auch wissen sollte. Herr Pesch bleibt hier am Krankenbett seiner Tochter, aber seine Frau ist auf dem Weg zur Agentur. Ich habe ihr gesagt, dass sie unbedingt mit Rory sprechen muss. Sie hat sich ein Taxi genommen und müsste in Kürze bei euch ankommen.«

»Worum geht es denn?«, hake ich nach, aber die Schulleiterin entgegnet:

»Ich halte es für besser, wenn Frau Pesch euch das selbst erzählt. Ich fahre jetzt zurück ins Internat. Wir sehen uns später dort.«

Kaum habe ich dem schüchternen Detektiv vom Inhalt des Gesprächs berichtet, als unten auf der Straße ein Taxi hält.

Eine korpulente Frau mit Kurzhaarfrisur steigt aus, wirft einen verwunderten Blick auf die versammelte Reporter-Schar, macht einen weiten Bogen um sie und klingelt an der Tür.

~ 15 ~
Eine Suche und ein Glücksfall

»Ich bin Brigitte Pesch, die Adoptivmutter von Diana«, stellt sich die Frau vor, nachdem ich sie hereingebeten habe, und blickt dabei etwas irritiert auf die fünfhundert Dosen Mauzi-Futter.

»Matilda Bond. Ich bin die Assistentin von Rory Shy. Frau Dr. Franck hat uns gesagt, dass Sie kommen würden«, erkläre ich, bitte sie in die Küche und mache sie mit dem schüchternen Detektiv und Doktor Herkenrath bekannt, der sich in eine Ecke verzieht und die Frau skeptisch beäugt.

»Sehr, öhm, angenehm«, nuschelt Rory und bietet unserer Besucherin einen Stuhl an.

Brigitte Pesch setzt sich und presst ihre Handtasche gegen den Oberkörper, als hätte sie Angst, dass sie ihr geklaut werden könnte.

»Wie geht es Diana?«, erkundige ich mich.

»Sie … sie zeigt erste Reaktionen«, antwortet Frau Pesch mit brüchiger Stimme und blickt dabei nach unten. »Die Ärzte sind zuversichtlich, dass sie bald aus ihrer Starre erwacht.« Dann hebt sie den Kopf, räuspert sich und sagt: »Mein Mann und ich haben Dr. Franck im Krankenhaus getroffen. Sie sagte uns, dass Sie ... dass Sie im Fall von Penelopes Tod ermitteln. Und dass ich unbedingt mit Ihnen sprechen solle.« Sie schluchzt auf und stammelt unter Tränen: »Als Diana mir erzählt hat, dass sie eine Stelle auf Schloss Eichhorn antritt, wusste ich gleich, dass das ein schlimmes Ende nehmen würde.«

Wie bereits erwähnt: Es ist Rory äußerst unangenehm, wenn Tränen fließen. »Möchten Sie, öhm, möchten Sie vielleicht einen Kaffee?«, fragt er und windet sich dabei verlegen hin und her.

»Gerne.« Unsere Besucherin wischt sich mit der Hand übers Gesicht und lächelt dankbar. Als der Detektiv eine Tasse der dünnen Plörre vor ihr abstellt, guckt sie reichlich entsetzt, murmelt aber höflich: »Ich glaube, ich lasse ihn noch ein wenig abkühlen.« Dann holt sie tief Luft und offenbart uns: »Penelope Braun und ich waren entfernt verwandt: Cousinen dritten Grades. Im Kindesalter waren wir eng befreundet. Als Erwachsene haben wir uns dann etwas aus den Augen verloren, aber immer noch losen Kontakt gehalten: uns zu unseren Geburtstagen angerufen, Weihnachtskarten geschrieben und so weiter ...« Sie zögert einen Moment, bevor sie mit leiser Stimme fortfährt: »Mein Mann und ich konnten keine Kinder bekommen. Und als uns die schreckliche Nachricht von Penelopes Tod erreichte, war für uns sofort klar, dass wir ihre kleine Tochter aufnehmen würden. Ansonsten wäre Diana in staatliche Obhut gekommen. Penelope hatte keine anderen Verwandten, die sich um das Kind hätten kümmern können. Diana war zunächst als Pflegekind bei uns, zwei Jahre später haben wir sie adoptiert. Wir lieben sie, als wäre sie unsere eigene Tochter. Und auch Diana hat uns immer als ihre Eltern gesehen.«

»Aber ihr ist bewusst, dass sie adoptiert ist?«, frage ich nach.

»Ja. Als sie alt genug war, um es zu verstehen, haben mein Mann und ich ihr erklärt, dass ihre Mutter bei einem Unfall ums Leben gekommen ist. Und dass wir nicht ihre biologischen Eltern sind. Das hat aber nichts an unserem engen und liebevollen Verhältnis geändert.« Brigitte Pesch lächelt traurig in sich hinein: »Unfassbar, wie schnell die Zeit verging: Irgendwann war Diana eine junge Frau. Sie hat eine Ausbildung zur Erzieherin gemacht und begonnen, in einem Kindergarten zu arbeiten. Sie hat sich oft mit ihren Freunden getroffen, gern gelacht und war ein fröhlicher, positiver Mensch.« Die Miene der Adoptivmutter verdüstert sich mit einem Mal und sie murmelt: »Hätte ich nur niemals den dummen Gedanken gehabt, unseren Speicher aufzuräumen.«

»Ich, ähm, ich verstehe nicht«, sagt Rory, nippt an seinem schlappen Kaffee und blickt sie forschend an.

Frau Pesch fingert nervös am Verschluss ihrer Handtasche herum und wispert: »Ungefähr vor einem Jahr hatte ich die Idee, auf unserem Speicher mal richtig auszumisten. Sie wissen ja, wie das in den meisten Haushalten ist: auf dem Dachboden wird jahrelang jeder mögliche Krempel abgestellt, bis er so voll ist, dass man kaum noch treten kann. Es war höchste Zeit, etwas Platz zu schaffen. Diana hat mir geholfen – und ist dabei auf zwei alte Kartons gestoßen, die unter Unmengen von anderem Zeug begraben waren.« Unsere Besucherin blickt betreten drein und sagt: »In den Kartons waren Sachen von Penelope. Die Schule hatte sie uns nach ihrem Tod geschickt, weil wir die einzigen Verwandten waren. Ich habe damals nur einen kurzen Blick in die Kartons geworfen, gesehen, dass sie hauptsächlich Kleidung und Bücher enthalten, und sie auf den Speicher geräumt. Ich … ich wollte mich zu der Zeit einfach nicht damit beschäftigen. Diana, mein Mann und ich sollten doch eine Familie werden. Es galt, in die Zukunft zu schauen – nicht in die Vergangenheit. Und nachdem ich die Kartons auf dem Dachboden verstaut hatte, habe ich im Laufe der Jahre immer seltener an sie gedacht. Und sie irgendwann vollkommen vergessen.« Geistesabwesend greift Frau Pesch nach ihrer Tasse, nimmt einen Schluck schüchternen Kaffee und zieht im nächsten Moment ein Gesicht, als hätte ihr jemand Putzwasser eingeflößt.

»Keine Sorge. Mit Ihren Geschmacksnerven ist alles in Ordnung. Der Kaffee schmeckt hier immer so«, versichere ich und frage neugierig: »Was war in den Kartons?«

»Na ja, wie gesagt, hauptsächlich Kleidung und Lehrbücher. Aber als Diana sie sich näher ansah, stieß sie noch auf zwei andere Dinge. Zum einen auf ein Schmuckstück, das ihrer Mutter gehört hatte: eine Kette mit einem silbernen Anhänger in Form – «

»In Form eines Eichhörnchens«, führe ich ihren Satz zu Ende. Doktor Herkenrath schreckt bei dem Wort zusammen, schielt beunruhigt in meine Richtung und fiept ängstlich, während ich der verblüfften Frau Pesch erkläre: »Diana hat uns den Anhänger gezeigt. Und was hat sie noch gefunden?«

»Ein Tagebuch ihrer Mutter. Es hatte zwischen den Lehrbüchern gesteckt. Und ab da wurde alles anders.«

»Was meinen Sie?«, frage ich neugierig.

»Nachdem Diana das Tagebuch gelesen hatte, wollte ich natürlich wissen, was darin stand«, entgegnet Frau Pesch. »Aber sie wollte es mir nicht sagen. Sie wollte auch nicht, dass ich es lese. Sie sagte, was darin geschrieben sei, ginge nur sie und ihre Mutter etwas an. Es fiel mir schwer, doch ich habe ihren Wunsch respektiert. Aber dann begann Diana, sich zu verändern. Sie zog sich immer mehr zurück, verschloss sich und wurde grüblerisch. Und sie stellte mir immer häufiger Fragen über ihre Mutter. Sie wollte wissen, was ich über die Umstände ihres Todes wusste. Aber ich konnte ihr natürlich nur das sagen, was ich von anderen gehört hatte: dass Penelope eine Treppe hinabgestürzt war und dabei tödliche Verletzungen erlitten hatte.« Frau Pesch streicht sich mit den Fingern übers Kinn und fährt mit belegter Stimme fort: »Und dann hat Diana mir eines Tages offenbart, dass sie ihren Job im Kindergarten gekündigt hat und eine Stelle auf Schloss Eichhorn annehmen würde. Ich bin aus allen Wolken gefallen und habe sie gefragt, warum sie ausgerechnet da arbeiten wolle, wo Penelope ums Leben gekommen ist. Und da … da hat sie es mir gesagt.« Dianas Adoptivmutter verstummt und richtet den Blick auf die Tischplatte.

Irgendwie scheint es so was wie ein Naturgesetz zu sein, dass Menschen immer genau dann eine Pause einlegen, wenn es spannend wird.

»*Was* hat sie gesagt?«, bohre ich nach.

Als Frau Pesch aufblickt, sehe ich, dass ihr schon wieder Tränen in die Augen treten. Ihre Stimme zittert, als sie uns offenbart: »Diana sagte, sie hätte in dem Tagebuch etwas gelesen, das darauf hindeutet, dass Penelopes Tod kein Unfall gewesen sei. Sondern möglicherweise … Mord. Sie hat sich geweigert, mir Details zu erzählen, aber ich erfuhr, dass sie mit dem Tagebuch bei der Polizei gewesen ist und darauf gedrängt hat, dass in dem Fall noch einmal ermittelt würde. Aber nach Meinung der Behörden waren die Tagebucheinträge nicht eindeutig genug, um eine Wiederaufnahme der Untersuchung zu rechtfertigen. Diana hat mir in diesem Moment richtig Angst gemacht. Ich habe sie noch nie so entschlossen gesehen. Sie sagte: ›Wenn die Polizei nicht ermittelt, werde ich es tun. Ich will wissen, was meiner Mutter zugestoßen ist. Und ich werde es herausfinden.‹«

»Sie hat nicht zufällig erwähnt, ob sie jemand Bestimmten in Verdacht hatte?«, frage ich ohne allzu viel Hoffnung.

Unsere Besucherin schüttelt den Kopf und sagt: »Nein. So wie ich Diana verstanden habe, gab es mehrere Personen, die sie für verdächtig hielt. Sie hatte im Internet recherchiert und herausbekommen, dass diese Personen noch immer auf Schloss Eichhorn arbeiteten. Als sie mir das sagte, bekam ich es mit der Angst zu tun. Wenn sie recht hatte, wenn Penelope wirklich ermordet worden war und ihr Mörder noch immer auf Schloss Eichhorn lebte, dann … Diana war offenbar nicht klar, in welche Gefahr sie sich begab. Ich habe sie angefleht, die Stelle nicht anzutreten, aber sie war nicht von ihrem Entschluss abzubringen. Ich habe gleich geahnt, dass das nicht gut ausgeht. Und nun …« Brigitte Pesch blickt den schüchternen Detektiv forschend an und fragt: »Das mit dem Blumenkübel war kein Unfall, oder?«

»Ich, ähm, ich befürchte … öhm, nein«, antwortet Rory.

Woraufhin unsere Besucherin schmerzvoll das Gesicht verzieht und aussieht, als würde sie erneut mit den Tränen kämpfen.

»Ihre Adoptivtochter ist ja zum Glück nicht verletzt worden. Und im Krankenhaus ist sie in Sicherheit«, versuche ich Frau Pesch zu beruhigen. »Diana wird sicher bald aus diesem schockartigen Zustand erwachen. Sie müssen sich keine Sorgen mehr machen.«

Sie nickt stumm, erhebt sich vom Stuhl und sagt: »Ich muss zurück zu Diana. Ich möchte bei ihr sein. Das Taxi steht noch unten, ich habe den Fahrer gebeten zu warten. Also, wenn Sie keine Fragen mehr haben …?«

»Öhm, äh, eine Frage hätte ich schon noch«, merkt Rory schüchtern an. »Das, ähm, Tagebuch … wissen Sie, wo es sich jetzt befinden könnte?«

Brigitte Pesch legt die Stirn in Falten und sagt nach kurzem Überlegen. »Also … eigentlich kann es nur in Dianas Dienstwohnung sein. Im Internat.«

»Das Tagebuch von Penelope Braun! Das war es, was Diana uns zeigen wollte!«, schnattere ich aufgeregt, als wir zu Amadeus in die Limousine steigen.

Frau Pesch habe ich meine Handynummer gegeben. Sie hat versprochen, uns zu informieren, sobald ihre Adoptivtochter aus ihrer Schockstarre erwacht.

Eines ist klar: Dieser Tag wird anders ablaufen als geplant. Das Mangeln und Quetschen von Horst Kollmann muss warten. Das Tagebuch zu finden, hat jetzt absoluten Vorrang.

Je näher wir unserem Ziel kommen, desto zappeliger und nervöser werde ich.

Doktor Herkenrath ist auch zappelig. Weil ihm offenbar klar ist, dass die Fahrt wieder ins Feindesland führt, wo ihn eine Horde krawalliger Eichhörnchen erwartet.

Als Amadeus uns vor dem Tor des Schlossparks absetzt, fragt er in seiner vornehmen, überhöflichen Chauffeur-Art: »Wünschen Sie, dass ich vor Ort verbleibe? Ansonsten würde ich es so halten wie gestern, in die Stadt zurückfahren und mich dort zu Ihrer Verfügung halten.«

»Öhm, ja, das, äh, das sollten Sie tun, Amadeus. Es ist nicht notwendig, dass Sie …«

Der alte Fahrer nickt verstehend und verabschiedet mich mit den Worten: »Scheuen Sie sich nicht, mich jederzeit anzurufen, Frau Bond. Egal, ob Sie mich in meiner Funktion als Chauffeur benötigen, oder …«, Amadeus lächelt und zeigt dabei seine wohlgepflegten dritten Zähne, »… oder wegen meiner Fähigkeiten als Boxer. So wie in Ihrem letzten Fall. Ich wünsche Ihnen einen erfolgreichen und produktiven Tag.«

Es ist so schwül und drückend, dass ich schon nach wenigen Metern durch den Park in Schweiß gebadet bin. Der Detektiv ist auch heute offenbar zu schüchtern zum Schwitzen. Aber natürlich überfällt ihn beim Anblick des Französischen Gartens sofort wieder tiefste Erschöpfung und er taumelt über den Kiesweg wie ein grippekranker Zombie. Geblendet von der grellen Sonne, kneift er die Augen zusammen.

»Haben Sie Ihre Sonnenbrille an Elton John verliehen? Oder trauen Sie sich nicht mehr, sie aufzusetzen, nachdem Charlotte sie Ihnen madiggemacht hat?«, frage ich giggelnd.

Rory ist nicht in der Stimmung für kleine Sticheleien unter Freunden. Er lächelt nur matt.

Ich zücke mein Handy, rufe Frau Dr. Franck an und teile ihr mit, dass wir vor Ort sind und unsere Ermittlung fortsetzen werden.

Als wir uns dem Schloss nähern, sehe ich Erhan Aktas in kurzer Hose und Laufschuhen aus dem Gebäude treten. Die Hitze hält ihn nicht davon ab, sein Sportprogramm durchzuziehen. Der Erzieher macht ein paar kurze Dehnübungen, dann joggt er los und verschwindet wenige Sekunden später im Wald hinter dem Internat.

Ansonsten ist weit und breit kein Mensch zu sehen. Auch die Eingangshalle ist leer. Aber während ich Doktor Herkenrath vorsorglich die Augen zuhalte, damit er beim Anblick des Eichhörnchen-Banners nicht in Panik gerät, biegt plötzlich Danny Bekono auf einem Skateboard um die Ecke.

»Oh, guten Morgen«, begrüßt er uns fröhlich, springt von dem Board ab und sagt: »Ich komme gerade aus dem Büro von Dr. Franck. Sie hat mir gesagt, dass es Diana den Umständen entsprechend gut geht. Bin unterwegs, um Rosalind die frohe Kunde zu überbringen. Mann, was für eine Erleichterung. Das hätte auch ganz anders ausgehen können.«

»Ähm, ja«, murmelt Rory verlegen, während ich Danny bitte:

»Könntest du, äh, würdest du, ähm, wärst du vielleicht so

nett, uns zu zeigen, wo die Dienstwohnung von Diana Pesch ist? Also, nur wenn es dir keine Umstände …«

»Na klar. Mache ich doch gerne, Matilda«, sagt er und fügt grinsend hinzu: »Falls du noch immer so heißt. Da kann man sich bei dir ja nicht unbedingt sicher sein.«

Hahahahaha. Sehr komisch, Mr. Oberwitzig, denke ich und höre mich im nächsten Moment verlegen stottern: »Öhm, nein, äh … weiterhin Matilda.«

Heiliges Kanonenrohr! Ich fasse es nicht, dass schon wieder nur schüchternes Gestammel aus meinem Mund dringt. Es ist, als würde ich einer Fremden zuhören. Ganz kurz schießt mir durch den Kopf, was Frau Zeigler über ihre Schüchternheit erzählt hat. Damals, als sie sich in ihren Raimund verliebt hat. Aber das war ja was völlig anderes. Schließlich bin ich nicht verknallt. Ganz bestimmt **nicht!** Oder …?

»Alles in Ordnung mit dir, Matilda«, fragt Danny und blickt mich forschend an. »Du guckst ja plötzlich, als wärst du einem Geist begegnet.«

»Öhm, nein, äh, alles in Ordnung«, stammle ich. »Alles, ähm, alles gut.«

Und dabei laufe ich zu allem Überfluss auch noch rot an.

Danny Bekono führt Doktor Herkenrath, Rory und mich in den Teil des Gebäudes, in dem sich die Dienstwohnungen befinden, zeigt auf eine Tür am Ende des Ganges und sagt: »Das ist das Appartement von Diana. Worum geht es denn eigentlich?«

»Das kann ich leider nicht, öhm … Vielen Dank, jedenfalls. Wir kommen ab jetzt alleine klar«, entgegnet Rory. Was eigentlich nur eine höfliche Art ist, Danny zu sagen, dass er sich doch bitte verkrümeln soll.

Bei dem scheint die Nachricht aber nicht anzukommen. Er späht neugierig über Rorys Schulter, als der Detektiv die Tür des Appartements mit dem Generalschlüssel öffnet, und lässt keinerlei Absicht erkennen, sich zu verdünnisieren.

Offenbar muss ich deutlicher werden. Was mir leider nur sehr unzureichend gelingt. »Wir würden dann gerne mit unserer Ermittlung fortfahren. Öhm … alleine«, murmele ich lahm und blicke dabei zu Boden.

»Echt?«, macht Danny mit enttäuschtem Gesicht. »Auch wenn ich verspreche, mucksmäuschenstill zu sein und mich im Hintergrund zu halten? Dann könnte ich später exklusiv über den Fall in der *Ratatosk* schreiben: *Dem Verbrechen auf der Spur: Redakteur Danny Bekono begleitet Rory Shy und seine schüchterne Assistentin bei Ermittlungen.*«

Ich gebe dir gleich »schüchterne Assistentin«!

»Äh, nein. Das, öhm, geht wirklich nicht. Tut mir leid«, nuschele ich.

Danny gibt einen enttäuschten Seufzer von sich. »Wäre ja auch zu schön gewesen. Na gut, dann bis später.«

Wir warten, bis er verschwunden ist, und betreten die Wohnung der Erzieherin. Die besteht nur aus einem winzigen Bad und einem Wohn-/ Schlafzimmer mit einer Kochecke. Durch ein Fenster schaut man auf den Wald hinter dem Schloss.

Rory ist deutlich anzusehen, dass er von Skrupeln geplagt wird. Es ist ihm aufs Höchste unangenehm, in die Privatsphäre anderer Menschen einzudringen. Richtig wohl ist mir bei dieser Aktion auch nicht. Eine Wohnung ohne offizielle Zustimmung der Wohnungsinhaberin zu betreten und zu durchsuchen, ist sicher nicht ganz legal und auch moralisch zweifelhaft. Aber was bleibt uns anderes übrig? Schließlich geht es darum, den Mörder von Penelope Braun zu überführen. Weswegen Diana Pesch sicher nichts gegen unser Vorgehen einzuwenden hätte. Außerdem suchen wir nach etwas, das sie uns sowieso zeigen wollte.

Ich lasse meinen Blick durch das Appartement wandern: kein Tagebuch zu sehen. Aber ich habe auch nicht erwartet, dass es offen herumliegt. Diana Pesch war vorsichtig. Sicher hat sie es irgendwo versteckt.

Die geringe Größe der Wohnung kommt uns natürlich entgegen. Wenn das Tagebuch tatsächlich hier ist, dürften wir nicht allzu lange brauchen, um es zu finden.

In dem Appartement ist es heiß und stickig, die Luft riecht abgestanden. Ich reiße das Fenster weit auf – was leider nicht den erhofften Frischluft-Effekt hat, sondern nur bewirkt, dass sich die heiße Luft von draußen mit der heißen Luft von drinnen vermischt.

Gerade als ich mich vom Fenster abwenden will, bemerke

ich eine Erscheinung in einem hellen Sommerkleid, die sich mit kleinen Trippelschritten auf den Wald zubewegt: Frauke Keller.

»Sehen Sie nur!«, sage ich zu dem Detektiv, ziehe ihn zur Seite und deute nach draußen: Die Lehrerin schleicht zum Waldrand und blickt dabei immer wieder über die Schulter zurück, so als wollte sie sichergehen, dass sie nicht beobachtet wird.

»Finden Sie nicht, dass sich die Dame seltsam verhält?«, flüstere ich Rory zu, nachdem Frauke Keller zwischen den Bäumen verschwunden ist. »Erst versteckt sie ihren Besuch vor uns und jetzt stiehlt sie sich heimlich in den Wald? Warum? Was hat sie zu verbergen? Wir sollten –«

Ich verstumme, weil ich vor dem Fenster ein leises Scharren gehört habe. Rory hat es ebenfalls wahrgenommen und blickt überrascht auf.

So schüchtern und fahrig der Detektiv bei Befragungen ist – wenn es drauf ankommt, kann er schnell und entschlossen handeln: Er langt mit dem Arm nach draußen, in einen Busch unter dem Fenster, und bekommt ein Ohr zu fassen. »Au! Nicht! Das tut weh«, protestiert der Besitzer des Hörorgans, als Rory ihn an seinem Lauscher in die Höhe zieht: Danny Bekono!

»Tut mir leid, dass ich gehorcht habe«, beteuert er, reibt sein schmerzendes Ohrläppchen und erklärt mit einem schiefen Lächeln: »Das ist meine journalistische Neugier. Ich kann einfach nicht anders.«

»Was, öhm, was hast du gehört?«, will ich wissen.

»Na ja …«, macht er und guckt verschmitzt. »Das, was du über Frau Keller gesagt hast. Über den Besucher, den sie euch nicht zeigen wollte. Und dass du dich fragst, warum sie heimlich in den Wald schleicht. Und ich glaube, ich kann dir da weiterhelfen.«

»Was meinst du?«, sage ich und lege die Stirn in Falten.

»Ich bin mir ziemlich sicher, dass es sich bei ihrem geheimnisvollen Besucher um Erhan gehandelt hat«, verkündet Danny Bekono breit grinsend.

»Erhan Aktas?«, entfährt es mir überrascht.

Danny nickt. »Die beiden sind ein Liebespaar. Das versuchen sie aber geheim zu halten. Anscheinend befürchten sie, sonst zum Schulgespräch zu werden. Sie treffen sich meist im Wald. Erhan gibt immer vor, dass er joggt, und sie tut so, als würde sie spazieren gehen.«

»Und woher, öhm, woher weißt *du* davon?«, frage ich überrascht.

»Bin eines Nachmittags durch den Wald gestromert. Und da habe ich sie zufällig gesehen«, entgegnet Danny. »Sie haben schmalzige Liebesschwüre ausgetauscht: *Du bist alles für mich! Ich kann nicht ohne dich leben! Ich würde alles für dich tun!* Und dann haben sie … du weißt schon.« Er schürzt die Lippen und macht schmatzende Kussgeräusche.

»Äh, ja, verstehe«, murmele ich und laufe zu meinem Leidwesen schon wieder tomatenrot an.

»Ich habe bisher keinem davon erzählt«, erklärt Danny Bekono. »Ist schließlich Privatsache von Erhan und Frau Keller und geht niemanden was an. Aber wenn es euch bei der Ermittlung hilft ...«

»Öhm, danke für die Information«, nuschelt Rory und räuspert sich ausgiebig. »Wenn du uns jetzt nur bitte wirklich alleine, ähm ...«

»Schon klar. Keine Presse erwünscht«, sagt Danny, zuckt bedauernd mit den Schultern und trollt sich von dannen.

Frauke Keller und Erhan Aktas sind also ein heimliches Liebespaar. Das erklärt so einiges, denke ich.

Verhalten sich Menschen merkwürdig, ist man als Detektivin natürlich geneigt, dahinter ein dunkles Geheimnis zu vermuten. Irgendwie finde ich es beruhigend, dass es manchmal auch ganz harmlose Erklärungen gibt. Liebe, zum Beispiel. Obwohl ich nicht wirklich kapiere, warum man daraus ein Geheimnis machen muss. Liebe ist ja schließlich nicht verboten. Aber offenbar verkomplizieren Erwachsene solche Dinge gerne. Ein Grund mehr, möglichst lange zwölf zu bleiben!

Ich warte, bis ich sicher bin, dass Danny außer Hör- und Sichtweite ist, dann blicke ich Rory forschend an und frage: »Und? Empfangen Sie ein Signal von dem Tagebuch?«

»Öhm, nein. Merkwürdigerweise nicht«, murmelt er und wirkt etwas ratlos.

»Dann bleibt uns nichts anderes übrig, als alles auf den Kopf zu stellen«, seufze ich und lasse meinen Blick durch das Appartement wandern.

Rory kratzt sich am Hals und hüstelt verlegen. »Ähm, du weißt doch, Matilda. Es ist mir unangenehm in die Privatsphäre anderer Menschen, öhm … es wäre mir daher sehr lieb, wenn du die Durchsuchung vielleicht alleine …?«

»Na schön«, entgegne ich wenig begeistert, als etwas geschieht, das mir jegliche Suche erspart: Plötzlich und ohne jede Vorwarnung landet ein Eichhörnchen auf dem Fensterbrett! Doktor Herkenrath jault beim Anblick des Nagetiers auf, als hätte ihm jemand auf den Schwanz getreten, macht vor Schreck einen Satz rückwärts und landet mit dem Hintern auf einer Bodendiele – die katapultartig nach oben schnellt und den Blick auf einen Hohlraum im Boden freigibt!

~ 16 ~
Ein plötzlicher Einfall

Während ich noch völlig verdattert auf das Loch im Boden starre, reagiert der Detektiv schon: Er lässt sich auf die Knie fallen, fährt den Arm aus und greift mit der rechten Hand in die Vertiefung.

»Na bitte. Da hätten wir die gestohlenen Personalakten«, sagt er und zieht vier dünne Ordner aus dem Versteck. »Und hier … hier ist auch das Tagebuch.«

Rory hält ein schwarzes Büchlein in die Höhe, das in mehrere Lagen Frischhaltefolie gewickelt ist. Diana Pesch wollte offenbar verhindern, dass es in seinem Versteck feucht wird. Die Folie dürfte allerdings auch dafür verantwortlich sein, dass der Detektiv kein Signal empfangen konnte.

»Ohne deine Eichhörnchen-Panik hätten wir das Buch nie gefunden. Gute Arbeit, Doktor Herkenrath«, lobe ich meinen Cockerspaniel und streiche ihm anerkennend über den Kopf.

So glücklich wie er mich anschielt, könnte man glauben, dass er mich verstanden hätte. Wahrscheinlich ist er aber nur erleichtert darüber, dass sich das Eichhörnchen nach seiner kurzen Stippvisite vom Fensterbrett verzogen hat und in die Bäume entschwunden ist.

Nachdem Rory es geschafft hat, das Buch von der Folie zu befreien, schlägt er es nicht etwa auf, sondern übergibt es mir. Klar – wem es schon unangenehm ist, eine Wohnung zu durchsuchen, der kriegt bei der Vorstellung, das Tagebuch eines anderen Menschen lesen zu müssen, schüchterne Beklemmungen.

Verlegen lächelnd wispert der Detektiv: »Tagebuchaufzeichnungen sind ja doch etwas sehr Intimes. Da möchte ich, öhm, nicht so gerne … Wenn du so liebenswürdig wärst und, äh … Vielleicht könntest du mir ja vorlesen. Nur die Stellen, die für unseren Fall von Belang sind. Alles andere sollte, *hüstel, hüstel,* privat bleiben.«

Ich schlage die schmale Kladde auf, blättere vor bis zu einem Datum, ein paar Tage vor dem Tod der Lehrerin, und beginne die Einträge zu studieren.

Aus den Aufzeichnungen geht hervor, dass sie zu jener Zeit vor allem der Streit beschäftigt hat, den sie mit Camilla Herbst wegen der zerbrochenen Puppe hatte. Ansonsten schildert sie ganz alltägliche Begebenheiten: dass ihre kleine Tochter einen Schnupfen hatte und kränkelte. Oder, dass sie daran dachte, private Nachhilfestunden anzubieten, um ihre Finanzen aufzubessern. Manchmal schreibt sie auch nur, was es zu essen gab und was sie abends im Fernsehen geschaut hat.

Nichts daran klingt merkwürdig oder verdächtig oder im Geringsten danach, als hätte sie Angst um ihr Leben gehabt.

Dann aber, einen Tag vor ihrem Tod, verändert sich der Ton der Einträge, als Penelope Braun ein verstörendes Erlebnis schildert.

»Hören Sie sich das an«, sage ich zu Rory und lese laut: *»Dienstag, der 13. Mai 1997. Irgendetwas Merkwürdiges geht an dieser Schule vor. Heute Nachmittag hatte ich Bibliotheksdienst und dabei ist mir etwas Seltsames aufgefallen: In den zwei Stunden, die ich dort war, kamen (in kurzen zeitlichen Abständen) immer wieder Oberstufenschüler und -schülerinnen in die Bibliothek, die alle das gleiche auffällige Verhalten an den Tag legten: Sie stiegen die Treppe zur Galerie hoch, hielten sich dort aber nur kurz auf und verließen die Bücherei nach zwei oder drei Minuten wieder. Keiner von ihnen hat ein Buch ausgeliehen oder sich hingesetzt, um in der Bibliothek zu lesen. Ich konnte meinen Platz am Ausleihe-Schalter nicht verlassen, um nachzusehen, was genau auf der Galerie vor sich geht. Vielleicht ist mein Misstrauen unbegründet und es gibt eine ganz harmlose Erklärung, aber ich hege die Befürchtung, dass es bei dieser merkwürdigen Sache um etwas Illegales geht, eventuell um Drogengeschäfte unter den älteren Schülern. Die Sache lässt mir keine Ruhe. Ich habe mir vorgenommen, den morgigen Nach-*

mittag in der Bibliothek zu verbringen und die Situation im Auge zu behalten.«

»Drogengeschäfte unter Schülern?«, murmelt Rory in zweifelndem Ton. »Das, ähm, könnte zwar erklären, warum ein Geldschein in dem *Lehrbuch der algebraischen Geometrie* gesteckt hat. Aber ich frage mich … ähm, lies doch bitte weiter Matilda.«

Mit klopfendem Herzen blättere ich die Seite um.

Mittwoch, 14. Mai 1997, 18 Uhr. Der letzte Eintrag in dem Buch. Der letzte Eintrag vor Penelope Brauns Tod.

»Ich weiß nun, was in der Bibliothek passiert!«, lese ich, während mir der Detektiv mit angespanntem Gesicht zuhört. *»Es geht nicht um Drogen. Aber dennoch um etwas höchst Kriminelles. Und darin sind nicht nur Schüler und Schülerinnen, sondern auch ein Lehrer oder eine Lehrerin von Schloss Eichhorn verstrickt!*

Was ich herausgefunden habe, erschüttert mich so sehr, dass meine Hand zittert, während ich diese Zeilen schreibe.

Heute Nachmittag habe ich mich in eine der Leseecken gesetzt und so getan, als sei ich damit beschäftigt, eine Unterrichtsstunde vorzubereiten.

Dabei konnte ich das gleiche Schauspiel wie gestern beobachten: Oberstufenschüler, die in die Bücherei kamen, zielgerichtet die Galerie ansteuerten, sich dort kurz aufhielten – und die Bibliothek wieder verließen.

Nachdem das mehrfach geschehen war, habe ich mich in einem unbeobachteten Moment auf die Galerie gestohlen, hinter einem Regal versteckt und gewartet.

Wenige Minuten später kam Felix Wenke, ein Zwölftklässler, die Treppe hochgeschlichen. Ich beobachtete aus meinem Versteck, wie er ein Buch aus dem Regal nahm, ein zusammengefaltetes Blatt Papier, das zwischen den Seiten gesteckt hatte, daraus hervorzog und es unter seinem Sweatshirt verbarg. Dann nahm er einen Geldschein aus seiner Hosentasche, legte ihn in das Buch, stellte es an seinen Platz zurück und marschierte schnellen Schrittes aus der Bibliothek.

Nachdem er fort war, habe ich das Regal, vor dem er sich herumgedrückt hatte, genauer inspiziert: Ich stieß auf drei Bücher, zwischen deren Seiten Geldscheine lagen. In zwei Fällen ein Tausendmark-Schein, in dem dritten Buch waren es zwei Fünfhunderter. Während ich noch überlegte, was dahinterstecken könnte, fand ich in einem weiteren Buch einen zusammengefalteten Papierbogen, gleich dem, den Felix Wenke an sich genommen hatte. Ich faltete ihn auseinander und sah, dass es Aufgaben für eine Mathematik-Kursarbeit waren. Inklusive Lösungen!

Ein wenig habe ich gebraucht, aber dann dämmerte mir, was hier vor sich geht: Ein Kollege oder eine Kollegin von mir verkauft Lösungen für Mathe-Arbeiten! Er oder sie verhökert gute Noten gegen Bargeld!

Und die Bibliothek dient dabei als Umschlagplatz für den betrügerischen Handel! Dadurch, dass die Lösungsblätter und das Geld in die Bücher gesteckt werden, müssen Käufer und Verkäufer sich nicht persönlich begegnen. Würde ein Lehrer dabei beobachtet, wie ihm ein Schüler Geld zusteckt, stünde natürlich sofort der Verdacht des Betrugs und der Bestechlichkeit im Raum. Gibt es keinen direkten Kontakt, kann auch niemandem etwas nachgewiesen werden.

Wahrscheinlich funktioniert es so, dass den Schülern im Vorhinein einfach das Buch genannt wird, in dem sie die Lösungen finden können und das Geld hinterlegen müssen. Vielleicht auch noch eine bestimmte Zeit, zu der sie dies tun sollen.

Was mir aber am meisten zu schaffen macht, ist die Erkenntnis, dass der Drahtzieher hinter dieser Sache nur eine der drei Lehrkräfte sein kann, die Mathematik in der Oberstufe unterrichten: Magnus Kautz, Frauke Keller oder Camilla Herbst.

Und nun sitze ich hier im Vertrauenslehrerbüro und ringe mit mir, was ich tun soll: Eigentlich müsste ich alles sofort der Schulleitung melden, die sicherlich die Polizei einschalten wird. Schließlich geht es um Betrug.

Aber ich will die Person, die für diesen Betrug verantwortlich ist, persönlich zur Rede stellen. Ich will wissen, was sie dazu gebracht hat, all unsere pädagogischen Ideale über Bord zu werfen und sich bestechen zu lassen. Ich will es aus ihrem eigenen Mund hören.

Der- oder diejenige muss irgendwann in die Bibliothek kommen, um das Geld aus den Büchern zu nehmen. Und höchstwahrscheinlich wird diese Person die späten Abendstunden dazu nutzen, wenn sie relativ sicher sein kann, dort auf niemanden zu treffen.

Sobald meine Vertrauenslehrer-Sprechzeit vorüber ist, werde ich zurück in die Bücherei gehen und mich auf der Galerie verstecken.

In wenigen Stunden werde ich wissen, wer hinter diesem ruchlosen Betrug steckt!«

Ich lasse das Buch sinken und blicke zu Boden. Trotz der Hitze fröstele ich plötzlich und spüre, dass mir der Tod der Lehrerin nahegeht. Als hätte ich sie gekannt. Bisher habe ich es als detektivische Herausforderung empfunden, den Mord an ihr aufzuklären. Aber jetzt – nach diesem Einblick in ihre Gedankenwelt – ist es irgendwie zu etwas Persönlichem geworden.

Angestrengt versuche ich, das Gefühl der Traurigkeit abzuschütteln und mich auf die Fakten zu konzentrieren. So, wie der schüchterne Detektiv es tut. Er hat sich vom Boden erhoben, läuft mit grüblerischer Miene im Zimmer auf und ab und murmelt dabei leise in sich hinein. Das tut er immer, wenn er versucht, Ordnung in seine Gedanken zu bringen.

»Sie hatten völlig recht«, sage ich nach längerem Nachdenken. »Der Tod von Penelope Braun hatte mit Mathematik zu tun. Wenn auch in einer Weise, die ich nicht vermutet hätte: Es ging um Betrug! Um gekaufte Mathe-Noten. Für die Person, die dieses betrügerische System aufgebaut hatte, stand viel auf dem Spiel: wäre die Sache aufgeflogen, wäre sie sofort entlassen worden. Außerdem hatte sie eine Gefängnisstrafe zu erwarten. Und als Penelope Braun sie in der Bibliothek zur Rede gestellt und gedroht hat, sie zu melden, hat diese Person sie die Treppe hinabgestoßen. Wahrscheinlich ging dem ein Kampf voraus. Das würde den Geldschein-Schnipsel in Penelopes Hand erklären.«

»Ja«, sagt Rory leise und nickt bestätigend, während ich fortfahre:

»Nachdem Diana Pesch das Tagebuch ihrer Mutter gelesen hatte, dürfte sie zu den gleichen Schlüssen gekommen sein. Sie hat auf eigene Faust ermittelt und durch die Botschaft in der Zeitkapsel versucht, eine Reaktion des Täters zu provozieren. Als wir dann in die Ermittlung eingestiegen sind, war er gewarnt. Er hat unser Gespräch mit Diana vor der *Ratatosk*-Redaktion belauscht und den Anschlag mit dem Blumenkübel auf sie verübt, damit sie keine Informationen an uns weitergeben konnte.«

Diesmal sagt Rory zu meiner Überraschung nicht *Ja.* Er nickt auch nicht bestätigend, sondern kratzt sich nervös an der Stirn und macht: »Hmmh …« Dann hüstelt er mehrfach und macht noch einmal: »Hmmh …«

»Was ist?«, frage ich verdutzt. »Glauben Sie, ich liege mit meiner Vermutung daneben?«

»Hmmh ...«, macht der Detektiv erneut und legt die Stirn in Falten.

Offenbar ist Hmmh *das neue* Öhm, denke ich.

Rory zupft nachdenklich an seinem Ohrläppchen und befindet: »Alles, was du sagst, erscheint völlig logisch. Wäre da nicht diese eine Sache, die mich völlig verwirrt: Wieso hat die Person, als sie den Blumenkübel vom Balkon stieß, diese seltsame Gefühlsmischung aus Angst und Liebe empfunden? Warum sie Angst hatte, ist – wie du ja angemerkt hast – nachvollziehbar: Weil sie befürchtete, enttarnt zu werden. Aber ... Liebe? Warum hat die Person in diesem Moment Liebe empfunden?« Der Detektiv stutzt plötzlich, kneift nachdenklich die Augen zusammen und murmelt: »Vielleicht lautet die Frage, die wir uns stellen sollten, aber auch gar nicht *Warum?*, sondern *Für wen? Für wen hat sie Liebe empfunden?*«

»Für wen?«, wiederhole ich irritiert, aber bevor ich mich näher mit diesem gedanklichen Ansatz beschäftigen kann, ist Rory bereits dazu übergegangen, meine Theorie weiter zu zerpflücken.

»Außerdem sollten uns die Tagebucheintragungen nicht dazu verleiten, Horst Kollmann als möglichen Täter auszuschließen«, sagt er. »Wie wir durch Rosalind wissen, hat er uns gestern bezüglich seines Alibis angelogen. Er war nicht im Geräteschuppen, sondern kam aus dem Schulgebäude. Das heißt, er könnte sehr wohl derjenige gewesen sein, der den Blumenkübel vom Balkon gestoßen hat. Wir wissen zudem, dass er am Nachmittag vor Penelope Brauns Tod eine Auseinandersetzung mit ihr hatte. Die Tagebuchaufzeichnungen legen den Schluss nahe, dass das Motiv für die Tat der Noten-Betrug war. Aber es könnte sich auch ganz anders abgespielt haben: Penelope und der Hausmeister haben diesen Streit. Anschließend geht sie in die Bibliothek und will sich dort verstecken, um die Person, die für den Betrug verantwortlich ist, zur Rede zu stellen. Aber dazu kommt es nie. Weil sie vorher Horst Kollmann begegnet. Vielleicht treffen sie zufällig in der Bücherei aufeinander, vielleicht ist er ihr gefolgt … Auf jeden Fall ist er noch immer wütend auf sie, verliert die Kontrolle, es kommt zu einer Rangelei und …«

»Na ja … möglich wäre das schon«, muss ich zugeben. Ich halte es zwar für wahrscheinlicher, dass der Täter sich unter den Lehrkräften befindet, doch ganz von der Hand zu weisen, ist Rorys Hausmeister-Theorie auch nicht.

Dank der Tagebuchaufzeichnungen kennen wir nun das (mögliche) Motiv für den Mord an Penelope Braun. Aber die Lektüre hat nicht dazu beigetragen, den Kreis der Verdächtigen zu verkleinern. Nach wie vor kommen die drei Lehrer und – wenn man Rorys Argumenten folgen will – auch Horst Kollmann in Betracht.

»Irgendwie habe ich das Gefühl, dass wir uns festgefahren haben«, stöhne ich. Bei unseren ersten beiden Fällen war es Rorys außergewöhnliche Fähigkeit, Gegenständen Informationen zu entlocken, die uns entscheidende Erkenntnisse gebracht hat. Aber die funktioniert bei einem *Cold Case* leider nur sehr eingeschränkt.

»Gäbe es doch nur einen Gegenstand, von dem wir sicher wüssten, dass er sich zum Zeitpunkt der Tat in der Bibliothek befunden hat, und den in der Zwischenzeit nicht schon tausend Hände berührt haben«, sage ich in resigniertem Ton. »Dann könnten wir –« Mitten im Satz verstumme ich. Weil mich unversehens ein Geistesblitz ereilt! »Der Anhänger!«, schießt es aus mir heraus. »Warum ist mir das nicht vorher eingefallen?«

»Äh, was?«

»Der Eichhörnchen-Anhänger!«, trompete ich so laut in den Raum, dass Doktor Herkenrath zusammenzuckt und furchtsam winselt. »Der Anhänger von Diana Pesch. Er hat ihrer Mutter gehört! Vielleicht hat Penelope Braun ihn am Tag ihres Todes getragen. Dann könnten Sie vielleicht …«

Dem Detektiv klappt ob dieser plötzlichen Erkenntnis die Kinnlade runter. »Ja, ähm, natürlich!«, stottert er freudig. »Sehr gut. Das ist, ähm, sehr gut, Matilda. Ich frage mich nur, wie wir jetzt so schnell an den Anhänger kommen, um, äh …«

»Keine Sorge. Ist schon in Arbeit«, entgegne ich, greife nach meinem Smartphone und rufe Brigitte Pesch an.

Ich erkläre ihr, dass wir Dianas Anhänger für unsere Ermittlung benötigen, und dass jemand im Krankenhaus vorbeikommen wird, um ihn abzuholen. Sie ist zwar höchst verwundert über mein Anliegen, verspricht aber, uns das Schmuckstück zu überlassen.

»Dianas Zustand hat sich weiter verbessert«, lässt sie mich am Ende des Gesprächs wissen und klingt dabei ungemein erleichtert. »Es wird nicht mehr lange dauern, bis sie aus ihrer Starre erwacht.«

Direkt im Anschluss rufe ich Amadeus an.

»Ich freue mich, von Ihnen zu hören, Frau Bond«, meldet er sich mit krächzender Stimme. »Benötigen Sie mich in meiner Funktion als Chauffeur oder als Boxer?«

»Weder noch. Heute brauchen wir Sie als Kurier«, lasse ich den Fahrer wissen und bitte ihn, den Eichhörnchen-Anhänger im Krankenhaus abzuholen und hierher, auf Schloss Eichhorn zu bringen.

»Sehr gerne. Mit dem größten Vergnügen, Frau Bond.«

»Was glauben Sie, wie lange es dauert, bis Sie hier sein können?«, frage ich.

»Nun ... wenn ich die vorgegebenen Geschwindigkeitsbegrenzungen beachte, ungefähr eineinhalb Stunden, Frau Bond.«

»Und wenn Sie das nicht täten? Und Rory für alle Strafzettel aufkäme, die Sie deswegen bekommen würden?«

»Dann wäre es sicherlich auch in einer Stunde machbar.«

»Super! Dann bis in einer Stunde, Amadeus!«

»Also, ich weiß ja nicht«, sagt der Detektiv in vorwurfsvollem Ton. »Findest du das richtig? Geschwindigkeitsbegrenzungen zu missachten, ist nicht nur gefährlich, sondern in gewisser Weise auch sehr, öhm, unhöflich. Den anderen Verkehrsteilnehmern gegenüber.«

Rory hat, wie bereits erwähnt, keinen Führerschein. Ich möchte hinzufügen: zum Glück! Hätte er einen, würde er endlose Staus verursachen, da er es als unhöflich empfände, schneller als mit der erlaubten Mindestgeschwindigkeit über die Autobahn zu zockeln.

»Wollen Sie, dass der Eichhörnchen-Anhänger so schnell wie möglich hier ist – oder nicht?«, sage ich und blicke ihn herausfordernd an.

»Ähm, ja, äh, natürlich … schon«, stammelt er verlegen.

»Und da wir jetzt eine Stunde Zeit haben, sollten wir endlich das tun, was wir für den heutigen Tag sowieso geplant hatten«, empfehle ich. »Nehmen wir Horst Kollmann in die Mangel! Der Mann hat uns noch ein paar Fragen zu beantworten.«

»Ja, öhm, sicher. Aber meinst du, es wäre beim, öhm, Mangeln und, öhm, Quetschen eventuell möglich, auf eine, öhm, zurückhaltende Weise, öhm …?«

»Das kann ich leider nicht versprechen. Kommt ganz drauf an, wie auskunftsfreudig der alte Stinkstiefel ist«, entgegne ich, grinse den Detektiv an und befinde: »Schön übrigens, dass das *Öhm* zurück ist. Ich hatte schon befürchtet, Sie hätten es zugunsten des *Hmmh* aufgegeben. Dabei ist das *Öhm* viel schöner.«

Rory guckt verwirrt und nuschelt: »Ach, öhm, ja?«

Bevor wir gehen, schließe ich das Fenster und beobachte dabei, dass am Horizont eine schwarze Wolke aufzieht. Der erste Vorbote des angekündigten Gewitters.

Das Tagebuch nehmen wir mit. Nachdem wir auf den Gang hinausgetreten sind und der Detektiv die Tür des Appartements verschlossen hat, halten wir uns rechts, bis wir zu einer Treppe gelangen, die in den Keller des Ostflügels führt.

Während wir die Stufen hinabsteigen, bleibt Doktor Herkenrath plötzlich stehen, steckt den Kopf zwischen den Geländerstreben hindurch, blickt nach unten, knurrt und wedelt aufgeregt mit dem Schwanz.

Stutzig geworden beuge ich mich über das Treppengeländer, schaue ebenfalls nach unten – und sehe eine Erscheinung in goldfarbenem Jackett durch den düsteren Kellergang davonhuschen!

»Der Mann im Glitzeranzug«, entfährt es mir. »Hinterher!«

~ 17 ~

Ein Fall von Gemeinheit

Als wir den Fuß der Treppe erreichen, ist von dem Mann nichts mehr zu sehen.

Zum Glück hat Doktor Herkenrath einen der seltenen Momente, in denen er vergisst, dass er ein Feigling ist. Er nimmt Witterung auf, hüpft mit weiten Sprüngen durch den Gang auf eine Tür zu und erinnert dabei an eine Mischung aus zu klein geratenem Känguru und übergeschnapptem Opossum.

Bei der Tür handelt es sich nicht um irgendeine Tür. Sondern um die zur Werkstatt von Horst Kollmann. Ich bin sicher, dass wir dahinter nicht nur den Hausmeister, sondern auch seinen mysteriösen Bekannten im Glitzeranzug finden werden. Des Rätsels Lösung naht.

»Worauf warten Sie?«, sage ich zu Rory, mache eine Kopfbewegung in Richtung der Tür und blicke ihn auffordernd an.

Der Detektiv räuspert sich mehrfach, dann klopft er mit dem

Knöchel des Zeigefingers so zurückhaltend wie möglich gegen die Tür und haucht: »Öhm, hallo?«

Der Mann ist wirklich ein hoffnungsloser Fall!

Ich bollere mit beiden Fäusten gegen die Metalltür und brülle: »Hier sind Rory Shy und seine Assistentin. Aufmachen!«

»Ja, ja. Ich komm ja schon. Immer mit der Ruhe«, mault es von drinnen.

Es dauert eine weitere Minute, bevor die Tür einen Spaltbreit geöffnet wird und uns das schlecht gelaunte Gesicht des Hausmeisters entgegenblickt.

»Was wollen Sie?«, blafft er Rory an.

»Ähm, wir würden gerne … Also, wenn es Ihnen keine Umstände macht, würden wir gerne kurz hereinkommen.«

»Nö!«, bescheidet ihm Horst Kollmann knapp und knallt ihm die Tür vor der Nase zu.

Der Detektiv ist völlig verdattert und macht ein Gesicht, als hätte er aus Versehen eine Portion Mauzi-Futter gegessen.

»Lassen Sie mich mal«, sage ich und hämmere erneut gegen die Tür, die kurz darauf wütend aufgerissen wird.

»Was ist denn noch?«, motzt Horst Kollmann und bedenkt mich mit einem Blick, als würde er mich am liebsten in den Boden stampfen.

Es gibt Typen, bei denen hilft nur Klartext!

»Der Mann im Glitzeranzug, den Sie angeblich noch nie gesehen haben, befindet sich in Ihrer Werkstatt!«

»So ein Quatsch. Hier ist keiner. Außer ich!«

»*Mir*«, korrigiere ich ihn.

»Was?«

»Es heißt *außer mir.* Nicht *außer ich.*«

»Das wird man ja wohl noch so sagen dürfen, wie man es für richtig hält, kleine Klugscheißerin«, knurrt er in drohendem Ton.

Wenn er glaubt, mich einschüchtern zu können, hat er sich geschnitten. »Lassen Sie uns in die Werkstatt!«, fordere ich. »Dann sehen wir ja, ob jemand bei Ihnen ist.«

»Auf keinen Fall. Und jetzt verzieht euch!«

Der Mann lernt es offenbar nie. »Muss ich die Polizei anrufen und Kommissar Valko bitten, die Werkstatt zu durchsuchen? Wäre Ihnen das lieber?«, frage ich in herausforderndem Ton.

Horst Kollmanns Glatze läuft vor Zorn dunkelrot an, aber natürlich bleibt ihm nichts anderes übrig, als klein beizugeben. »Also gut«, murrt er. »Aber Finger weg von meinem Werkzeug.«

In der Werkstatt ist es schummerig, es riecht nach Holzleim, der Boden ist mit Sägespänen bedeckt. Ich sehe eine Kreissäge, eine Werkbank, ein Regal mit Farbdosen und Abdeckplanen und jede Menge Werkzeug.

Hätte ich vor dem Eintreten doch nur das Motto von Dr. Franck befolgt: immer erst Herz *und* Hirn befragen. Mein Verstand sagt mir, dass wir die Werkstatt durchsuchen *müssen*, um die Sache mit dem Mann im Glitzeranzug ein für alle Mal zu klären. Mein Gefühl rät mir allerdings dringlich davon ab, einen schwach beleuchteten Kellerraum zu betreten, der mit Sägen, Feilen, Zangen und Hämmern vollgestopft ist. Erst recht, wenn der Typ, dem diese Werkzeuge gehören, ein schnell aufbrausender Wüterich mit kurzer Lunte ist.

Rory trippelt nervös von einem Fuß auf den anderen und scheint sich extrem unbehaglich zu fühlen. Doktor Herkenrath hat sich gar nicht erst in die Werkstatt hineingetraut, sondern verharrt ängstlich fiepend in der Tür – bereit, jederzeit die Flucht zu ergreifen.

Peinlicherweise findet sich nicht die geringste Spur eines Besuchers. Kein Mann, kein Glitzeranzug, nicht mal eine blonde Locke.

Horst Kollmann hat die Arme vor der Brust verschränkt und guckt triumphierend: »Zufrieden? Ich hab es doch gesagt: Hier ist niemand. War es das jetzt endlich?«

So leicht lasse ich mich nicht abwimmeln. »Nein. Das war es noch nicht«, entgegne ich. »Wir gehen erst, wenn Sie uns ein paar Fragen beantwortet haben. Wir wissen, dass Sie kurz vor Penelope Brauns Tod einen Streit mit ihr hatten. Worum ging es dabei?«

»Woher weißt du davon?«, entfährt es ihm überrascht und er reißt erschrocken die Augen auf.

»Das tut nichts zur Sache. Bleiben Sie beim Thema: Was war der Grund für Ihren Streit?«

Horst Kollmann schnaubt wütend durch die Nase. »Ich hab einen Achtklässler dabei erwischt, wie er ein paar Schmierereien an eine Wand gesprayt hat. Natürlich hab ich den kleinen Satansbraten ordentlich zur Sau gemacht. Der Schüler war so ein Mimöschen, dass er sofort zu Frau Braun gerannt ist und sich bei ihr ausgeheult hat. Also hat sie mich ins Vertrauenslehrerbüro bestellt. Sie schwafelte davon, dass mein Verhalten völlig unangemessen wäre, und dass sie es melden würde, wenn so was noch mal vorkäme. Worauf ich ihr gesagt habe, dass dieser kleine Nachwuchs-Terrorist genau das zu hören gekriegt hat, was er verdient hat. Und dass sie sich ihre Angemessenheit sonst wohin stecken könne. Dann bin ich raus und hab die Tür hinter mir zugeknallt.«

Ich fixiere den Hausmeister mit einem durchdringenden Blick und bluffe: »Und als Sie ihr dann später in der Bibliothek begegnet sind, waren Sie so wütend auf sie, dass Sie die Kontrolle verloren und sie die Treppe hinabgestoßen haben.«

»Spinnst du?«, schreit er und zeigt mir einen Vogel. »Ich war nicht in der Bibliothek. Ich hab nichts mit ihrem Tod zu tun!«

»Ach, nein? Dann kommen wir doch mal zu gestern. Zu dem Anschlag auf Diana Pesch. Warum haben Sie uns angelogen? Sie waren nicht im Geräteschuppen. Jemand hat Sie aus dem Schulgebäude kommen sehen!«

»So ein Quatsch. Ist doch erstunken und erlogen«, brüllt Horst Kollmann aufgebracht.

Ich öffne den Mund und hole Luft, um zurückzubrüllen, als Rory mir mit einer beschwichtigenden Geste Einhalt gebietet, sich räuspert und in sanftem Ton zu dem Hausmeister sagt: »Sehen Sie, Herr, öhm, Kollmann, es ist doch so: Natürlich können Sie alles abstreiten und meine Mitarbeiterin anschreien. Aber das führt doch nirgendwo hin. Bitte lassen Sie uns wieder zu einem, ähm, höflichen Umgang zurückfinden. Wenn Sie nichts mit dem Anschlag auf Frau Pesch zu tun haben, sagen Sie uns doch einfach, wo Sie wirklich waren. Auf höfliche Weise. Damit wäre uns allen gedient. Denken Sie nicht? Und – wenn ich das vielleicht noch kurz anmerken darf – Sie werden feststellen, dass Sie sich selbst viel mehr mögen und sich besser fühlen, wenn Sie Ihren Mitmenschen höflich begegnen. Nicht nur für kurze Zeit, wie beim Anbrüllen. Sondern auf, öhm, Dauer. Also – sagen Sie uns doch bitte, wo Sie waren, als der Anschlag auf Diana Pesch verübt wurde.«

Horst Kollmann guckt ziemlich dumm aus der Wäsche. Man kann regelrecht sehen, wie sich irgendwelche Rädchen in seinem Gehirn zu drehen beginnen. Ganz langsam zwar – aber Rorys Botschaft scheint bei ihm anzukommen.

»Also schön«, murmelt er nach einer Minute intensiven Nachdenkens. »Aber … Sie müssen mir versprechen, niemandem davon zu erzählen. Vorläufig jedenfalls nicht.«

»Falls es nichts mit dem Fall zu tun hat, versteht sich das von, öhm, selbst«, versichert ihm der Detektiv.

Der Höllenhund streicht sich verlegen mit der Hand über die Glatze und murmelt: »Ich habe gelogen, weil ich von Dr. Franck den Auftrag bekommen hatte, das Gartenwerkzeug im Schuppen zu reinigen. Das hab ich aber nicht. Stattdessen war ich hier in der Werkstatt und hab … geprobt.«

»Geprobt?«, stoßen Rory und ich gleichzeitig hervor.

Der Hausmeister seufzt resigniert, dann öffnet er einen Stahlschrank und zieht einen goldfarbenen Anzug und eine blonde Lockenperücke hervor! Mit verschämtem Gesicht gesteht er uns: »Es gibt keinen Unbekannten im Glitzeranzug. Der Unbekannte bin ich. Also … mein Schlagersänger-Ich. *Der HOKO.* Das ist mein Künstlername. *HOKO* wegen Horst Kollmann. Sie verstehen?«

»Ähm, ja«, macht Rory. »Aber warum, äh …?«

»Die machen sich hier doch alle über Schlagermusik lustig«, erklärt Horst Kollmann mit betrübtem Gesicht. »Deswegen will ich nicht, dass jemand davon Wind kriegt. Jedenfalls nicht, bevor ich meinen ersten Hit gelandet habe.« Er öffnet eine Truhe und nimmt ein Keyboard heraus. »Vor einem Jahr habe ich angefangen, meine eigenen Schlager zu komponieren. In zwei Wochen ist ein Casting für *Deutschland sucht den Hammer-Hit.* Da will ich unbedingt was reißen. Und deshalb probe ich im Moment so oft es geht meine Bühnenshow. Hier in der

Werkstatt. Und das hab ich auch gestern getan, als die Sache mit dem Blumenkübel passiert ist. Ich habe nichts mit diesem Anschlag zu tun. Ich schwöre.« Der Hausmeister wirft uns einen flehenden Blick zu.

Auch wenn er gerade ganz handzahm ist – ich habe die Beleidigungen, mit denen er Doktor Herkenrath und mich bedacht hat, nicht vergessen, und beschließe, mir einen Spaß zu machen und ihn ein bisschen ins Schwitzen zu bringen.

»Beweisen Sie es!«, sage ich.

»Was *beweisen*?«

»Dass Sie fleißig geprobt haben. Singen Sie uns was vor.«

»Also ... ich hab noch nie vor Publikum ... Du willst meine Musik wirklich hören?«, fragt er ungläubig und spielt verschämt an seinem Zwirbel-Schnurrbart rum.

Auch wenn er sich ein wenig ziert, ist es offensichtlich, dass er sich durch mein Ansinnen gebauchpinselt fühlt. Es ist, als wäre plötzlich alles Motzige von ihm abgefallen. Jetzt, wo er für ein paar Momente mal nicht Hausmeister sein muss, sondern Schlagersänger sein darf, wirkt Horst Kollmann beinah sympathisch.

»Also gut«, sagt er freudig erregt. »Aber dazu brauche ich mein *HOKO*-Outfit.« Hastig zieht er Glitzerjacke und Glitzerhose über seine Arbeitskleidung und stülpt sich die blonde Perücke auf die Glatze.

Ich muss bei dem Anblick alles, was ich an Selbstbeherrschung habe, aufbieten, um nicht in gackerndes Gelächter auszubrechen. Wenn *Der HOKO* so singt, wie er aussieht, erwarten uns ein paar heitere Minuten.

»Ich mach mal Atmosphäre«, sagt er, schaltet die Deckenleuchte aus und zwei blaue Spots an, deren Lichtstrahlen sich genau über dem Keyboard kreuzen. Dann zieht er einen Hocker heran, nimmt hinter dem Tasteninstrument Platz und erklärt: »Mein Song handelt von einer unglücklichen Liebe und trägt den Titel: *So gemein.*«

Er macht eine Kunstpause und schließt für einen kurzen Moment die Augen, dann greifen seine Finger in die Tasten und schlagen einen A-Moll-Akkord an.

Sofort beginnt Rorys rechtes Augenlid zu zucken, während der Hausmeister mit ordentlich Schmalz in der Stimme zu singen beginnt:

Ich hab dir ein teures Essen spendiert.
Zum Dank hast du mich auf Facebook blockiert.
Ich hab dir hundert rote Rosen geschickt.
Du hast ihnen allen die Köpfe abgeknickt.
Wohohoho, du bist so gemein!
Wohohoho, doch mein Herz ist dein!
Wohohoho, wohohoho, wohohoho.

Horst Kollmann hat nicht zu viel versprochen: Das Stück *ist* dramatisch. Dramatisch schlecht. Und der Gesang des Hausmeisters erinnert an das Jaulen eines liebeskranken Seelöwen. Ich gluckse in mich hinein, versuche verzweifelt, nicht in lautes Gelächter auszubrechen und werfe einen Seitenblick auf Rory, dessen Auge gar nicht mehr aufhört zu zucken. In dem Stück jagt ein Moll-Akkord den nächsten.

Doktor Herkenrath hat die Ohren aufgestellt und lauscht fasziniert. Bei Punk oder Heavy Metal geht er sofort stiften. Schlager-Schnulzen scheinen ihm keine Angst zu bereiten. Er stimmt mit einem sehnsuchtsvollen Winseln ein, als *Der HOKO* nach einer dramatischen Klavierüberleitung die zweite Strophe in Angriff nimmt:

Du hast meine Briefmarkensammlung verbrannt.
Und mich Hohlrübe und Blödmann genannt.
Du hast all meine Liebesbriefe zerfetzt.
Und mir einen Boxschlag in den Magen versetzt.
Wohohoho, du bist so gemein.
Wohohoho, doch mein Herz ist dein.
Wohohoho, wohohoho, wohohoho.

»Erbarmen«, murmelt Rory mit entsetztem Gesicht. »Bitte, lass es das gewesen sein. Nicht noch eine Strophe.«

Sein Flehen verhallt ungehört: Horst Kollmann legt, was die Dramatik angeht, sogar noch eine Schippe drauf und schmachtet mit schluchzender Stimme:

Du hast versucht, mich zu überfahren.
Und das gleich mehrfach in den letzten zwei Jahren.
Hast mir Abführmittel in die Suppe gerührt.
Und mir Spachtelmasse aufs Brötchen geschmiert.
Wohohoho, du bist so gemein!
Wohohoho, doch mein Herz ist dein!
Wohohoho, wohohoho, wohohoho.

Das letzte *Wohohoho* zieht er unendlich lang, dann lässt er die Ballade des Grauens mit einem hohen Piano-Ton ausklingen und sitzt einen Moment reglos da, bevor er die blonde Perücke vom Kopf nimmt, seinen Blick zwischen Rory und mir hin und her wandern lässt und verlegen fragt: »Und? Könnte das der *Hammer-Hit* werden?«

Ich kann leider nicht antworten. Würde ich den Mund öffnen, könnte ich es nicht vermeiden, in brüllendes Gelächter auszubrechen. Derweil ist Rory bemüht, seine Meinung zu dem musikalischen Schmalz-Dramolett in möglichst höfliche Worte zu verpacken und stottert: »Also … es, äh … es war gar nicht mal so, öhm …«

»Ich habe weder mit dem Tod von Penelope Braun noch mit dem Anschlag auf Diana Pesch was zu tun«, beteuert der Hausmeister in eindringlichem Ton. »Mein einziges Vergehen ist, dass ich mich ab und zu von der Arbeit wegstehle, um zu proben. Ich habe schon lange keinen Bock mehr auf meinen Job.

Wenn ich beim *Hammer-Hit* gewinne, können die mich hier alle mal gernhaben!«

Rory und ich tauschen einen kurzen einvernehmlichen Blick und haben, wie es aussieht, den gleichen Gedanken: Eine schlimme Schnulze zu komponieren, ist in gewisser Weise auch ein Verbrechen – aber nicht strafbar. Und was der Höllenhund uns ansonsten erzählt hat, klingt glaubwürdig.

»Ich, öhm, ich denke, wir können Sie aus dem Kreis der Verdächtigen streichen«, nuschelt der Detektiv. Worauf Horst Kollmann erleichtert aufatmet.

Er setzt sich die Perücke auf den kahlen Schädel, wirkt mit einem Mal ganz euphorisch und fragt: »Kleine Zugabe gefällig? Vielleicht *Wenn Cornelia in die Cornflakes weint*? Ist auch eine sehr ergreifende Ballade.«

»Ähm, äh, nein, danke. Wir, öhm, müssten dann auch mal«, wehrt Rory mit verschreckter Miene ab und wirft mir einen panischen *Nichts-wie-raus*-Blick zu.

Ich schaffe es knappe zehn Meter über den Gang, dann hat es sich mit meiner Beherrschung: Ich breche vor Lachen zusammen. Und als ich lauthals *Wohohoho, du bist so gemein. Wohohoho, doch mein Herz ist dein* gröle, ist es auch um die höfliche Zurückhaltung des schüchternen Detektivs geschehen. Er kann nicht mehr an sich halten und bricht in ein hohes, mädchenhaftes Kichern aus.

Wir japsen noch immer nach Luft – als mein Smartphone klingelt.

»Matilda ... hihihi ... Bond«, melde ich mich.

»Ich freue mich, dass Sie guter Laune sind, Frau Bond«, tönt mir Amadeus höfliche Stimme entgegen. »Ich habe den Eichhörnchen-Anhänger im Krankenhaus abgeholt und stehe auf dem Parkplatz vor dem Schloss. Ich habe erfreulicherweise nur fünfundvierzig Minuten für die Strecke gebraucht. Wünschen Sie, dass ich Ihnen das Schmuckstück bringe, oder ...?«

»Nein, nein. Nicht nötig«, beeile ich mich zu versichern. »Bleiben Sie, wo Sie sind. Ich komme zu Ihnen.«

Rorys Gesicht ist schlagartig ernst geworden. Er zieht die Stirn kraus und murmelt: »Ich, öhm, ich denke, es wäre am erfolgversprechendsten, wenn ich den Anhänger da untersuche, wo die Tat, öhm ... Wir treffen uns in der Bibliothek, Matilda.«

~ 18 ~

Ins Wasser gefallen

Als Doktor Herkenrath und ich durch den Französischen Garten zum Eingang des Schlossparks laufen, sehe ich, dass sich der Himmel zugezogen hat. Die tiefhängenden schwarzen Wolken spiegeln sich in dem Wasser des flachen langen Beckens und lassen es dunkel und bedrohlich erscheinen. Eine unnatürliche Stille liegt über der Landschaft. Jegliches Vogelgezwitscher ist verstummt, kein Insektenbrummen, nicht einmal das leise Zirpen einer Grille ist zu hören. In der Ferne beobachte ich ein Wetterleuchten. Es wird nicht mehr lange dauern, bis das Gewitter über uns hereinbricht.

Und da ich keinerlei Lust verspüre, vom Blitz erschlagen zu werden, lege ich die letzten Meter über den Kiesweg im Sprinttempo zurück.

»Danke«, sage ich (ein wenig außer Atem) zu Amadeus, als er mir den silbernen Eichhörnchen-Anhänger überreicht.

»Leider bin ich unterwegs elfmal geblitzt worden«, offenbart mir der Chauffeur und fügt mit bedauerndem Gesichtsausdruck hinzu: »Ich fürchte, das wird eine teure Angelegenheit für Herrn Shy.«

»Ich werde es ihm schonend beibringen«, entgegne ich lächelnd. »Und ... es wäre toll, wenn Sie in die Stadt zurückfahren könnten. Und wenn Diana Pesch aus ihrer Starre erwacht und das Krankenhaus verlassen kann, bringen Sie sie doch bitte hierher. Ginge das?«

»Selbstverständlich, Frau Bond. Mit dem allergrößten Vergnügen.«

Während ich zurück zum Schloss spaziere, halte ich den Eichhörnchen-Anhänger fest in meiner Faust umschlossen.

Alles kommt jetzt auf das kleine, silberne Eichhörnchen an. Gelingt es dem schüchternen Detektiv, von dem Anhänger einen Hinweis zu bekommen, könnte dies die entscheidende Spur zum Täter sein. Gelingt es ihm nicht, wird dieser Fall ungelöst und der Tod von Penelope Braun ungesühnt bleiben.

Der schüchterne Detektiv steht vor dem großen Kamin in der Bibliothek und erwartet mich ungeduldig.

Als ich ihm das Schmuckstück übergebe, nimmt er es so vorsichtig und behutsam entgegen, als wäre es ein zerbrechliches Heiligtum. Rory lässt sich in einem der zerschlissenen Ohrensessel nieder, umfasst das silberne Eichhörnchen mit der rechten Hand, senkt den Kopf und schließt die Augen.

Der Detektiv erinnert mich in diesen Momenten immer an einen meditierenden Mönch vom *Orden der schüchternen Brüder.* Er sitzt völlig reglos da, während sein Gesicht einen zu gleichen Teilen konzentrierten und entrückten Ausdruck annimmt.

Es dauert fast drei Minuten, dann beginnt er den Kopf leicht hin und her zu wiegen. Innerlich stoße ich einen Jubelschrei aus: Rory empfängt ein Signal!

Unvermittelt reißt er die Augen auf – aber in seinem Blick spiegeln sich Verwirrung und Unverständnis.

»Was haben Sie gesehen?«, frage ich mit vor Aufregung zitternder Stimme.

»Einen, öhm, Roulette-Tisch«, stottert er irritiert. »Und … Spielkarten.«

Ich mache das wahrscheinlich dümmste Gesicht meines Lebens. Was sollen Spielkarten und ein Roulette-Tisch mit unserem Fall zu tun haben? Das kann nicht sein! Schließlich geht es hier um einen Mord in einem Internat und nicht um ein Verbrechen in einem Spielcasino. Irgendwas muss diesmal bei Rorys spezieller Ermittlungsmethode gehörig falsch gelaufen sein. Meine Idee mit dem Eichhörnchen-Anhänger war ein Flop! Ich stoße einen tiefen Seufzer aus und lasse enttäuscht den Kopf hängen. In diesem Augenblick fühle ich mich von der Lösung des Falls weiter entfernt als je zuvor.

Nicht so der schüchterne Detektiv!

Er hat die Stirn in Falten gelegt und sieht aus wie Frau Zeigler, wenn ihr abends vor dem Zubettgehen klar wird, dass sie irgendwas vergessen hat, aber nicht darauf kommt, was es ist. *Alle Herdplatten ausgemacht? Den Beitrag für Raimunds Unfallversicherung bezahlt? Neue Fleischwurst für den Hund gekauft?*

»Ein Roulette-Tisch und Spielkarten. Woran erinnert mich das? Woran erinnert mich das nur?«, brummelt Rory in sich hinein. »Es war erst kürzlich. Es war …« Ruckartig richtet er sich in dem Sessel auf und ich sehe an seinem Blick, dass ihm eine Erkenntnis dämmert. »Natürlich! Natürlich!«, wispert er aufgeregt. »So könnte es … Das würde erklären, wieso … Ja, sicher!« Für einen kurzen Moment macht der Detektiv den Eindruck, als wäre er mit sich und der Welt hochzufrieden – dann aber verdüstert sich sein Gesichtsausdruck und er schüttelt resigniert den Kopf.

Dieses von *hochzufrieden* zu *resigniert* wechselnde Mienenspiel kenne ich ansonsten auch nur von Frau Zeigler. So guckt sie immer, wenn sie ein Kreuzworträtsel macht und glaubt, alles richtig gelöst zu haben. Bis beim letzten fehlenden Wort, wo nach der Hauptstadt von Frankreich gefragt wird, plötzlich *Pamus* als Lösung rauskommt, und ihr klar wird, dass sie irgendwo ein paar Fehler gemacht hat. Genauso sieht Rory gerade auch aus.

»Spielkarten, ein Roulette-Tisch, die Banknote in dem Mathematikbuch … Alles fügt sich ineinander, nur … Warum diese Gefühlsmischung aus Angst und Liebe bei dem Anschlag auf Diana Pesch?«, murmelt der Detektiv. »Das ergibt keinen Sinn. Wie passt das zu …?« Er hält nachdenklich inne und sitzt ein paar Sekunden lang stocksteif da, dann springt er auf die Füße, schlägt sich die Hand gegen die Stirn und jubiliert: »Aber, ja! Sicher! Was war ich doch für ein Holzkopf. Es müssen … Natürlich! Das ist die einzig, öhm, mögliche Erklärung.«

Ich habe nicht die geringste Ahnung, was in Rorys schüchternem Hirn vorgeht. Wie auch, wenn er einem nur irgendwelche rätselhaften Halbsätze um die Ohren haut.

»Wäre es eventuell möglich, mich an Ihren Gedanken teilhaben zu lassen?«, frage ich und blicke ihn verständnislos an.

Rory schenkt mir ein schüchternes Lächeln und sagt mit leiser Stimme: »Wir sind von einer falschen Grundannahme ausgegangen, Matilda. Wir haben es nicht mit einem Kriminalfall zu tun.«

Einen Moment lang fürchte ich, dass ihn eine plötzliche Geisteskrankheit ereilt hat. »Nicht mit einem Kriminalfall?«, wiederhole ich und stiere den Detektiv fassungslos an. »Womit denn dann?«

»Äh, nein, nein. Du hast mich falsch verstanden«, stammelt er. »Vielleicht sollte ich es etwas deutlicher betonen: Wir haben es nicht mit *einem* Fall zu tun. Sondern mit zwei!«

Wer mich kennt, weiß, dass es untypisch für mich ist, länger als eine Minute am Stück zu schweigen.

Aber als Rory mir seine Schlussfolgerungen darlegt, haut es mich vor Verblüffung so dermaßen aus den Schuhen, dass ich stumm und staunend und mit offenem Mund dasitze. Unter Verwendung zahlreicher *Ähms* und *Öhms* erläutert er mir eine Theorie, die bis ins letzte Detail schlüssig ist.

Während ich ihm zuhöre, habe ich das Gefühl, als würde sich dichter Nebel über einer Landschaft auflösen. Immer mehr Schwaden treiben davon – bis man plötzlich freie Sicht hat und jeden Baum und jeden Strauch und jeden Stein erkennen kann.

Und wieder einmal wird mir klar: Ich mag vielleicht ein hoffnungsvolles, detektivisches Nachwuchstalent sein.

Aber Rory spielt in der Königsklasse!

»Es gibt nur ein Problem«, sage ich, nachdem er mir des Rätsels Lösung präsentiert hat: »Wir haben keine Beweise.«

»Das ist, öhm, leider richtig«, entgegnet der Detektiv, wirkt deswegen aber nicht sonderlich betrübt, sondern offenbart mir verlegen: »Ich, öhm, habe mir diesbezüglich schon etwas überlegt: Wir müssen bei der Person, die für den Mord an Penelope Braun verantwortlich ist, eine Reaktion provozieren. Wenn sie den Köder schluckt, wird sie sich selbst verraten. Und alles, öhm, Weitere wird sich dann von, ähm, selbst ergeben.«

»Und was für ein Köder soll das sein?«, will ich wissen.

»Hier muss es doch irgendwo ein Blatt Papier und einen Stift geben«, murmelt der Detektiv und lässt seinen Blick durch die Bibliothek schweifen.

Ich renne zu einem der Arbeitstische, ziehe nacheinander mehrere Schubladen auf und fördere nach kurzer Suche einen Kuli und Papier zutage.

»Schreib doch bitte, öhm, Folgendes«, sagt Rory und beginnt zu diktieren: »Nicht nur Diana Pesch war Ihnen auf der, öhm, Spur. Ich, ähm, kenne Ihr Geheimnis ebenfalls und, äh …«

»Die *Ähms* und *Öhms* soll ich aber nicht mitschreiben, oder?«, erkundige ich mich vorsichtshalber.

»Äh, nein, öhm, natürlich nicht«, nuschelt Rory verlegen.

Von *Ähms* und *Öhms* bereinigt, sieht unser fertiger Text so aus:

Nicht nur Diana Pesch war Ihnen auf der Spur. Ich kenne Ihr Geheimnis ebenfalls. Ich weiß, was Sie getan haben. Aber ich bin bereit, mein Schweigen zu bewahren. Gegenüber dem Detektiv und gegenüber der Polizei. Dafür erwarte ich eine Schweige-Gebühr. Wenn Sie an einem solchen Handel interessiert sind, treffen Sie sich mit mir in der Bibliothek. Meine Zeit ist kostbar, ich werde nicht lange warten. Entscheiden Sie sich! Sofort!

»Und jetzt?«, frage ich.

»Jetzt, öhm, nimmst du diesen Zettel, läufst zum Cottage unserer tatverdächtigen Person, schiebst ihn unter der Haustür durch und kommst so schnell wie möglich zurück. Und dann werden wir sehen, was passiert.«

Als ich aus dem Schloss trete, fährt ein gewaltiger Windstoß durch den Park und lässt die Baumkronen hin und her schwanken. Das Gewitter geht jeden Moment los.

Ich renne eilig um das Gebäude herum, vergewissere mich, dass mich niemand beobachtet, als ich mich dem Cottage nähere, dann schiebe ich den Zettel unter der Tür durch, läute die Türglocke – und sehe zu, dass ich so schnell wie möglich außer Sicht komme.

In dem Moment, in dem ich durch die Eingangstür zurück ins Schloss stürme, öffnet der Himmel alle Schleusen und es geht ein Sturzregen nieder, wie ich ihn noch nicht erlebt habe. Das Gewitter ist direkt über uns. Ein Blitz fährt aus den Wolken zur Erde nieder, gefolgt von einem gewaltigen, krachenden Donner. Mit einem Mal ist es finster wie in dunkelster Nacht.

Ich haste weiter, bis ich die Bibliothek erreiche. »Rory?«, rufe ich mit gedämpfter Stimme und blicke mich suchend um. Auch hier ist es so duster, dass die Regale, Sessel und Arbeitstische nur noch umrissartig zu erkennen sind.

»Hier, öhm, oben«, wispert es mir von der Galerie zwischen zwei Donnerschlägen entgegen.

Eilig laufe ich die ausgetretene Wendeltreppe hoch, wo der Detektiv neben einem Bücherregal Position bezogen hat.

Nicht dumm!, denke ich. *Von hier aus hat man den Eingang der Bibliothek direkt im Blick. Soweit es bei diesen Lichtverhältnissen möglich ist, irgendetwas im Blick zu haben.*

Unaufhörlich schlagen dicke Regentropfen gegen die Fenster. In kurzen Abständen zerreißen Blitze die Dunkelheit und tauchen die Bücherei in stroboskopartiges, flackerndes Licht. Doktor Herkenrath hat den Kopf eingezogen, fährt bei jedem Donner zusammen und drückt sich furchtsam an mein Bein.

Ich wage kaum zu atmen, stehe regungslos da und kann nur hoffen, dass unser Bluff funktioniert.

Jetzt heißt es warten!

Glücklicherweise wird unsere Geduld nicht allzu lange auf die Probe gestellt. Es dauert keine fünf Minuten, bis Schritte auf dem Gang zu hören sind. Wenige Augenblicke später öffnet sich die Tür und jemand betritt, vorsichtig um sich spähend, die Bibliothek. Die Person trägt ein Regencape und hat die Kapuze so tief in die Stirn gezogen, dass ihr Gesicht nicht zu erkennen ist.

Um bessere Sicht zu haben, beuge ich mich vorsichtig über das Geländer der Galerie, als Doktor Herkenrath ein bedauerliches Missgeschick unterläuft: Sei es, weil seine Verdauung durcheinandergeraten ist, sei es aus Angst vor dem Gewitter – jedenfalls entfährt ihm ein krachender, böllerartiger Cockerspaniel-Furz. Nicht ganz so laut wie das Donnergrollen um uns herum, aber laut genug, um die Gestalt im Regencape aufhorchen zu lassen. Sie blickt aufgeschreckt zur Galerie, sieht Rory und mich, erkennt, dass sie in eine Falle getappt ist – und nimmt fluchtartig Reißaus!

»Stehen bleiben!«, rufe ich. Einer muss es ja tun – und Rory ist dafür viel zu schüchtern. Wobei die Wahrscheinlichkeit, dass jemand aufgrund so eines Kommandos wirklich stehen bleibt, verschwindend gering ist. Es sei denn, man fügt ein entschlossenes *»Oder ich schieße!«* hinzu. Was nur dann Sinn macht, wenn man über eine Schusswaffe verfügt. Der schüchterne Detektiv besitzt keine Pistole, weil er es extrem unhöflich fände, auf jemanden zu schießen. Er muss in Situationen wie dieser ganz auf seine schnellen, langen Beine vertrauen: Rory stürmt wie von der Tarantel gestochen die Stufen hinab, ich schnappe mir meinen erschrocken fiependen Cockerspaniel und sprinte, Doktor Herkenrath in den Armen, hinter dem Detektiv her.

Als wir aus der Bibliothek auf den Gang stürzen, ist die Person im Regencape verschwunden. Wohin? In den Keller gerannt? Oder in den ersten Stock hinauf? Einen Moment lang fürchte ich, dass sie uns entkommen ist – als ein zuckender Blitz die Szenerie erhellt: Ich sehe, wie ein dunkler Schatten eine Treppe am Ende des Ganges hochhastet!

»Fass!«, befehle ich Doktor Herkenrath uns stelle ihn auf die Füße, aber er blickt mich nur ratlos an und pupst schon wieder.

Rory hat derweil die Verfolgung der Kapuzen-Gestalt aufgenommen. Ich gebe ebenfalls Gas, wir rennen die Stufen hoch und jagen der flüchtenden Person durch einen schmalen Korridor im oberen Stockwerk hinterher. Weil alles um uns herum in Dunkelheit getaucht ist, müssen wir uns auf unsere Ohren verlassen und folgen dem Geräusch der schnellen Schritte, die vor uns durch den Gang hallen.

Die Erscheinung im Regencape schlägt einen Haken nach dem anderen, aber wir lassen uns nicht abschütteln, machen Boden gut und kommen ihr so nahe, dass ich ihr Keuchen hören kann. Vor der *Ratatosk*-Redaktion haben wir die Gestalt fast eingeholt – als Doktor Herkenrath zwischen meine Beine gerät und mich aus dem Gleichgewicht bringt: Ich schreie auf und lege eine spektakuläre Bauchlandung hin.

»Alles in Ordnung?«, erkundigt sich Rory erschrocken, bleibt stehen und hilft mir auf die Beine.

»Ja, ja. Geht schon. Weiter! Hinterher!«, presse ich hervor.

Durch meinen Sturz konnte die flüchtende Person ihren Vorsprung ausbauen: Im Licht eines Blitzes sehe ich, wie sie die Treppe hinab in die Halle rennt. Der schüchterne Detektiv wirft den Turbo an und heftet sich ihr an die Fersen. Er springt die Stufen hinunter und ist kurz darauf nur noch eine Armlänge hinter der Gestalt. Da stößt diese, am Fuß der Treppe angekommen, die Glasvitrine um, die rechts neben dem Aufgang steht. Der Detektiv schafft es gerade noch, sich mit einem Satz rückwärts in Sicherheit zu bringen, bevor die Vitrine krachend vor seinen Füßen zerbirst. Glassplitter fliegen durch die Luft, der Inhalt der Vitrine verteilt sich scheppernd über den Boden. Doktor Herkenrath jault wie ein waidwunder Coyote.

Ich höre, wie im oberen Stockwerk eine Tür aufgerissen wird.

Danny Bekono kommt, durch den Lärm aufgeschreckt, aus der *Ratatosk*-Redaktion gerannt, späht in die Halle und schreit von oben: »Matilda? Was ist hier los?«

Ich habe keine Zeit für Erklärungen. Die Person im Regencape hat die Halle durchquert und flieht ins Freie. Rory springt auf die Füße und wir hetzen ihr hinterher.

Kaum sind wir aus der Tür, prasseln schwere Wassertropfen auf uns hernieder. Die flüchtende Person rennt über den Kiesweg in Richtung Parkplatz. Ich haste durch den strömenden Regen hinter ihr her – und bemerke plötzlich, dass Rory nicht mehr neben mir ist.

Verwirrt blicke ich mich um und sehe, wie er nach Luft japsend mit schwerfälligen Schritten über den Kies taumelt.

»Was ist los?«, schreie ich.

»Französischer Garten. Tut mir leid«, keucht er erschöpft und macht einen so elenden Eindruck, als würde er augenblicklich zusammenbrechen.

Ach du Scheiße! Das war es dann wohl, schießt es mir durch den Kopf. Die Erscheinung im Regencape entfernt sich in rasanter Geschwindigkeit von uns, als die Eingangstür des Schlosses auffliegt. Im nächsten Moment spurtet eine Gestalt so schnell an mir vorbei, dass der Kies unter ihren Füßen aufspritzt: Danny Bekono!

»Nein, öhm, nicht! Zu gefährlich!«, ruft Rory ihm mit matter Stimme hinterher.

Aber entweder hört Danny ihn nicht – oder er will ihn nicht hören. Man könnte glauben, er hätte ein Düsentriebwerk gezündet: In Raketengeschwindigkeit sprintet er der Person im Regencape hinterher. Kurz vor dem Ausgang des Schlossparks schließt er zu ihr auf, verpasst ihr in vollem Lauf einen Bodycheck – und beide stürzen kopfüber und mit einem lauten Platschen in das flache Wasserbecken, wo sie miteinander ringen. Dabei geraten beide unter Wasser. Ab und zu taucht ein Kopf, eine Hand oder ein Fuß an der Oberfläche auf.

Ich renne zu ihnen hinüber, rufe panisch: »Danny!« und will ins Wasser springen, um ihm zu helfen. Aber ich muss nicht mehr eingreifen: Danny Bekono gewinnt die Oberhand, dreht der Kapuzengestalt den Arm auf den Rücken, richtet sich auf und schubst die Person aus dem Becken, wo Rory (der sich mühsam hinter mir hergeschleppt hat) sie in Empfang nimmt.

»Alles, öhm, alles okay bei dir?«, frage ich besorgt, als Danny aus dem Becken steigt.

Er spuckt einen Wasserschwall aus und grinst mich fröhlich an. »Alles bestens. Freut mich, dass ich helfen konnte.«

Dann schauen wir beide zu Rory hinüber, beobachten, wie er der Gestalt im Regencape die Kapuze vom Kopf zieht – und blicken in das Gesicht von Frauke Keller!

~ 19 ~
Des Falles Lösung

Mit ihren durchnässten Klamotten und tropfnassen Haaren wirkt die Lehrerin wie ein Häufchen Elend und könnte einem fast leidtun. Sie hat die Augen niedergeschlagen und murmelt mit brüchiger Stimme: »Sie werden es mir wahrscheinlich nicht glauben, aber ich … ich bin froh, dass Sie mich überführt haben. Dass nun alles ein Ende hat. Seit fünfundzwanzig Jahren lastet eine schwere Schuld auf mir.« Frauke Keller hebt den Kopf, sieht den schüchternen Detektiv mit einem flehenden Blick an und wispert: »Ich bin keine Mörderin. Penelope war meine Freundin. Ich hätte ihr nie absichtlich etwas antun können. Und dennoch trage ich Schuld an ihrem Tod. Aber Sie müssen mir glauben: Es war ein schrecklicher Unfall. Ich …«

»Wäre es möglich, dass wir das drinnen klären? Im Trockenen?«, unterbreche ich sie, weil ich sehe, dass Dannys Lippen blau anlaufen und er zu zittern beginnt. Er sollte dringend aus den nassen Klamotten raus und was Trockenes anziehen, bevor er sich eine Lungenentzündung holt.

»Ähm, ja«, pflichtet mir Rory bei. »Ich denke auch, es wäre besser, wenn wir, öhm, so schnell wie möglich …«

So schnell wie möglich, ist dann aber nicht besonders schnell. Weil der Detektiv natürlich wieder durch den Französischen Garten schlurft, als hätte ihm jemand eine Schlaftablette verabreicht.

Am Eingang des Schlosses werden wir bereits erwartet. Der Lärm, den die zersplitternde Glasvitrine verursacht hat, hat nicht nur Danny aufgeschreckt: Rosalind steht mit erschrockenem Gesicht auf den Stufen vor der Eingangstür. Neben ihr Frau Dr. Franck – und Horst Kollmann, der von dem Krach offenbar so abrupt aus seiner Probe gerissen worden ist, dass er vergessen hat, die blonde Lockenperücke vom Kopf zu nehmen.

»Frauke? Du?«, sagt Dr. Franck mit fassungslosem Gesicht, als wir näher kommen. Dann wirft sie dem Detektiv einen fragenden Blick zu und stammelt: »Aber warum …? Wieso …?«

»Ich denke, es wäre gut, wenn wir das in großer Runde klären«, entgegnet Rory. »Bitte, öhm, rufen Sie doch alle zusammen. Am besten in der Bibliothek. Ach, und könnten Sie veranlassen, dass wir eine Kanne dünnen Kaffee …? Natürlich nur, wenn es Ihnen keine, ähm, Umstände macht.«

Die Schulleiterin nickt zustimmend, während Danny Bekono

bibbernd verkündet: »Ich gehe mich dann mal umziehen.« Er rennt die Stufen hoch und verschwindet in der Halle.

»Könnte ich vielleicht auch die Kleidung wechseln?«, bittet uns Frauke Keller mit leiser Stimme.

»Ja. Natürlich. Wir begleiten Sie zu Ihrem Cottage«, sage ich und frage Rosalind: »Würdest du so lange auf Doktor Herkenrath aufpassen?«

Horst Kollmann wirft Rory einen anerkennenden Blick zu, druckst ein wenig herum und befindet kleinlaut: »Hab wirklich gedacht, dass an der Sache nichts dran wäre. Dass der Tod von Frau Braun nur ein Unfall war. Da lag ich wohl daneben. Ich muss schon sagen: Respekt! Sie haben den Fall gelöst.«

»Noch nicht, öhm, ganz«, murmelt der schüchterne Detektiv in sich hinein. »Noch nicht ganz.«

Wir gehen mit Frauke Keller zu ihrem Cottage. Während sie sich in ihrem Schlafzimmer umzieht, halte ich vor der Tür Wache. Damit sie nicht doch noch auf die Idee kommt, auszubüxen.

Währenddessen marschiert Rory zum Bücherregal der Lehrerin, greift zielgerichtet ein Druckwerk heraus und hält es mir entgegen. Wir nicken uns einverständlich zu, dann verstaut er das Buch in seiner Jackentasche.

Nachdem Frauke Keller in trockene Kleidung geschlüpft ist, begeben wir uns zurück zum Schloss. Das Gewitter ist weitergezogen, der Himmel klart auf und die Sonne kommt hervor, nur vereinzelt fallen noch ein paar Tropfen. Jenseits des Parks spannt sich ein Regenbogen über die Landschaft. In dem Moment, als wir die Halle betreten, summt mein Smartphone.

»Hallo, Amadeus«, melde ich mich. »Was? Oh, das sind ja gute Neuigkeiten. Wann können Sie hier sein? In Ordnung. Kommen Sie doch bitte in die Schulbücherei.«

Natürlich hätte der schüchterne Detektiv das Treffen auch in der *Ratatosk*-Redaktion anberaumen können. So wie gestern. Die Lösung des Falles in der Bibliothek zu präsentieren, ist aber weitaus stilvoller – und zeigt Rorys Sinn für detektivische Tradition. In Mamas Krimis finden nicht nur überdurchschnittlich viele Morde in Büchereien statt – auch die finale Szene, in der der Ermittler das Ergebnis seiner Arbeit präsentiert, geht meistens in der Bibliothek über die Bühne. Wobei die Roman-Detektive während ihrer Ausführungen nur selten an schüchternem Kaffee nippen, sondern in den meisten Fällen Whisky oder Cognac bevorzugen. Und bei den überführten Tätern handelt es sich in der Regel um untreue Ehepartner, nichtsnutzige Jung-Adelige oder hinkende Butler mit dunklen Geheimnissen. Von einer mörderischen Mathematik-Lehrerin habe ich bisher noch nie gelesen.

In der Bibliothek herrscht aufgeregtes Gemurmel und Geflüster, das aber schlagartig verstummt, als wir den Raum betreten. Die Augen aller Anwesenden richten sich auf Frauke Keller, die den Kopf gesenkt hält und krampfhaft zu Boden blickt, während Rory sie zu einem Sessel geleitet.

Doktor Herkenrath hat den Kopf in Rosalinds Schoß gelegt. Sie sitzt auf dem Boden vor dem Kamin und blickt den schüchternen Detektiv ebenso gespannt und erwartungsvoll an, wie Frau Dr. Franck es tut. Magnus Kautz hackt mit den Vorderzähnen auf einem Walnusskern herum und zupft nervös an seinen Ohrenhaaren.

Erhan Aktas wirkt völlig erschüttert und wie versteinert. Ich beobachte, dass er versucht, Blickkontakt zu Frauke Keller aufzunehmen. Sie aber schaut beharrlich zur Seite.

Camilla Herbst rutscht unruhig in ihrem Sessel hin und her. Rory japst nach Luft, als er bemerkt, dass die Lehrerin eines ihrer *Kinder* (Josefine? Auguste? Capucella?) mitgebracht hat. Sie hält die Puppe eng umklammert.

Der Einzige, der nicht ernst dreinschaut, ist Danny Bekono. Grinsend betrachtet er die blonde Lockenpracht auf Horst Kollmanns Schädel. Erst da wird dem Hausmeister bewusst, dass er noch immer die *HOKO*-Perücke trägt. Er läuft tomatenrot an, zieht sie hastig vom Kopf und lässt sie so dezent wie möglich hinter der Rückenlehne seines Sessels verschwinden.

Auf einem kleinen Tisch steht eine Kanne Kaffee. Der schüchterne Detektiv schenkt sich eine Tasse ein, probiert – und wirkt recht angetan. Offenbar ist der Kaffee dünn genug.

Alle scheinen zu erwarten, dass Rory das Wort ergreift, aber er hüstelt nur verlegen, wischt sich ein Stäubchen vom Jackett und blickt verschämt in die Runde.

»Wir, öhm, warten noch auf jemanden«, erklärt er verlegen – als ein Klopfen an der Tür zu hören ist.

»Sind Sie sicher, dass Sie eintreten möchten?«, ruft Dr. Franck reflexartig. »Haben Sie Herz und Hirn befragt und –«

»Kommen Sie rein, Amadeus«, kürze ich die Sache ab, worauf sich die Tür mit einem leisen Knarren öffnet. Der Chauffeur tritt ein und grüßt die Anwesenden mit einem höflichen Kopfnicken – hinter ihm erscheint Diana Pesch.

Rosalind entfährt ein freudiger Aufschrei. Sie und Danny Bekono rennen auf die Erzieherin zu und begrüßen sie mit einer liebevollen Umarmung. Frau Dr. Franck geht ebenfalls zu ihr hinüber, schüttelt ihr die Hand und erkundigt sich: »Wie geht es Ihnen?«

»Danke. Es geht mir wieder gut«, entgegnet sie lächelnd, dann wandert ihr Blick zwischen Rory und der schuldbewusst dreinschauenden Frauke Keller hin und her, und sie fragt den Detektiv: »Frauke Keller? Sie war es? Sie hat meine Mutter …? Wie sind Sie ihr auf die Spur gekommen?«

»Ähm, bitte, öhm, setzen Sie sich doch«, stottert Rory und deutet auf einen freien Sessel. Nachdem die Erzieherin Platz genommen hat, bittet er sie: »Vielleicht, *räusper, räusper,* vielleicht wäre es sinnvoll, wenn Sie zunächst einmal allen schildern würden, wie in Ihnen der Verdacht erwuchs, dass der Tod Ihrer Mutter kein Unfall war.«

Diana Pesch fährt sich mit der Hand über die Stirn und holt tief Luft, dann beginnt sie zögerlich davon zu erzählen, wie sie das Tagebuch auf dem Dachboden ihrer Adoptiveltern gefunden hat. Als sie davon berichtet, dass ihre Mutter einem Betrug auf die Spur gekommen war, macht sich Unruhe unter den Zuhörern breit.

Camilla Herbst spielt mit fahrigen Bewegungen an ihrem Dutt herum und Magnus Kautz entfährt ein überraschter Ausruf: »Lösungen für Mathematik-Arbeiten und Geldscheine in Büchern?« Er blickt mich fragend an und krächzt: »Das bedeutet, ich habe mich nicht getäuscht? Penelope hielt tatsächlich einen kleinen Fetzen einer Banknote in den Händen, als ich sie gefunden habe?«

Ich nicke bestätigend, während Diana Pesch fortfährt: »Die Lösungen waren für eine Mathearbeit der Oberstufe, weswegen meiner Mutter sofort klar war, dass hinter diesem Betrug eine der drei Lehrkräfte stecken musste, die Mathe in den oberen Klassen unterrichten: Magnus Kautz, Frauke Keller oder Camilla Herbst.« Der Erzieherin treten Tränen in die Augen und sie erklärt mit brüchiger Stimme: »Das war der letzte Eintrag in ihrem Tagebuch. Nachdem ich das gelesen hatte, war für mich klar, was ihr zugestoßen war: Sie hatte den Betrüger oder die Betrügerin mit dem, was sie wusste, konfrontiert. Wahrscheinlich hatte sie auch damit gedroht, alles der Schulleitung zu melden, und wurde deshalb von dieser Person ermordet.« Diana Pesch schluchzt auf, Rory guckt erschrocken, zieht hastig ein weißes Taschentuch aus seiner Hosentasche und reicht es ihr.

»Danke«, wispert sie, wischt sich die Tränen weg und fährt mit belegter Stimme fort: »Ich bin mit dem Tagebuch meiner Mutter zur Polizei gegangen. Aber dort sagte man mir, die Eintragungen würden nicht ausreichen, um eine Neuaufnahme der Ermittlung zu rechtfertigen. Also habe ich beschlossen, selbst aktiv zu werden. Ich wusste mittlerweile, dass die drei Verdächtigen noch immer auf *Schloss Eichhorn* arbeiteten. Und als im Internat eine Erzieherinnen-Stelle frei wurde, habe ich mich beworben, den Job bekommen – und heimlich begonnen, zu ermitteln. Ich habe die Botschaft in die Zeitkapsel gesteckt, in der Hoffnung, der Mörder meiner Mutter würde darauf so heftig reagieren, dass er sich verraten würde. Als das nicht geschah, habe ich eine anonyme Botschaft an Dr. Franck geschrieben und sie gebeten, einen Privat-Ermittler zu engagieren. Aber bevor ich Rory das Tagebuch meiner Mutter zeigen konnte, hat man versucht, mich ebenfalls zum Schweigen zu bringen.«

Nachdem Diana Pesch geendet hat, herrscht gespannte Stille. Magnus Kautz hat das Kauen eingestellt, Erhan Aktas presst eine Hand gegen den Magen und zieht ein Gesicht, als hätte er Bauchschmerzen.

Dr. Franck blickt auf Frauke Keller, dann zu dem schüchternen Detektiv, und fragt mit gerunzelter Stirn: »Und wie sind Sie darauf gekommen, dass es Frauke war?«

Rory stellt seine Tasse ab und räuspert sich umständlich, dann zieht er das Buch, das er aus Frauke Kellers Regal genommen hat, aus seinem Jackett, hält es in die Höhe und verkündet schüchtern: »Nun, äh, durch dieses Buch, das mir auffiel, als wir sie in ihrem Cottage befragt haben.«

Horst Kollmann reckt den Kopf vor und glotzt begriffsstutzig auf den Einband. Die übrigen Anwesenden gucken auch nicht intelligenter drein.

»Häh?«, macht der Hausmeister. »*Mathematische Systeme und Glücksspiel?* Was um alles in der Welt sollen Mathematik und Glücksspiel mit der Sache zu tun haben? Wie sind Sie denn auf die schräge Idee gekommen?«

Die Frage bringt den schüchternen Detektiv in Erklärungsnot. Und genau genommen hat er gerade etwas geschwindelt. Dass dieses Buch in Zusammenhang mit dem Verbrechen stehen könnte, war uns zu dem Zeitpunkt, als wir Frauke Keller befragt haben, natürlich noch nicht bewusst. Das ist dem Detektiv erst klar geworden, als er den mysteriösen Hinweis von dem Eichhörnchen-Anhänger bekommen hat: *Ein Roulette-Tisch und Spielkarten.* Daraus die richtigen Schlussfolgerungen zu ziehen und einen Zusammenhang zu dem Buch herzustellen, das bei der Lehrerin im Regal stand, war eine detektivische Meisterleistung – leider aber nichts, womit Rory angeben kann. Selbst wenn er es wollte. Denn dadurch würde auch jeder von seiner geheimen Methode erfahren. Der Detektiv hüstelt nervös und wirft mir einen Hilfe suchenden Blick zu.

Ich habe mittlerweile Übung darin, die Dinge so zu erklären, dass sie auch ohne Erwähnung von Rorys außergewöhnlicher Fähigkeit nachvollziehbar klingen.

»Jeder Detektiv fragt sich zunächst einmal, welches Motiv hinter einem Verbrechen stehen könnte«, leite ich weitschweifig ein. »In diesem Fall waren mehrere Motive denkbar: Camilla Herbst lag mit Penelope Braun im Streit, weil Diana eine ihrer Puppen zerbrochen hatte.«

Die verhuschte Lehrerin läuft bei meinen Worten rot an und drückt die mitgebrachte Puppe noch enger an sich.

»Magnus Kautz war in Penelope verliebt, aber sie hatte ihn zurückgewiesen. Verschmähte Liebe ist häufig ein Motiv für Gewalttaten.«

Die Ohrenhaare des eichhörnchenhaften Lehrers richten sich auf und er bleckt nervös die langen Schneidezähne, während ich fortfahre: »Im Laufe unserer Ermittlung kristallisierte sich aber heraus, dass das wahre Motiv für die Tat ein anderes war: Penelope Braun hatte entdeckt, dass einer ihrer Kollegen gute Noten gegen Geld verkaufte, und am Ende auch herausgefunden, um welche Person es sich dabei handelte.«

»Das kann ich nicht glauben«, entfährt es Dr. Franck, während sie einen entsetzten Blick auf Frauke Keller wirft. »Wir waren doch alle gemeinsam in der *Ratatosk*-Gruppe. Wir haben für eine fortschrittliche Erziehung gekämpft. Für eine bessere Schule. Wie konntest du all deine Ideale über Bord werfen und dich … kaufen lassen?«

Die Lehrerin antwortet nicht, blickt weiter zu Boden und presst die Lippen aufeinander – weswegen ich es übernehme, zu antworten. »Frau Keller befand sich in einer finanziellen Notlage. Sie hatte enorme Spielschulden.« Ich deute auf das *Mathematische Systeme und Glücksspiel*-Buch, das Rory noch immer in den Händen hält, dann nehme ich Frauke Keller ins Visier, fixiere sie mit einem durchdringenden Blick und sage: »Sie dachten, Sie könnten das System mithilfe von Wahrscheinlichkeitsrechnung austricksen, nicht wahr? Aber das hat nicht in dem Maße funktioniert, wie Sie es sich erhofft hatten.«

Rory zupft verlegen an seinem Ohrläppchen, beugt sich zu der Lehrerin vor und sagt mit sanfter Stimme: »Wäre es nicht an der Zeit, ihr Gewissen zu erleichtern und uns zu erzählen, was damals, öhm, geschehen ist?«

Frauke Keller nickt, hebt den Kopf, und ich sehe, dass ihr Tränen in die Augen treten. »Ja. Das, was Ihre Assistentin sagt, stimmt«, gesteht sie mit belegter Stimme. »Dabei … dabei war ich eigentlich keine Spielernatur. Zunächst war es nur ein theoretisches Interesse: Als Mathematiklehrerin beschäftigt man sich natürlich auch mit Wahrscheinlichkeitsrechnung. Ich hatte mehrere Bücher gelesen, die sich damit auseinandersetzten, dass Glücksspiel nicht nur eine Frage des Glücks, sondern auch eine Frage von Berechnung war. Dass man das Glück durch die Anwendung mathematischer Systeme zu seinen Gunsten beeinflussen konnte. Ich habe es interessehalber in einem Spielcasino ausprobiert – und es schien zu funktionieren: Ich gewann. Und da hat mich das Spielfieber gepackt. Ich ging immer größere Risiken ein, wagte immer höhere Einsätze … Aber leider zeigte sich bald, dass ich am Anfang wohl doch nur Glück gehabt hatte. Ergebnisse beim Glücksspiel lassen sich nur in sehr geringem Maße durch Mathematik beeinflussen. Aber da war es schon zu spät. Ich hatte bereits hohe Spielschulden angehäuft. Mehrere Tausend D-Mark. Ich wusste nicht mehr ein noch aus. Und da …« Die Lehrerin verstummt für einen Moment und fährt sich nervös mit der Zunge über die Lippen. »Da kam ich auf die verhängnisvolle Idee, Lösungen für Mathe-Arbeiten zu verkaufen. Damals gab es ja noch keine Stipendiaten auf *Schloss Eichhorn*, sondern ausschließlich Schüler aus extrem wohlhabenden Familien. Also habe ich die Eltern von Schülern angerufen, die in Mathematik auf der Kippe standen und –«

»Das … das kann ich nicht glauben«, wird sie von Dr. Franck unterbrochen, die völlig fassungslos wirkt. »Du hast Eltern angerufen und gesagt: *Geben Sie mir diese oder jene Summe – und dafür lasse ich Ihrem Sohn oder Ihrer Tochter die Lösungen für die nächste Arbeit zukommen?* Und es gab tatsächlich Eltern, die sich darauf eingelassen haben?«

»So plump und direkt habe ich es natürlich nicht gemacht. Das war auch gar nicht nötig …«, murmelt Frauke Keller und blickt beschämt zur Seite. »Vorgeblich habe ich die Eltern angerufen, um ihnen meine Sorge über die schlechten Mathe-Leistungen ihrer Kinder mitzuteilen und habe die Befürchtung geäußert, dass das Abitur aufgrund der zu erwartenden Fünf oder Sechs in Mathematik in Gefahr wäre. Die Vorstellung, ihr Kind würde das Abitur nicht bestehen, war für die Eltern natürlich ein Schreckensszenario. Ich musste ihnen nur genug Angst machen – dann lief alles wie von selbst. Es hat nicht bei jedem funktioniert, aber in den meisten Fällen haben die Eltern genau so reagiert, wie ich es vorhergesehen hatte.«

»Nämlich wie?« Forschend blicke ich Frauke Keller an.

»Diese Familien waren stinkreich – und hatten die Erfahrung gemacht, dass Geld so gut wie jedes Problem lösen konnte«, sagt die Lehrerin mit einem bitteren Lächeln. »Meistens dauerte es nur einen oder zwei Tage, bis ich einen Rückruf bekam und man mir – mehr oder weniger verklausuliert – Geld bot. Im Gegenzug sollte ich dafür sorgen, dass die kommenden Mathe-Arbeiten der betreffenden Schüler und Schülerinnen erfolgreicher ausfallen würden. Natürlich musste die Bezahlung in bar erfolgen, damit man den Geldfluss nicht nachweisen konnte. Und weil ich nicht riskieren wollte, dabei überrascht zu werden, wie mir ein Schüler einen Umschlag mit Banknoten übergab, habe ich mir die Sache mit den Büchern einfallen lassen.« Frauke Keller deutet zur Galerie. »Die richtigen Lösungen für eine Klassenarbeit kosteten tausend D-Mark. Für eine Abiturarbeit waren es dreitausend D-Mark. Die Schüler bekamen das Geld von ihren Eltern, ich habe ihnen gesagt, in welchen Büchern sie die Lösungsblätter finden würden und die Banknoten hinterlassen sollten. Ich bin dann immer abends, wenn ich sicher war, dass sich niemand mehr in der Bibliothek aufhielt, auf die Galerie gehuscht und habe die Geldscheine aus den Büchern genommen. Dieses System hat völlig reibungslos funktioniert.«

»Oh, Mann«, unterbricht Danny Bekono das Geständnis der Lehrerin. »Haben Sie uns nicht im letzten Schuljahr ganz stolz erzählt, dass einer Ihrer ehemaligen Schüler jetzt Staatssekretär im Finanzministerium ist? Das heißt, da sitzt jetzt so eine Mathe-Pfeife mit gekauftem Abi und entscheidet, was mit Steuergeldern passiert?«

»Wie lange ging dieser Betrug?«, will Dr. Franck von Frauke Keller wissen, ohne auf Dannys Bemerkung einzugehen.

»Über ein paar Monate hinweg«, gibt die Lehrerin zu und senkt erneut den Kopf. »Bis … bis Penelope mir auf die Schliche kam. Ihr war ein merkwürdiges Kommen und Gehen von Schülern in der Bibliothek aufgefallen, sie war stutzig geworden, hatte Geld und Lösungsblätter in den Büchern gefunden und sich zusammengereimt, was vor sich ging. Sie hat sich abends auf der Galerie versteckt, mich überrascht, als ich das Geld nahm, und mich zur Rede gestellt. Ich habe sie angefleht, es nicht der Schulleitung zu melden. Ich hatte meine Spielschulden fast abbezahlt und wollte die Sache sowieso beenden. Aber sie hat entgegnet, dass sie keine andere Wahl hätte. Dass sie es melden müsse. In meiner Verzweiflung habe ich ihr sogar einen Teil des Geldes geboten. Was sie nur noch mehr erzürnt hat. Sie wollte zum Schulleiter. Oben an der Treppe habe ich mich ihr in den Weg gestellt und versucht, sie aufzuhalten. Es kam zu einer Rangelei und dabei ... dabei verlor sie das Gleichgewicht und geriet ins Taumeln. Ich habe noch versucht, sie zu halten, und sie griff nach meiner Hand. Dabei erwischte sie aber nur den Geldschein, den ich in den Fingern hielt. Das Geräusch des reißenden Papiers werde ich nie vergessen. Und dann ... stürzte sie rückwärts die Treppe hinunter. Sie war auf der Stelle tot. Ich ... ich stand unter Schock und bin völlig kopflos getürmt.«

»Und am nächsten Morgen, nachdem Magnus Kautz Penelope gefunden hatte, und Sie mit den anderen in die Bibliothek gerannt waren, haben Sie bemerkt, dass sie noch immer den abgerissenen Teil der Banknote zwischen ihren Fingern hielt«, sage ich.

»Ja«, entgegnet sie mit krächzender Stimme. »Aber in dem allgemeinen Durcheinander konnte ich ihn an mich nehmen, ohne dass es jemandem aufgefallen ist.« Frauke Keller schluckt und erklärt mit brüchiger Stimme: »Als dann die Polizei gerufen wurde, dachte ich, man würde mir auf die Spur kommen. Ich habe mich innerlich darauf eingestellt, verhaftet zu werden. Aber zu meiner Überraschung kam man zu dem Schluss, dass Penelopes Tod ein Unfall gewesen sei. Und daran hat in den folgenden fünfundzwanzig Jahren auch niemand gezweifelt. Bis ... bis diese Botschaft in der Zeitkapsel auftauchte.«

»Ich dachte, ich würde dich kennen. Ich hätte nie gedacht, dass du zu so etwas fähig wärst, Frauke«, entfährt es Camilla Herbst, die völlig fassungslos wirkt und ihre Puppe an sich presst. »Wie soll ich das nur den Kindern erklären?«

Erhan Aktas ist leichenblass und sieht aus, als hätte er was Schlechtes gegessen, und auch alle übrigen Anwesenden wirken völlig geschockt von dem, was sie gerade gehört haben. Mal abgesehen von Danny Bekono, der sich eifrig Notizen macht – wahrscheinlich um sie später in einem *Ratatosk*-Artikel zu verwursten.

Frauke Keller gibt einen wimmernden Ton von sich, blickt zu Diana Pesch und stammelt: »Bitte glaub mir: Ich bin keine Mörderin. Deine Mutter war meine Freundin. Ich wollte ihr nichts antun. Es war ein Unfall! Ich wünschte, ich könnte all das ungeschehen machen. Aber dafür ist es zu spät. Ich habe eine schreckliche Schuld auf mich geladen – und bin bereit, jede Strafe zu akzeptieren.«

Einen Moment lang sitzt Diana Pesch völlig reglos da, dann erhebt sie sich aus ihrem Sessel, geht auf die Lehrerin zu und sagt mit vor Wut bebender Stimme: »Sparen Sie sich dieses falsche Bedauern. Hätten Sie wirklich Reue empfunden, hätten Sie sich längst der Polizei gestellt. Und vor allem hätten Sie nicht auch noch versucht, mich zu ermorden. Sie haben mein Gespräch mit Rory und Matilda belauscht. Sie wussten, dass ich Penelopes Tochter war – und dass ich Informationen über ihren Tod hatte. Und da haben Sie den Anschlag mit dem Blumenkübel auf mich verübt. Also hören Sie auf, die reuige Sünderin zu spielen!«

Frauke Keller fährt zusammen und schreit hysterisch: »Nein! Nein! Das war ich nicht! Damit habe ich nichts zu tun. Als das passiert ist, war ich in meinem Garten und habe mich gesonnt. Ich schwöre es.«

Diana Pesch läuft vor Zorn rot an. »Schämen Sie sich eigentlich nicht, solche Lügenmärchen –«

»Ähm, sie sagt die Wahrheit«, unterbricht Magnus Kautz sie mit krächzender Stimme.

Augenblicklich richten sich alle Augen auf den eichhörnchenhaften Lehrer. Seine Ohrpuschel schwingen aufgeregt auf und ab, während er rot wird und verlegen stottert: »Ich saß zu der Zeit auf der Plattform in meinem Nussbaum und habe mit dem Fernglas Eichhörnchen beobachtet. Und dabei habe ich … Also … es ließ sich nicht vermeiden, dass ich dabei auch Frauke gesehen habe, als sie sich gesonnt hat.«

Diana Pesch blickt fassungslos zu Rory und stammelt: »Aber wer hat dann den Blumenkübel vom Balkon gestoßen? Und warum?«

Der schüchterne Detektiv nimmt ohne jede Eile einen Schluck dünnen Kaffee, räuspert sich und sagt mit leiser Stimme: Vielleicht, öhm, vielleicht sollten wir das Herrn Aktas fragen.«

~ 20 ~
Das Fallen einer Nadel

In Krimis ist in solchen Situationen häufig zu lesen: *Es wurde so still, dass man eine Stecknadel hätte fallen hören können.* Was in unserem Fall nicht ganz zutrifft, weil noch immer das leise Hecheln von Doktor Herkenrath zu vernehmen ist. An der allgemeinen Bestürzung ändert das aber nichts.

Auf den Gesichtern der Anwesenden zeichnen sich Ungläubigkeit und Verwirrung ab. Alle blicken zu dem bärtigen Erzieher, der mit einem Mal kreideweiß wird. Auch Frauke Keller wirkt vollkommen geschockt.

»Erhan? Aber, warum …? Ich verstehe nicht«, stammelt sie fassungslos.

Erhan Aktas sieht aus, als hätte ihn jegliche Lebensenergie verlassen. »Ich habe es doch nur für dich getan, Frauke«, wispert er kaum hörbar. »Für uns.« Dann fährt sein Kopf herum, er wirft Diana Pesch einen flehenden Blick zu und stammelt: »Glaub mir. Ich bin … ich bin unendlich erleichtert darüber, dass dich der Blumenkübel verfehlt hat. Dass Rosalind dich noch rechtzeitig zur Seite gestoßen hat. Ich verstehe selbst nicht, wie ich das tun konnte. Ich war nicht zurechnungsfähig. Völlig außer mir vor Angst. Ich wollte Frauke um jeden Preis schützen.«

»Für diejenigen unter Ihnen, die es noch nicht wissen sollten«, werfe ich ein. »Herr Aktas und Frau Keller sind ein Liebespaar.«

Außer Danny Bekono wusste offenbar niemand davon. Alle gucken völlig perplex.

»Sie *schützen*?«, fragt Dr. Franck verblüfft und blickt den Erzieher forschend an. »Das heißt, du wusstest, dass Frauke für den Tod von Penelope Braun verantwortlich war? Sie hat es dir erzählt?«

»Nein, das habe ich nicht«, beteuert Frauke Keller, die genauso überrascht wirkt wie alle anderen.

»Nein. Hat sie auch nicht«, bestätigt Erhan Aktas, wendet sich Frauke Keller zu und sagt mit leiser Stimme. »Aber einmal, als ich bei dir im Cottage übernachtet habe, hast du im Schlaf gesprochen: *Penelope … Nein, das wollte ich nicht. Penelope … verzeih mir.* Ich habe mir zunächst nichts dabei gedacht und vermutet, dass du einfach nur schlecht geträumt hättest. Aber als Rosalind diese Botschaft aus der Zeitkapsel verlas, in der behauptet wurde, Penelope Braun wäre ermordet worden, und ich dein erschrockenes Gesicht sah, da … da wusste ich es. Da wusste ich, dass du etwas mit ihrem Tod zu tun hattest.«

Ich nehme Erhan Aktas ins Visier und sage ihm auf den Kopf zu: »Als Rory und ich die Ermittlungen aufgenommen haben, bekamen Sie es mit der Angst zu tun. Sie wollten wissen, was wir wussten. Also haben Sie unser Gespräch mit Diana Pesch vor der *Ratatosk*-Redaktion belauscht. Dabei haben Sie erfahren, dass Diana die Tochter von Penelope Braun ist – und dass sie uns Informationen über den Täter oder die Täterin zukommen lassen wollte. Und da haben Sie beschlossen …«

Der Erzieher schlägt die Hände vors Gesicht und gesteht mit zitternder Stimme: »Nachdem ich Zeuge des Gesprächs geworden war, bin ich sofort zu Frauke. Ich wollte offen mit ihr sprechen und wollte erfahren, was damals wirklich geschehen war. Aber bevor ich dazu kam, sind du und der schüchterne Detektiv bei ihr aufgetaucht. In diesem Moment wurde mir klar, dass ich sofort handeln musste. Dass keine Zeit mehr blieb. Ich habe das Cottage durch den Garten verlassen, bin zurück zum Schloss, habe auf dem Balkon gewartet, bis Diana und Rosalind von ihrem Termin zurückkamen, und dann habe ich …« Er verstummt, fährt sich aufgelöst mit der Hand über den Bart, blickt zu Diana Pesch und wispert: »Ich bin über mich selbst entsetzt. Bitte verzeih mit, Diana.« Dann wendet er sich Frauke Keller zu und sagt mit trauriger Stimme: »Ich habe es getan, weil ich dich liebe. Weil ich Angst hatte, dass man dich überführen würde.

Weil ich mir ein Leben ohne dich nicht vorstellen konnte.« Erhan Aktas greift nach der Hand seiner Freundin, aber sie zieht sie zurück und wirft ihm einen völlig entgeisterten Blick zu.

Liebe und Angst. Rory hat recht behalten. Es waren Liebe und Angst, die Erhan Aktas zu seiner Tat getrieben haben. Die Liebe zu Frauke Keller und die Angst, dass sie als Mörderin enttarnt werden könnte.

Der Detektiv musste nur den Hinweis, den er von dem zerbrochenen Blumenkübel bekommen hat, in Bezug zu dem setzen, was Danny Bekono uns über seine Beobachtung im Wald erzählt hat: Die Liebeschwüre zwischen Erhan Aktas und Frauke Keller *(Ich kann nicht ohne dich leben! Ich würde alles für dich tun!).*

Merkwürdig!, schießt es mir durch den Kopf. *Da glaubt man immer, Liebe könnte ausschließlich Positives bewirken. Ein glatter Irrtum: In manchen Fällen kann sie sogar ein Motiv für ein Verbrechen sein.*

Rory nimmt noch einen Schluck schüchternen Kaffee, wendet sich Frau Dr. Franck zu und sagt mit leiser Stimme: »Ich denke, Sie, öhm, Sie sollten jetzt die Polizei rufen.«

Die erscheint eine halbe Stunde später. Diesmal nicht in Form von Kommissar Valko, sondern in Gestalt einer sympathisch wirkenden Inspektorin namens Sperling, die von zwei uniformierten Beamten begleitet wird und Rory erzählt, dass der

Kommissar gerade Urlaub am Wolfgangsee macht. Im Gegensatz zu ihrem stets mürrischen Kollegen scheint sie keinerlei Vorbehalte gegenüber dem schüchternen Detektiv zu haben. Geduldig hört sie ihm zu, während er ihr unter Zuhilfenahme zahlreicher Räusperer, Öhms und Ähms, die Einzelheiten des Falles schildert.

Kurz darauf stehen wir, in Begleitung von Amadeus, Diana Pesch, Magnus Kautz und Dr. Franck auf den Stufen zum Eingang des Schlosses und sehen zu, wie Erhan Aktas und Frauke Keller von den Polizisten abgeführt und in den Polizeiwagen gesetzt werden.

Dr. Franck schaut dem Wagen hinterher, als er über den Parkplatz davonfährt, streicht mit der Hand durch ihr graues Haar und erklärt in nachdenklichem Ton: »Mein Verstand sagt mir, dass ich froh sein sollte, dass die Täter nun gefasst sind. Aber irgendwie habe ich das traurige Gefühl, als ob es in diesem Fall nur Opfer gäbe. Auf jeden Fall danke ich Ihnen sehr für Ihre Arbeit, Rory. Und dir natürlich auch, Matilda.« Die Schulleiterin blickt sich suchend um. »Weiß jemand, wo Rosalind steckt? Ich fürchte, diese unschöne Geschichte hat sie ziemlich mitgenommen. Ich werde mal nach ihr sehen.« Frau Dr. Franck nickt uns zum Abschied zu und entschwindet ins Innere des Schlosses.

»Was glauben Sie, zu welcher Strafe die beiden verurteilt werden?«, fragt Magnus Kautz und zupft dabei an seinen Ohrenhaarpuscheln.

»Das, öhm, das wird ein Richter entscheiden«, entgegnet der Detektiv und zuckt mit den Schultern.

»Ich sollte mich um Camilla Herbst kümmern«, sagt der Lehrer. »Sie wirkte ziemlich durch den Wind. Also ... noch mehr als sonst. Wahrscheinlich erzählt sie die ganze Geschichte gerade ihren Puppen.« Im Weggehen dreht er sich noch einmal um und bietet Rory an: »Und wenn Sie vielleicht doch mal eine Eichhörnchen-Führung haben wollen ...«

Doktor Herkenrath fährt zusammen und jault panisch.

»Äh, nein, danke. Definitiv, öhm, nicht«, lehnt Rory höflich lächelnd ab.

Als wir mit Diana Pesch allein sind, hüstelt der Detektiv verlegen, zieht das Tagebuch von Penelope Braun aus der Tasche seines Jacketts und übergibt es der Erzieherin. »Ich, öhm, denke, das hätten Sie gerne zurück.«

»Und den hier bestimmt auch«, ergänze ich und will ihr den silbernen Eichhörnchen-Anhänger geben, aber sie wehrt lächelnd ab und sagt: »Ich schenke ihn dir, Matilda. Als kleines Dankeschön. Ohne dich und Rory wäre meiner Mutter niemals Gerechtigkeit widerfahren. Nun habe ich das Gefühl, mit all dem abschließen zu können. Ich danke euch sehr.«

»Und ich danke für das nette Angebot«, entgegne ich. »Aber ich finde, Sie sollten das Schmuckstück behalten. Als Andenken an Ihre Mutter.« Ich drücke ihr den Anhänger in die Hand und ergänze mit einem Seitenblick auf meinen Cockerspaniel: »Außerdem befürchte ich, dass Doktor Herkenrath in einen Zustand von Dauer-Panik gerät, wenn ich mit einem Eichhörnchen-Anhänger durch die Gegend laufe.«

Nachdem sich Diana Pesch von uns verabschiedet hat, wirft Rory Amadeus und mir einen verlegenen Blick zu und schlägt schüchtern vor: »Tja, dann, äh …. Ich denke, dann, äh, sollten wir so langsam mal …«

»Gehen Sie doch schon mal vor«, sage ich. »Erfahrungsgemäß brauchen Sie für den Weg durch den Französischen Garten ja etwas länger. Ich will noch schnell jemandem *Auf Wiedersehen* sagen.«

Während Rory und der Chauffeur in Schneckentempo über den Kies davonschleichen, sprinte ich in Begleitung von Doktor Herkenrath durch die Halle, flitze die Stufen der breiten Treppe hoch und klopfe an die Tür der *Ratatosk*-Redaktion.

»Sind Sie sicher, dass Sie eintreten wollen? Haben Sie auch Herz und Hirn befragt?«, ertönt Dannys Stimme von drinnen.

»Ja. Habe ich.«

Ich öffne die Tür, Danny Bekono sitzt mit dem Rücken zu mir an einem Schreibtisch und hackt auf einer Tastatur herum. Bei meinem Eintreten dreht er sich nur kurz um, sagt »Hey, Matilda« und fährt mit seiner Arbeit fort.

»Was, öhm, was schreibst du da?«, frage ich schüchtern.

»Einen Artikel für die Schülerzeitung: *Ratatosk-Redakteur unterstützt Rory Shy und seine schüchterne Assistentin bei Aufklärung des Rätsels um Schloss Eichhorn.*«

»Ich, ähm, also ich, öhm, ich bin eigentlich gar nicht schüchtern.«

»Was?«, fragt er abwesend und ohne von der Tastatur aufzublicken.

»Ach, nichts. Ich, *räusper, räusper,* ich wollte auch nur kurz *Tschüss* sagen. Wir, äh … Ich bin dann mal weg.«

»Ah, verstehe«, murmelt er, ohne sich umzudrehen. »Wiedersehen, Matilda. Man sieht sich. Vielleicht. Irgendwann mal.«

»Ähm, ja. Vielleicht. Irgendwann, öhm … irgendwann mal«, wispere ich leise und warte darauf, dass Danny sich vielleicht doch noch umdreht – was nicht geschieht. Er ist völlig in seine Arbeit vertieft.

Nach zehn Sekunden stehle ich mich auf leisen Sohlen davon und schließe geräuschlos die Tür hinter mir.

»Er dreht sich nicht mal um, wenn ich mich verabschiede. Was für ein Blödmann!«, sage ich zu Doktor Herkenrath, während wir die Stufen zur Halle hinabsteigen – und frage mich gleichzeitig, warum ich mich eigentlich so darüber aufrege.

Meine schlechte Laune scheint meinen Cockerspaniel nicht wirklich zu interessieren. Stattdessen bleibt er plötzlich stehen, wedelt mit dem Schwanz und lauscht mit verträumtem Schiele-

Blick dem Gesang, der aus der Werkstatt von Horst Kollmann kommend, durch die Gänge hallt:

Wohohoho, du bist so gemein.
Wohohoho, doch mein Herz ist dein.
Wohohoho, wohohoho, wohohoho.

~ 21 ~
Lieferung von Firma Fäller

Die Abkühlung, die das Gewitter gebracht hat, hält nicht lange an. Als ich am nächsten Morgen aufwache, ist es, als hätte es das Unwetter nie gegeben. Nicht das kleinste Wölkchen steht am Himmel und schon kurz vor acht hat es um die zwanzig Grad. Ich schiebe die Decke zur Seite und steige gähnend aus dem Bett.

Doktor Herkenrath, der am Fußende meiner Matratze liegt, wird ebenfalls wach und schielt mich ängstlich an, so als wollte er sagen: »Geht es etwa schon wieder ins schreckliche Eichhörnchen-Land? Bitte nicht!«

»Keine Sorge«, versichere ich und streiche ihm über den Kopf. »Eichhörnchen sind fürs Erste abgehakt.« Er fiept erleichtert und entspannt sich.

Gestern Abend, vor dem Einschlafen, habe ich noch lange über unseren Fall nachgedacht. Natürlich kann man der Meinung von Horst Kollmann sein und denken: Die Vergangenheit sollte man ruhen lassen. Man kann sie sowieso nicht mehr ändern.

Ich glaube allerdings, dass das ein bisschen kurz gedacht ist. Solange ein Verbrechen nicht aufgeklärt ist, ist es nicht Vergangenheit. Zumindest nicht, solange es Menschen gibt, denen die Frage nach dem *Warum* keine Ruhe lässt. So wie Diana Pesch.

Einen *Cold Case* zu lösen ist ein bisschen so, wie eine Trauerzeremonie abzuhalten. Es ist notwendig, um mit etwas abzuschließen. Um die Dinge wieder ins Gleichgewicht zu bringen. Um die Vergangenheit hinter sich zu lassen und sich der Zukunft zuwenden zu können.

Heute Morgen bin ich noch mal mit Rory verabredet. Allerdings nicht, um detektivisch tätig zu werden, sondern um ihn mit Muskelkraft zu unterstützen. Als wir uns gestern am späten Nachmittag voneinander verabschiedet haben, hat er ein wenig herumgedruckst, sich ungefähr zehnmal geräuspert und mir verlegen erklärt: »Ähm, es ist so, dass ... Also, Charlotte kommt am Wochenende von ihrer Europa-Reise zurück. Und es wäre mir ein wenig, öhm, unangenehm, wenn sie dann die, äh, Mauzi-Futter-Großbestellung in meiner Wohnung vorfinden würde. Daher würde ich das Futter gerne ans Städtische Tierheim spenden. Ich habe schon mit Amadeus gesprochen. Er würde die fünfhundert Dosen morgen früh dorthin fahren. Aber die Dosen müssten ja erst mal aus dem ersten Stock ins, äh, ins Auto geräumt werden. Das ist für Amadeus natürlich zu anstrengend.

Und für mich alleine wäre das auch ein wenig, öhm … Meinst du, du könntest mir dabei helfen? Also, natürlich nur, wenn es dir keine, öhm, Umstände …«

Gerade als ich unter die Dusche will, ertönen kurz hintereinander mehrere hohe *Pings* auf meinem Smartphone. Papa und Mama haben Fotos von den Dreharbeiten geschickt.

»Guck mal. Ein Oktopus«, sage ich zu Doktor Herkenrath und halte ihm das Handy vor die Hundenase, worauf er vor Schreck aus dem Bett plumpst.

Frau Zeigler war schon früh unterwegs und hat Brötchen und eine Zeitung besorgt.

Ich öffne die Tür zur Terrasse, lasse Doktor Herkenrath in den Garten und nehme am Frühstückstisch Platz, als mein Blick auf die Titelseite der Tageszeitung fällt: *Rätsel von Schloss Eichhorn geklärt. Detektiv Rory Shy löst fünfundzwanzig Jahre alten Fall.*

Offenbar hat jemand aus dem Internat mit der Presse geplaudert. Rein instinktiv würde ich mal auf Magnus Kautz oder Horst Kollmann tippen.

Hastig überfliege ich den Artikel – und bin erleichtert, als ich sehe, dass nirgendwo eine Mitarbeiterin oder Assistentin erwähnt wird. Das hätte mir gerade noch gefehlt.

»Schon wieder hat der schüchterne Detektiv einen Fall geknackt«, befindet Frau Zeigler und beißt herzhaft in ihr Marmeladenbrötchen. »Ich möchte wirklich zu gerne wissen, wie er das schafft, wo er doch so schüchtern ist.«

»Tja … das wird wohl für immer sein Geheimnis bleiben«, murmele ich und wechsle hastig das Thema. »Ich muss mich beeilen. Bin heute noch mal im *Café Puderzucker*, um Doro zu helfen.«

»Aha?«, macht Frau Zeigler missmutig. »Mal wieder Kinderarbeit bei der Schichtkäse-Königin?«

In diesem Moment ist ein aufgeregtes Bellen aus dem Garten zu hören. Ich blicke aus dem Küchenfenster. Keine Spur von Doktor Herkenrath. Wo ist er hin? Das Bellen hört gar nicht mehr auf.

»Was hat er denn?«, fragt Frau Zeigler mit argwöhnischer Miene und folgt mir in den Garten, wo wir Doktor Herkenrath hinter der Brombeerhecke finden.

Er hat ein Loch in den Boden gescharrt und blickt uns freudig hechelnd entgegen. Frei nach dem Motto: Schaut nur, was ich Schönes ausgegraben habe!

»Aber … das ist doch die alte Kaffeedose«, murmelt Frau Zeigler und guckt wie ein Auto. »Wie kommt die denn hierher?«

Zum Glück rettet mich das Klingeln von Frau Zeiglers Mobiltelefon (einem uralten Klapphandy) aus dieser Verlegenheit.

»Ja?«, meldet sie sich schlecht gelaunt, lauscht kurz und stöhnt im nächsten Augenblick: »Herrgott, Raimund! Wie hast du das denn schon wieder bewerkstelligt? Ja, ja. Ist gut. Ich komme gleich vorbei.« Sie klappt das Handy zu, schnaubt wütend durch die Nase und verkündet in erbostem Ton: »Dieser Mann! Wollte das Geld für den Klempner sparen und hat selbst versucht, unsere verstopfte Toilette zu reparieren. Und jetzt ... Ich muss schnellstens nach Hause, um zu retten, was noch zu retten ist.«

Nachdem sie mit grimmiger Miene abgerauscht ist, nehme ich Doktor Herkenrath, der noch immer stolz neben der ausgebuddelten Kaffeedose hockt, ins Gebet und schimpfe entgegen meiner Überzeugung: »Was vorbei ist, ist vorbei. Die Toten soll man ruhen lassen. Noch nie davon gehört?«

Damit Rory sich vor der Dosenfutter-Schlepperei mit einem Frühstück stärken kann, lege ich auf dem Weg zu ihm einen kurzen Zwischenstopp bei Doro ein, um ein paar Rosinenmürbchen zu kaufen.

Als ich Doros zerknirschten Gesichtsausdruck sehe, ist mir sofort klar, dass irgendwas nicht stimmt.

Sie spendiert mir nicht nur einen Milchkaffee, sondern auch noch einen Windbeutel. Kaum habe ich mich hingesetzt, nimmt sie neben mir auf der Terrasse des Cafés Platz, fummelt nervös an ihren Dreadlocks rum und gesteht mir nach einigem Rumgedruckse: »Also ... gestern Abend habe ich mit deiner Mutter telefoniert. Und dabei ... ist mir aus Versehen rausgerutscht, dass du mit Doktor Herkenrath einen Hundetanz für ihren Geburtstag einstudierst. Tut mir wirklich leid, Matilda. Hab mich verplappert. Jetzt habe ich die ganze Überraschung versaut.« Sie lächelt verlegen, fügt aber aufmunternd hinzu: »Deine Mutter freut sich trotzdem irre über deine schöne Idee und kann es kaum erwarten, euren Tanz zu sehen.«

Vor Schreck verschlucke ich mich an meinem Kaffee, werfe einen Blick auf meinen Cockerspaniel, der gerade ängstlich fiepend vor einer Hummel in Deckung geht, und denke: *Na wunderbar. Jetzt darf ich mit Doktor Herkenrath tatsächlich einen Tanz einstudieren. Zu* Crocodile Rock. *Von Elton John. Das kann ja heiter werden …*

Doro, die schwer bemüht ist, von ihrem kleinen Missgeschick abzulenken, erklärt mir derweil mit freudiger Miene: »Aber weißt du, was toll ist? Gestern haben wir uns doch über die Neunzigerjahre unterhalten. Und über diese Liebes-Mix-Kassetten, die sich Verliebte geschenkt haben. Ich hab daraufhin ein bisschen in alten Sachen rumgekramt. Und sieh mal, was ich gefunden habe!«

Sie greift hinter sich und stellt ein altertümlich aussehendes technisches Gerät auf den Tisch.

»Was ist das?«, frage ich verdutzt.

»Na, ein Kassetten-Rekorder«, sagt sie. »Damit wurden die Kassetten abgespielt. Und das hier …« Sie zieht ein viereckiges Tonband aus ihrer Hosentasche. »Das ist so eine Kassette.«

Ich beäuge das Mini-Tonband mit skeptischem Blick. Jemand hat mit goldfarbenem Edding ein Herz auf die Kassette gemalt und *Für Doro* daraufgekritzelt.

»Die hat mir damals ein Verehrer geschenkt«, erklärt sie und ergänzt mit verträumtem Blick: »Ach, war der süß. Und sah super aus. Wie David Bowie.«

»Wer ist David Bowie?«, frage ich, aber Doro antwortet nicht, sondern legt die Kassette in den Recorder ein.

In einem dumpf klingenden Sound tönt mir ein musikalisches Liebesbekenntnis entgegen: *Love me, love me, love me, love me. Say you do. Let me fly away with you …*

Doro seufzt wehmütig – als der Liebes-Song abrupt endet und aus dem Recorder ein Geräusch zu hören ist, das ungefähr so klingt: *Woouauuhuuu.*

»Oh, Mist!«, entfährt es ihr. Hastig stoppt sie die Wiedergabe und öffnet das Gerät: Das Band der Kassette hat sich völlig verheddert. »Tja, das war der Nachteil an diesen Dingern«, seufzt Doro und versucht erfolglos, die Kassette aus dem Recorder zu ziehen. »Ständig gab es Bandsalat. Da hat man es im digitalen Zeitalter doch einfacher. Wenn man heute in jemanden verliebt ist, erstellt man ihm einfach eine Playlist. Da muss man keine technischen Unglücksfälle bei Liebesbekenntnissen befürchten.«

Zeit für ein Frühstück bleibt Rory und mir dann leider doch nicht. Rosinenmürbchen und schüchterner Kaffee müssen warten, weil Amadeus bereits mit der Limousine vorgefahren ist.

Der Detektiv und ich schleppen die fünfhundert Dosen Mauzi-Futter aus dem ersten Stock in den Wagen. Was bedeutet, dass wir mindestens zwanzigmal die Treppe hoch und runter laufen müssen. Nach dem fünften Durchgang bin ich in Schweiß gebadet und wünsche mir sehnlich, ich wäre auch zu schüchtern, um zu schwitzen.

Nachdem es endlich vollbracht und die Limousine mit Katzenfutter vollgeladen ist, startet Amadeus den Wagen und nickt uns höflich zu. »Frau Bond, Herr Shy, Herr Doktor Herkenrath: Ich wünsche Ihnen einen angenehmen Tag!«

»Puh, geschafft«, sage ich, werfe einen erleichterten Blick in den angenehm leeren Flur und beginne die Rosinenmürbchen aufzuschneiden, während der Detektiv einen dünnen Kaffee aufgießt.

»Öhm, ja, ähm, danke, Matilda«, nuschelt er verschämt. »Es wäre mir unangenehm gewesen, wenn Charlotte, ähm –«

Ein Klingeln an der Haustür unterbricht ihn.

»Haben Sie etwa noch was bestellt?«, stöhne ich und bedenke Rory mit einem prüfenden Blick.

»Öhm, nein. Jedenfalls nicht, dass ich, *räusper, räusper,* dass ich wüsste«, murmelt er. »Oder, ähm, doch?«

»Ja?«, melde ich mich an der Gegensprechanlage.

»Hey, Matilda. Hier ist Danny. Habe gehofft, dass ich dich hier antreffen würde. Kann ich hochkommen?«

Mir fällt vor Schreck beinah der Hörer aus der Hand. »Ähm, öh, ähm … ja, natürlich«, stottere ich, fühle mich mit einem Mal ein bisschen schwindelig – und drücke auf.

Fünf Sekunden später steht Danny Bekono in der Küche des Detektivs und grinst uns fröhlich an.

»Meine Eltern sind endlich aus Spanien zurück und haben mich vorhin im Internat abgeholt. Und jetzt geht es in die Ferien«, verkündet er und ergänzt mit einem Blick auf Rory: »Aber vorher wollte ich Ihnen noch mal sagen, wie toll ich es fand, hautnah bei einem Ihrer Fälle dabei sein zu dürfen.«

»Ähm, äh, ja«, stottert der Detektiv. »Und ich, öhm, danke dir noch einmal für deine Hilfe, bei …«

»Keine Ursache«, befindet Danny, dann wendet er sich mir zu und erklärt: »Wir haben uns ja leider gar nicht richtig verabschiedet, Matilda. Tut mir leid. Ich war so in meine Arbeit an dem Artikel vertieft. Ich hoffe, du fandest das nicht unhöflich.«

»Ach, ich, öhm … ich, äh …«

Danny zieht sein Smartphone aus der Hosentasche. »Jedenfalls fände ich es schön, wenn wir unsere Handynummern austauschen würden, damit wir in Kontakt bleiben und uns gelegentlich mal schreiben könnten. Natürlich nur, wenn du möchtest.«

»Tja, ähm … also … sicher. Warum, öhm, nicht«, nuschele ich.

Kaum hat er meine Nummer in sein Handy eingegeben, als auf meinem Smartphone ein leises *Ping* ertönt.

»Was, öhm, ist das?«, frage ich, während ich mit gerunzelter Stirn auf das Display blicke.

Interessanterweise ist es diesmal Danny, der verlegen wird. »Ach, das ist nur … Das ist nur der Link zu einer Playlist, die ich erstellt habe. Ich dachte, ein paar der Songs könnten dir vielleicht gefallen. Aber jetzt muss ich los. Meine Eltern warten unten im Auto. Wiedersehen, Rory. Tschau, Matilda. Wir hören voneinander.«

»Äh, ja, öhm, sicher. Wir, ähm, hören voneinander.«

Nachdem Danny zur Tür hinaus ist, stehe ich ein paar Sekunden wie angewurzelt da – bis ein dezentes Räuspern ertönt. Ich drehe mich um und sehe, dass Rory amüsiert in sich hineinlächelt.

»Was?«, mache ich.

»Ach, nichts«, sagt er. »Ich hatte nur den Eindruck, dass du gerade wieder etwas, ähm, schüchtern …«

»Schüchtern? Ist doch, öhm, *räusper*, Blödsinn«, wispere ich verlegen, als es erneut klingelt.

Ist das Danny? Hat er was vergessen?

Mit klopfendem Herzen melde ich mich an der Gegensprechanlage. »Ja?«

»Firma *Fäller Bürobedarf.* Lieferung für Herrn Shy. Fünfzig Kartons Druckerpapier.«

»Oh«, macht Rory, läuft rot an, räuspert sich und lächelt verlegen. »Das Druckerpapier. Das habe ich ganz ... Daran habe ich ja gar nicht mehr ... Die, öhm, die Dame am Telefon sagte, dass es bei Abnahme von fünfzig Kartons zwei Prozent Rabatt gibt. Und da hatte ich das Gefühl, es wäre unhöflich, wenn ich nicht, ähm ...«

»Schon klar«, seufze ich, während mir durch den Kopf schießt: *So was glaubt einem doch kein Mensch. Ein Detektiv, der zu zurückhaltend zum Verhören, Befragen, Mangeln und Quetschen ist, der beim Anblick eines Französischen Gartens so von Erschöpfung übermannt wird, dass er die Verfolgung einer Verdächtigen abbrechen muss, der zu schüchtern zum Schwitzen ist, Angst vor Puppen hat, aus reiner Höflichkeit mal eben fünfzig Kartons Druckerpapier bestellt – und trotzdem jeden seiner Fälle löst.*

Ich beobachte Rory aus dem Augenwinkel dabei, wie er verschämt an seinem schüchternen Kaffee nippt und denke: *Wüsste man nicht, dass er echt ist, könnte man glatt glauben, jemand hätte ihn sich ausgedacht.*

Danksagung

Ein schüchternes Dankeschön geht an meine Frau Birgit, an Anna Mechler von der Literaturagentur Lesen & Hören und an meine Lektorin Kathleen Neumann.

Vielen Dank an das Team des Ueberreuter Verlags und an alle schüchternen und unschüchternen LeserInnen, die Rorys und Matildas Detektivarbeit verfolgen.

HORST KOLLMANN
DR. FRANCK
CAMILLA HERBST
ERHAN AKTAS
FRAUKE KELLER
DIANA PESCH